Josef Walter König

Rückblicke
– Eine Anthologie aus Kurzprosa –

Hotzenplotz, das gibt es wirklich

Ob ich wohl von Anfang an das Verlangen verspürte, ab und zu auf die Pauke zu hauen? Jedenfalls hat es das Schicksal gefügt, daß ich gleich zum Auftakt mit einem Paukenschlag aufwarten sollte, wenn ich verkündete, ich sei in Hotzenplotz geboren. Als ich nämlich das Licht der Welt erblickte, war es das Licht von Hotzenplotz, der kleinen Welt von Hotzenplotz. „Mach keine Witze! Nimm uns nicht auf den Arm! Gibt es das wirklich?“ Unzählige Male wurde ich später gefragt, und ich beteuerte immer wieder aufs neue, das sei kein Scherz, vielmehr „die reinste Wahrheit“. Hotzenplotz ist ein Städtchen, dessen Ursprung ins Mittelalter zurückreicht, eine mährische Enklave, von Schlesien, später von österreichisch-schlesischer Landschaft eingeschlossen, zur Zeit meiner Geburt der Tschechoslowakischen Republik zugehörig, nunmehr im Hoheitsgebiet der Tschechischen Republik gelegen, dereinst besonders populär wegen der schmalspurigen ‚Hotzenplotzer Eisenbahn‘ ab Röwersdorf, mit Hotzenplotz als Endstation.
Nachdem ich lesen gelernt hatte, nahm ich meine Geburtsurkunde in Augenschein und ließ mich von meiner Herkunft aus Hotzenplotz gewissermaßen von Amts wegen überzeugen. Die besagte Urkunde fiel allerdings der politischen Zeitenwende von 1945 zum Opfer. Jahrzehnte später unternahm ich wieder einen Versuch, mir urkundlich bescheinigen zu lassen, wo ich das Licht der Welt erblickt hatte. Immerhin bestätigte der gerade zuständige Herr Pfarrer, ich sei in der Stadtpfarrkirche von Hotzenplotz getauft worden, ergo könnte ich sehr wohl einige Tage zuvor in jenen geographischen Breiten geboren sein. Über jeden Zweifel erhaben fühlte ich mich vor allem dank der Beteuerungen meiner Eltern.
Bereits an der Schwelle zum Greisenalter, nahm ich die erstbeste Gelegenheit wahr, meinen Geburtsort zu besuchen, und mit einiger Mühe gelang es mir, großzügig abgegrenzt, die

Parzelle zu finden, wo mein Geburtshaus gestanden haben müßte. Das war nicht ganz einfach, denn sowjetische Artillerie hatte gegen Kriegsende ihr ganzes Können aufgeboten und äußerst erfolgreich gewirkt. Immerhin ließ Generalfeldmarschall Schörner noch kurz vor Toresschluß sein Hauptquartier auf der Maidelburg einrichten, unweit von Hotzenplotz.
Doch zurück zu meinen Nachforschungen. Demnach wohnten wir in der Mietwohnung eines Hauses, das wohl einem älteren Ehepaar namens Neukirch gehörte, und Oma und Opa Neukirch waren mir sehr zugetan. Wochentags, wenn meine Mama Besorgungen erledigte – Vater war ohnehin im Dienst, je nach Dienstplan auch am Wochenende –, wurde ich der Neukirch-Oma anvertraut, bei der ich spielen durfte und die so auf mich aufpassen konnte.
Daß ich einen Lehrer meines Bruders aus dem Kinderwagen heraus in einen Finger gebissen haben soll, ist mir nur noch vom Hörensagen bewußt. Aber vielleicht empfiehlt sich zum besseren Verständnis gewisser Zusammenhänge erst einmal eine kurze Erläuterung zum Stichwort Hotzenplotz grundsätzlich.
In den sogenannten Schlesischen Kriegen, deren letzter als Siebenjähriger Krieg in die Geschichte einging, entriß Friedrich der Große seiner Gegnerin den größten Teil Schlesiens, und Maria Theresia durfte nur den Randstreifen behalten, etwa vom Altvatergebirge in südöstlicher Richtung bis zur jungen Oder. Seither war Hotzenplotz Grenzstädtchen, derart, daß nur wenige hundert Meter hinter den letzten Häusern die Grenze verlief: Hier das österreichische Schlesien mit Hotzenplotz, jenseits der Grenze die preußische Provinz Schlesien.
Als ich mich anschickte, durch mein Hotzenplotzer Dasein den Orbis zu bereichern, lag das Städtchen, immer noch an der Grenze, nach den weltkriegsbedingten Grenzziehungen aber im Hoheitsgebiet der damaligen Tschechoslowakischen Re-

publik, unmittelbar vor den Toren des Deutschen Reiches. Jenseits der Grenze liegt Polen, dem von den Allmächtigen dieser Erde das einstige preußische Schlesien zugeteilt wurde. Die preußischen Landjäger und die in den Uniformen der tschechoslowakischen Gendarmerie agierenden Repräsentanten der beiden Grenznachbarn dürften sich dereinst wohl weniger um die hohe Politik gekümmert haben als um den kleinen Grenzverkehr, dem sie offenbar viel Verständnis entgegenbrachten. Man schrieb das Jahr der Hochinflation 1923, und auch der „zwischenstaatliche Handel“ nahm inflationäre Ausmaße an. Diese halbamtliche Form des „Warenaustausches“ einigermaßen geregelt abzuwickeln, dazu sollte u. a. mein Vater beitragen, der bereits die Uniform eines österreichischen mit der eines tschechoslowakischen Gendarmen vertauscht hatte. Um Dienst an der Staatsgrenze zu leisten, war er nach Hotzenplotz versetzt worden, hatte – wie es sich gehört – seine ihm jüngst angetraute Ehefrau mitgenommen, und darin wiederum lassen sich unschwer die tieferen Ursachen dafür erkennen, daß ich mich für Hotzenplotz als meinen Geburtsort entschieden habe.

Der Gendarmeriedienst in der Hotzenplotzer Grenzregion mag den zuständigen Vertretern der städtischen Obrigkeit ein Höchstmaß an Verantwortungsbewußtsein abverlangt haben, denn sie hatten in nahezu pausenloser Konfrontation mit entsprechenden Problemen zu entscheiden zwischen den hoheitlichen Erfordernissen des seit fünf Jahren bestehenden souveränen Staatsapparates und den Bedürfnissen der Bewohner des Hotzenplotzer Ländchens. Man sprach gern von der Hautevolee und meinte den Herrn Bürgermeister, den Herrn Pfarrer, den Herrn Amtsrichter, den Herrn Oberlehrer, den Herrn Apotheker und andere Honoratioren, die sich zwar der Strenge des Gesetzes verpflichtet fühlten, aber diverse Waren des täglichen Bedarfs nicht etwa deshalb verschmähten, weil sie aus dem reichsdeutschen Nachbarland „importiert“ wurden.

Schwierig wurde es vor allem dann, wenn – ganz und gar ohne Wissen meines Vaters – mein damals etwa zwölfjähriger Bruder mit seinen gleichaltrigen Kumpanen der Kleinstadtoberschicht von einer seiner Exkursionen nach Preußisch-Schlesien in heimatliche Gefilde zurückkehrte und dem Auge des Gesetzes gerade noch mit List und Tücke zu entkommen vermochte. Daß jedoch die Versetzung meines Vaters an das Landesgendarmeriekommando in Troppau in einem ursächlichen Zusammenhang mit solchen humanitär bedingten Unternehmungen meines Bruders gestanden haben soll, muß als Verleumdung zurückgewiesen werden. Richtig ist vielmehr, daß mein Vater nach schwerer Krankheit, die er sich im Dienst an der Grenze zugezogen hat, vom Außendienst suspendiert bzw. superarbitriert wurde – um diesen in der österreichischen Behördensprache üblichen Terminus zu gebrauchen.

Kindheit an der Oppa

Nach wenigen Jahren in Hotzenplotz sagten wir dem trauten Städtchen Valet und schlugen unser neues Domizil am Stadtrand von Troppau auf, nämlich in Katharein.
Erst diese zweite Etappe meiner irdischen Pilgerfahrt bescherte mir Erlebnisse und Eindrücke, die ich geistig verarbeiten konnte, zumindest gedächtnismäßig zu speichern imstande war. Katharein war damals noch eine selbständige Gemeinde, von der schlesischen Landeshauptstadt Troppau durch die Oppa und den Oppadamm getrennt, aber auch durch eine Brücke mit dem Verwaltungszentrum des tschechoslowakischen „Landes Schlesien“ verbunden und an den Weltverkehr angeschlossen. Das östliche Hinterland von Troppau, das sogenannte Hultschiner Ländchen, ließ nämlich kaum eine nennenswerte Verkehrsentfaltung zu – als Grenzgebiet zum Deutschen Reich!
Von der Oppabrücke nach Katharein führte die Brückengasse, und genau dort – ich meine, es war das dritte Haus links, Hausnummer 6 – ließen wir uns häuslich nieder, meine Eltern, mein Bruder Erwin und ich als etwa dreijähriger Knirps.
Ich spüre ihn heute noch, den frischen Ostwind, der uns in dem völlig ungeschützten Gelände an der Brücke entgegenblies, wenn wir heimwärts eilten. Die Kälterekorde des Winters von 1928/29 führten sogar dazu, daß sich mein Vater Erfrierungen an beiden Ohren zuzog, als er in den Abendstunden die Brücke passierte. Den äußerst grimmigen Winter von damals habe ich auch noch von einem Sonntagnachmittag in frostklirrender Erinnerung, als wir Verwandte besuchen wollten und am Oppadamm entlangmarschierten. Dem „Tod durch Erfrieren“ entzog man mich schließlich dadurch, daß wir den Rückweg antraten.
In den Sommermonaten zeigte sich der Oppadamm allerdings von seiner liebenswürdigen Seite. Dann trabten mein Bruder

und einer seiner Freunde um 6 Uhr los und nutzten das nahe Ufer für den Frühsport bzw. Morgenlauf, denn ein „Jogging" kannten vermutlich noch nicht einmal die Englischlehrer an den Gymnasien. Erwin gehörte – er war zehn Jahre älter als ich – selbstverständlich dem deutschen Turnverein an, was man als Ausdruck völkischer Gesinnung werten kann, aber auch als Bereitschaft, den Bestrebungen des Turnvaters Friedrich Jahn nach körperlicher Ertüchtigung zu entsprechen, getreu der Devise: Frisch, fromm, fröhlich, frei!

In Erinnerung an meinen Bruder und die Jahre in Katharein bietet sich meinem geistigen Auge noch eine Szenenfolge besonderer Art dar. Ich sehe den Nikolo und den Krampus durch die Straßen ziehen, wie es am Nikolaustag und am Vorabend der Brauch war, als sie die Kinder besuchten: die braven zu loben und zu beschenken, die bösen zu tadeln, ihnen mit dem Rutenbesen zu drohen oder sie gar in den Sack zu stecken. Anscheinend pflegte ich den beiden Gestalten stets mit Respekt und in gebührender Distanz zu begegnen. Deshalb wollte man mir eines Tages in einem logisch aufgebauten Programm erklären, wie der Nikolo und der Krampus „funktionieren". Mein Bruder stellte sich also in Positur und hielt eine dem Zweck entsprechende Gesichtsmaske in Händen. Ich strahlte ihn an in aller Heiterkeit meines kindlichen Gemüts. Dann schob er sich die Larve vors Gesicht, nachdem er und auch die Eltern unmittelbar vorher noch beteuert hatten, daß er doch mein Bruder Erwin sei – und schon heulte ich los und glaubte ihnen erst, als Erwin die Maske absetzte. Ich quittierte seine Verwandlung mit strahlender Miene und – der Tränen nicht achtend – mit herzlichem Lachen. Es gab für mich keinen Zweifel: der da vor mir stand, das war mein „Awi" (= Erwin), den ich schon damals innig liebte. Da hielt er den Augenblick für gekommen, mich zu überzeugen, und schob sich die Larve wieder vors Gesicht. Wie auf Kommando begann ich zu schluchzen und hörte nicht auf zu weinen, bis ...

da capo – siehe oben! Gottlob gab bzw. gibt es nur einen Nikolaustag pro Jahr, und die kindlichen Ängste im Zusammenhang mit der brüderlichen Maskerade dürften bald von selbst verflogen sein.
Noch etwas fällt mir aus jener Zeit in Katharein ein. Manchmal kamen nämlich am Sonntagnachmittag Onkel Gustav und Tante Rosa mit den Kindern zu Besuch. Onkel Gustav war mir schon recht, denn er genoß als Lokomotivführer meine ganze Achtung. (Verständlich also, daß auch ich jene Entwicklungsphase durchmachte, in der man den Wunsch äußert, Lokomotivführer zu werden.) Weniger beglückt hat mich jeweils der Anhang an Vettern, die recht wild in meine geordnete, heile Welt einbrachen. Dies bedeutete für mich, alle Spielsachen in einen großen Holzkoffer hineinzustapeln, um sie vor jedem fremden Zugriff schützen zu können. Beim Eintreffen der Besucher saß ich bereits auf dem verschlossenen Koffer und dokumentierte damit meine Absicht, den Inhalt zu hüten wie dereinst Zwerg Alberich den Nibelungenschatz in Richard Wagners „Rheingold". Es muß wohl mehrmals vorgekommen sein, daß die lieben Vettern meine Spielsachen grob fahrlässig behandelt haben – und so zog ich eben kurz und bündig die Konsequenzen: Spielzeugkoffer zu! Basta!
Für einige weitere Episoden der zwanziger Jahre liegt der Schauplatz der Handlung nunmehr im benachbarten Troppau, denn dorthin, nämlich an das Landesgendarmeriekommando, war ja mein Vater eigentlich versetzt worden. So geschah es dann auch, daß ich als vierjähriger Dreikäsehoch mutterseelenallein vor dem Portal der Gendarmeriekaserne aufkreuzte und mich über die Fragen des Wachhabenden wunderte, der nicht sofort wußte, wer mein Vater war, den ich doch abholen wollte. Mein Vater staunte erst recht über meine Unternehmungslust, doch dann marschierten wir einträchtig Hand in Hand heimwärts.
Der Weg aus dem Troppauer Stadtzentrum zur Kathareiner

Brückengasse wollte manchmal aber auch gar kein Ende nehmen. Wenn ich dann ein paar hundert Meter vor dem Ziel müde wurde, erbarmte sich mein Vater, nahm mich auf den Arm und trug mich nach Hause. Warum ich mich daran so lebhaft und freudig erinnere? Weil er es liebte, beim rüstigen Ausschreiten die schönsten altösterreichischen Militärmärsche mit gespitztem Mund vor sich hin zu blasen: Alte Kameraden, den Radetzkymarsch, den Fliegermarsch, den Florentiner Reitermarsch und viele andere. Auf diese musikalischen Einlagen freute ich mich stets aufs neue, und manchmal konnte ich nicht genug davon bekommen, so daß Vater daheim weiterpfeifen oder mir die Texte dazu beibringen mußte. Möglicherweise schlossen meine Eltern aus meiner Vorliebe für die Marschmusik auf eine allgemeine Musikalität, und so wurde ich später in die Grundkenntnisse des Violinspiels eingeweiht.

Auch der Troppauer Stadtpark ist mir in angenehmer Erinnerung geblieben, genauer gesagt das dortige Gartenrestaurant, dessen Besitzer oder Pächter wohl „Freund" geheißen haben mag. Jedenfalls habe ich nie jemanden etwas anderes sagen hören als: „Wir treffen uns beim Freund" – „Wir waren beim Freund" – „Wir gehen zum Freund". Eigentlich gingen wir ja, mein Vater und ich, am Sonntag vormittag spazieren, in Richtung Stadtpark. Dann ergab es sich allerdings gelegentlich, daß wir beim „Freund" einkehrten, weil die Sonne allzu kräftig schien, weil Wolken aufzogen, weil man Durst hatte, müde war – es fand sich immer ein Grund für einen gemütlichen Frühschoppen. Vater trank ein Bier, und ich bekam ein Kracherl und für den Rückweg eine Tafel Schokolade. Das mußte es meiner Mutter schon wert sein, wenn sie uns bei den Vorbereitungen für den Sonntagsbraten draußen haben wollte, um ungestört in der Küche rackern zu können – wie es bei uns zulande für eine gutbürgerliche Hausfrau Ehrensache war. Anscheinend hätte es Mutter aber wohl doch lieber gesehen, wenn wir wirklich spazierengegangen wären und uns Appetit geholt hätten, ohne den „Freund“ zu behelligen. Das mußte ich aus der Tatsache schließen, daß mein Vater manchmal ausdrücklich warnte: „Du darfst es aber nicht der Mama sagen, daß wir beim Freund waren!“ Das leuchtete mir ein, und da ich es gut meinte und nicht der geringste Verdacht aufkommen sollte, rief ich schon an der Wohnungstür meiner Mutter zu: „Mama, wir waren aber heute nicht beim Freund!“ Jetzt war sie wenigstens völlig vom Gegenteil überzeugt, und wenn es doch noch eines Beweises bedurft hätte, mochten meine Schokoladenfinger und die unvermeidlichen Spuren am Hemd oder am Schillerkragen ausreichen.

An Spielgefährten in unmittelbarer Umgebung gab es nur wenig Auswahl. Am besten verstand ich mich mit einem gleichaltrigen Jungen aus dem Nachbarhaus namens Jenda, dem Sohn eines tschechischen Tischlers. Jenda sprach nur Tschechisch, verstand wohl auch kaum ein Wort Deutsch. So lernte ich von ihm, wenn wir auf der Straße zusammentrafen, um zu spielen, wirklich „spielend“ Tschechisch. Meine Eltern beobachteten diese Entwicklung nicht ohne Wohlgefallen. Denn Tschechisch war nun einmal Staatssprache, und Vater hatte selbst, nachdem er als österreichischer Gendarm in den tschechoslowakischen Staatsdienst übernommen worden war, Tschechisch nachlernen und eine Prüfung ablegen müssen. Mutter hingegen beherrschte höchstens ein Dutzend Vokabeln, eventuell „Má úcta“ (den allgemein gültigen tschechischen Gruß für jede Tageszeit, analog zu dem wienerischen „Ich habe die Ehre“ und zu Hans Mosers „Djehre“), „Dobrý den“ („Guten Tag“), „Dobrý večer“ („Guten Abend“) und „děkuji“ (danke). – In die Entwicklungsphase meiner sprachlichen Studien bei Jenda fiel meine Anmeldung für den Kindergarten. Wieder ergab sich ein glücklicher Umstand: Jenda sollte ebenfalls den Kindergarten besuchen. Da beide Kindergärten, der deutsche und der tschechische, im selben Gebäude

untergebracht waren, in der linken Hälfte der eine, rechts der andere, so marschierten Jenda und ich fast täglich einträchtig nebeneinander los und trudelten gemeinsam „nach getaner Arbeit“ zu Hause ein. Gemeinsamer Hinweg, gemeinsamer Heimweg – warum nicht auch im Kindergarten selbst gemeinsam spielen? Erst nach einigen Wochen erfuhren meine Eltern, daß ich im deutschen Kindergarten durch Abwesenheit glänzte und meinem Freund Jenda den Vorzug gab. Ich hatte es keinesfalls bewußt verheimlicht, mir aber auch nichts weiter dabei gedacht. Ich wurde nunmehr der deutschen Kindergartentante zur Obhut übergeben, setzte jedoch meine Palaver mit Jenda bei jeder sonstigen Gelegenheit fort – mit dem Ergebnis, daß ich mich als Fünfjähriger leidlich in tschechischer Sprache verständigen konnte. Eingeflochten sei an dieser Stelle die Erklärung, daß wir Vaters Jahresurlaub stets in Nieder-Wildgrub bei Freudenthal, der Heimat meiner Mutter, bei der Oma im Ausgedinge bzw. auf dem Bauernhof meines Onkels Rudolf verlebten. Auch allein fuhr ich ab und zu dorthin: von Troppau mit dem Omnibus nach Freudenthal, auf dem Hauptplatz stand schon der Omnibus der Strecke Freudenthal–Römerstadt bereit, und der Fahrer wich dann in Wildgrub von der normalen Strecke ab, bog in die „Kleine Seite“ ein und hielt eigens vor der Hofauffahrt der Nummer 37, dem Anwesen des Herrn Gemeindevorstehers, um mich wohlbehalten abzuliefern.
Die Nießner-Großmutter, meine Oma mütterlicherseits, verkörperte für mich übrigens meine gesamte Großelterngeneration.
Die andere Oma hat gerade noch abgewartet, bis ich als neuer Erdenbürger willkommen geheißen wurde; doch etwa zwei Wochen später sagte sie dieser Welt ade. Ich kann mir nicht vorstellen, daß mein Verhalten in dieser kurzen Zeit so ungehörig gewesen sein soll, daß sie deshalb für immer Abschied nahm, zumal sie mich gar nicht zu sehen bekommen hatte.

Den zuständigen Opa, der sie um etliche Jahre überlebt hat, kannte ich zwar, aber nur von einigen wenigen kurzen Besuchen in der Ferienzeit.
Aufgrund der geschilderten Umstände gab es für mich keine andere Wahl, als meine ganze Anhänglichkeit und Zuneigung der einen Oma entgegenzubringen, die mir geblieben war, eben der Nießner-Großmutter. Sie hatte es in ihrem Leben nicht leicht gehabt, nachdem der Opa schon in jungen Jahren verunglückt war und sie mit vier Jungen, zwei Mädchen und einem stattlichen Bauernhof zurückgelassen hatte. Das jüngste Kind, später meine Mutter, war erst zwei Jahre alt. Zwei Söhne wanderten um die Jahrhundertwende in die Vereinigten Staaten aus, ein Sohn übernahm den Bauernhof, für den anderen wurde ein gleichwertiger Hof gekauft, das und noch vieles mehr hatte die Nießner-Großmutter zu verkraften, zu verantworten, damals im fünften Jahrzehnt ihres Lebens stehend.
Für mich war die Großmutter eine Ausgedingerin, denn Onkel Rudolf und Tante Marie bewohnten, wie es üblich war, seit der Übernahme des Hofes das „große Haus“ und Oma das „Häusle“. Dort hatten wir während unseres Ferienaufenthalts unsere Bleibe, doch tagsüber hielten wir uns vorwiegend „im großen Haus“ auf.
Unmengen an Erinnerungen stürmen auf mich ein, wenn ich mich in die Zeit zurückversetze, als ich bei der Oma meine Ferien verbrachte, auch Erinnerungen an etliche Streiche, vor allem aber an einige Köstlichkeiten aus ihrem Küchenprogramm. Dazu zählt zum Beispiel der Schweinebraten (bei uns: Schweinsbraten) bzw. das zugehörige Bratenfett. Mag wohl sein, daß dem Senior in der Rückbesinnung auf die Kindheit manches verklärt erscheint. Und doch meine ich, daß das Bratenfett aus Omas Bratpfanne geschmacklich nicht mehr überboten werden kann. Jedenfalls zählte es als Brotaufstrich bei uns zu den Köstlichkeiten der kalten Küche. Wer kümmerte

sich da schon um Cholesterin, das man nicht einmal dem Namen nach kannte! Doch justament beim Schweineschmalz schlug eines Tages meine Stunde. Oma hatte nämlich beschlossen, sich wieder einmal den Genuß eines Schweinebratens zu gönnen. Das Fleisch brutzelte in der massiven Kasserolle still vor sich hin, und Oma erschien ab und zu – wie zufällig – in der Küche und träufelte einen Eßlöffel Wasser in die Pfanne. Das heiße Fett kreischte empört auf und zischte recht feindselig, beruhigte sich aber bald wieder, und der Vorgang verfiel in die anheimelnde Tonart des Schmorens.
Da ergab es sich, daß eben zu jener Zeit in der Nähe des Herdes das hölzerne Abwaschschaff stand, gefüllt mit Wasser und einigem Geschirr, das wohl noch vor dem Mittagessen gespült werden sollte – eigentlich ungewöhnlich für Omas Tagesrhythmus. Inzwischen hatte Oma mehrmals die Küche betreten, um den Bratvorgang zu kontrollieren und mit einem Schuß Wasser zu fördern.
Arme Oma, muß ich mir gedacht haben, als sie den Raum wieder verlassen hatte; immer dieses Hinundherlaufen, wo sie doch ohnehin reichlich mit Arbeit versorgt ist. Da will ich ihr gern ein bißchen helfen. Gedacht, getan! Ich reckte mich kräftig, und auf den Zehenspitzen stehend, konnte ich ganz gut über den Bottichrand reichen, einen Schöpflöffel herausfischen und ihn mit Abwaschwasser füllen. Dann eilte ich zum Herd und schwappte das Wasser über den Braten. Das gelang mir mühelos, zumal Oma den Schmortopf ein wenig an die Seite der Herdplatte geschoben hatte. Beim zweiten Versuch zischte es nicht einmal mehr, und als ich gerade ein drittes Mal Anlauf nehmen wollte, um der Oma die ständige Unterbrechung ihrer Außenarbeiten zu ersparen, öffnete sich die Küchentür erneut. Für mich völlig unverständlich – wo ich doch längst alles erledigt hatte –, stürzte Oma zum Herd und sah die Bescherung. Und noch ehe sie sich auch auf mich stürzen konnte, gelang es mir, sie zu entwaffnen – sie hatte soeben

nach dem Abwaschhader gegriffen. „Omama, ich hab' dir viel Soße gemacht!“ Diese Erklärung meinte ich ihr schuldig zu sein.
Was ich an jenem Mittag anstelle des Schweinebratens zu essen bekam, weiß ich nicht mehr zu sagen. Möglicherweise fiel das Mittagessen wegen meiner zuvor angewandten Kochkünste überhaupt aus.
Jedenfalls habe ich seither nie mehr eine Schnitte Brot mit Bratenfett gegessen, ohne daran zu denken, wie kläglich mein erster Vorstoß ins Reich des Lukull gescheitert ist. Damals habe ich auch meinen vorübergehend gehegten Wunsch, Koch zu werden, fallengelassen. Bis heute begnüge ich mich damit, eine Eierspeis zusammenzurühren und Tee zu kochen. Beides beherrsche ich allerdings perfekt!
Aber was wäre schon der würzigste Schweinebraten samt Schweineschmalz ohne eine in Aussicht genommene Mehlspeise, und das im österreichischen Sinne, also die unabdingbare Süßspeise oder einen Kuchen. In meiner geistigen Vorstellung gewinnt das Bild eines Streuselkuchens und der mit Heidelbeeren gefüllten Buchteln an Schärfe der Konturen. Mit dieser Art Nachtisch war die Nießner-Großmutter dorfbekannt. Gesprächsweise verriet sie neugierigen Fragern das Geheimnis ihres Erfolges beim Backen. „Wie iech doas moach? Doas is goanz eifach. Iech nahm' höet de Händ drzu!“ („Wie ich das mache? Das ist ganz einfach. Ich nehme halt/eben die Hände dazu!“)
Aber auch in der Blumenpflege hatte die Nießner-Großmutter einen Ruf zu verteidigen; denn die Begonien in all ihrer Buntheit, die in den Blumenkästen an den Fenstern der Giebelseite (nach Westen zu) gediehen, strotzten vor Gesundheit und Kraft. Omas empfehlender Tip dazu: Hühnermist! Hühnermist treibt!
Wie sehr Oma der Wirkung von Hühnermist vertraute, wußten einige Jünglinge zu berichten, die im Begriff waren, Män-

ner zu werden und mit ihrem Bartflaum zu liebäugeln begannen. Omas untrügliches Bartwuchsrezept, das sie den Heranwachsenden – bei uns sprach man von Halbwüchsigen – bei vorgehaltener Hand zu verraten pflegte, wenn es dem Stimmungsgehalt der Situation entsprach: Hühnermist und Honig müsse man anwenden. Hühnermist treibt, Honig zieht. – Damit war klar, wo man das eine und wo das andere auftragen sollte!

Um das Bild der Nießner-Oma samt Umfeld abzurunden, muß noch der Vorgarten an ihrem Ausgedingehaus, dem „Haisla", in die Betrachtung einbezogen werden. Da stand in einem verträumten Winkel des Gartens ein Schneeballstrauch, der meines Erachtens nur eine einzige Aufgabe hatte, nämlich als Hintergrundkulisse zu dienen, wenn Erinnerungsfotos gemacht wurden. An den schmalen Wegen zwischen den Beeten standen einige Obstbäumchen, niedrigstämmig, aber mit üppigem Ertrag, und sie lieferten Zwetschken, Honigpflaumen, Weichseln und Herzkirschen. Am Staketenzaun, der den Garten säumte, wetteiferten die Beerensträucher mit der Höhe der Zaunlatten, nämlich Ribisel- und Stachelbeersträucher, als Wildwuchs außerdem Heckenrosen (Hundsrosen), aus deren „Kippen", den Hagebutten, eine äußerst schmackhafte Marmelade – und auch Hagebuttenwein – hergestellt wurde.

Unter den Beeten erweckten die Erdbeeren die besondere Aufmerksamkeit des Enkels, der als Hans Guckindieluft die große Welt eines Bauernhofes zu erobern begann. Mochten sich tagsüber Kapuzinerkresse, Silberblatt („Judassilberling"), Tagetes, die wir Studentenblumen nannten, Tränende Herzen, Pelargonien, Petunien, Gartenfuchsschwanz, Bartnelke und der aus den Zwischenräumen der Natursteinmauer sprießende Mauerpfeffer nach besten Kräften bemühen, so war dies doch nur ein schwacher Versuch im Vergleich zu dem Angebot der Erdbeerbeete, die ich erst nach dem Abendessen

plünderte. Es waren Erdbeeren von der Größe eines Hühnereies, unter der Sonne gereift, ohne Genmanipulation und ohne Chemie. Na, wohl nicht ganz! Ein wenig organische Chemie wollen wir gelten lassen! Man denke an den Hühnermist!
Eine gewisse Beachtung unter den Zierpflanzen des Blumengartens fanden bei mir vielleicht noch die Georginen, besser bekannt als Dahlien. Warum? Vermutlich deshalb, weil sie dem auf Entdeckungstour wandelnden Dreikäsehoch durch ihre Staudenhöhe Respekt einzuflößen vermochten. Warum man damals dem Petersburger Botaniker Georgi als dem Namenspatron für die Georginen den Vorzug gab gegenüber dem Schweden Dahl (für die Dahlien), das konnte ich noch nicht ergründen.
Von den Gartenstiefmütterchen und den Löwenmäulchen gewann Oma in Eigenregie den Samen und zog daraus ihren pflanzlichen Nachwuchs. Für Rabatten an den Beeten oder abschnittsweise am Staketenzaun entlang bevorzugte man den üppig gedeihenden Phlox.
Bei der Bekämpfung der Wildkräuter verfuhr man nicht allzu streng, und so gediehen auf den Gartenwegen, unter den Bäumchen und Sträuchern, erst recht aber an den Zaunlatten, von außerhalb in den Garten eindringend, Gänseblümchen, Vergißmeinnicht, Schafgarbe, Rainfarn, Leinkraut, Gänsefingerkraut, Hauswurz, verschiedene Wegericharten, Hirtentäschelkraut, Ackerwinde, Franzosenkraut, der unvermeidliche Löwenzahn, Huflattich, Weiße und Gelbe Taubnessel sowie Brennesseln.
An sonnigen Tagen diente übrigens der Mauerpfeffer den Bienen als Tummelplatz und Spielwiese, so daß ich respektvoll Abstand hielt, wie ich überhaupt auch um das Bienenhaus einen würdigen Bogen zu schlagen pflegte, wenn ich „in Sachen Erdbeeren“ gerade einen Beutezug unternahm. Daher durften die Beeren unter den Einflugschneisen der Bienen oft besonders lang reifen, ehe sie mir an einem regne-

rischen Abend zum Opfer fielen, wenn die Bienen ihren Ruhetag hatten.
Möglicherweise fragt sich jetzt der geneigte Leser, warum ich bisher den Gemüsegarten keines Wortes gewürdigt habe. So was gab es meines Wissens in Omas Vorgarten nicht. Bestenfalls ein bißchen Schnittlauch. Alles andere holte man bei Bedarf „ei'n grueßn Haus" („im großen Haus"), also im benachbarten Garten des (amtierenden) Bauern. Dort hatte man immer Helferinnen zur Verfügung, die sich leichter bücken konnten als Oma, um zu säen, zu pflanzen und auch zu ernten. Dort holte man also Kopfsalat, der Häuptelsalat hieß, Möhren, Zwiebeln, Knoblauch, Suppengemüse, z. B. Sellerie, die man Zeller nannte, auch Kümmel und Dill und gar manches andere. „Doas beßla, doas Ihr braucht (Vater und Mutter wurden oftmals von den Kindern, auch den erwachsenen, geihrzt), wird's schunt noch bei uns hoan", und Oma nahm das Angebot der Bäuerin, ihrer Schwiegertochter, gern an. („Das bißchen, das Ihr, Mutter, braucht, wird es schon noch bei uns haben/geben.")
Doch was ist aus all der Herrlichkeit geworden? Der Herrgott hatte ein Einsehen, so daß der Nießner-Großmutter die Katastrophenjahre um 1945 erspart blieben; sie starb wenige Wochen vor Ausbruch des Krieges als Achtzigerin. Und ihr „Haisla" – wie der ganze Bauernhof – bot nach fünfzig Jahren ein Bild des Grauens. Nach einem Dachstuhlbrand ragten die Dachsparren gespenstisch zum Himmel; das Mauerwerk zerfiel, und in dem vom Unkraut überwucherten Garten haben vor allem Brennesseln und Pestwurz ihren Siegeszug angetreten, und das mit triumphalem Erfolg.
Die häufigen Aufenthalte in Wildgrub hatten es mit sich gebracht, daß ich auch die örtliche schlesische Mundart beherrschte.
Unzählige Male machten sich die Wildgruber Verwandten und Bekannten – es kannten mich ja fast alle – einen Spaß daraus,

mich Steppke zu fragen: „Sag mal, wie viele Sprachen sprichst du eigentlich?“ Worauf ich wunsch- und erwartungsgemäß erwiderte: „Ich kann Deutsch, Tschechisch und Wildgrube-risch.“
Bis in jene Zeit zurück reichen übrigens auch meine Vorstellungen von meinen künftigen Berufen. Als Kindergartenabsolvent wünschte ich mir nichts sehnlicher, als Lokomotivführer zu werden. Für mich eine klare Entscheidung, denn mein Onkel Gustav war Lokomotivführer, und während ich mich mit meiner Spielzeugeisenbahn vergnügte und begnügen mußte, fuhr er auf dem schnaubenden schwarzen Ungeheuer, das man Lokomotive nennt, im Volksmund auch als Kaffeekocher bekannt, sein Züglein von Troppau nach Kuchelna und zurück. Die Faszination der Mobilität hatte mich erfaßt. Doch sie hielt mich nur bis zu den nächsten Sommerferien gefesselt, die ich wieder zusammen mit meinen Eltern bei meiner Oma verleben durfte. Dort allerdings eröffneten sich mir ganz andere Perspektiven.
Einer meiner Lieblingsplätze im bäuerlichen Umfeld war der Garten meiner Großmutter, wo sie Blumen pflanzte und vor allem Stachelbeer- sowie Ribiselsträucher zu betreuen hatte. Doch was war das alles gegen die Prachtexemplare von Erdbeeren! Sie gediehen an kräftigen Stauden auf mehreren Beeten, die mit Hühnermist gedüngt wurden. Und spätestens jeden zweiten Tag, je nach Sonneneinstrahlung, durfte ich „ernten“. Dieses Vergnügen wollte ich mir auch für künftige Zeiten erhalten! Also wandte ich mich vom Lokführer ab und beschloß, Gärtner zu werden, allerdings einer von der Qualität, der in der Hauptsache übergroße, leuchtend rote Erdbeeren pflückt.
Inzwischen war ich für Onkel Rudolf wohl alt genug, um mich abzuwerben. Oft und oft, wenn er seine Pferde einspannte, am Ackerwagen, am Leiterwagen und erst recht an der Kutsche, wenn er in die Stadt fuhr, durfte ich neben ihm Platz nehmen,

ihn begleiten und bald auch selbst die Zügel halten. Da ich ihm offenbar eine wertvolle Hilfe war, nahm er mich manchmal zu sich auf die Mähmaschine, auf seinen Schoß, um mich mit den Armen umfangen zu können und mich keiner Gefahr auszusetzen. Dieses Umherkutschieren fand meine uneingeschränkte Zustimmung. Was Wunder, daß ich nichts sehnlicher herbeiwünschte, als Bauer zu werden, Landwirt, wie man in meiner Heimat zu sagen pflegte.

Allmählich ging für mich die Zeit einer unbeschwerten vorschulischen Kindheit zu Ende. Im Jahr 1928 war Schlesien mit Mähren zu dem Land Mähren-Schlesien mit der Hauptstadt Brünn vereint worden. Die Landesbehörden im schlesischen Troppau wurden aufgelöst. Fortan gab es nur ein Landesgendarmeriekommando in Brünn, und dorthin wurde mein Vater versetzt.

Im Sommer 1929 brachen wir – als Opfer einer staatlichen Verwaltungsreform – unsere Zelte in Katharein ab und übersiedelten in die neue Hauptstadt.

Geschichten vom Onkel Franz

Längst konnte ich mich davon überzeugen, daß es in der Verwandtschaft vieler Familien, mit denen wir Kontakt pflegen, einen Onkel Franz gibt – und wenn schon nicht mit namentlicher Übereinstimmung, so doch dem Typ nach. Oder sollte ich lieber betonen: der Type nach?

Eine solche Type hat bereits vor Jahrzehnten einen literarischen Rang eingenommen, als Herrmann Mostar einem Neffen wohlmeinende Ratschläge „in Sachen Weib“ erteilte und seine Episteln im Briefstil beendete mit der Sentenz: „In diesem Sinn Dein Onkel Franz.“

Doch so mancher „Onkel Franz“ hat sich durch andere Besonderheiten hervorgetan und ist dadurch, wenn nicht in die Literatur-, so doch in die Familiengeschichte eingegangen.

Soweit es mich selbst betrifft, gestehe ich, daß mein Stammbaum wirklich einen Onkel Franz aufweist, dem Namen und auch der Type nach.

Mein Onkel Franz war ein älterer Bruder meiner Mutter. Er wuchs in dem elterlichen Bauernhof eines Gebirgsdorfes in Sichtweite des Altvaters auf, zusammen mit weiteren Geschwistern, und wohl weil der älteste Bruder den Hof übernehmen sollte, ging er in die Handwerkerlehre und wurde Tischler. Um die Jahrhundertwende pflegten Handwerksburschen noch auf die Walz' zu gehen. So gelangte Onkel Franz als junger Mann bis nach Tirol und hatte Gelegenheit, sich ein wenig in der Welt umzusehen.

Als er in seine Heimat zurückgekehrt war, traten allerlei unvorhersehbare Umstände ein. Ein älterer Bruder wanderte nach Nordamerika aus, der Vater, also mein Großvater mütterlicherseits, war bereits gestorben (an den Folgen eines Unfalls bei der bäuerlichen Arbeit), bei Onkel Franz stellten sich gesundheitliche Schwierigkeiten ein, und zwar mit der Hüfte, so daß ich ihn nur so in Erinnerung habe: beim Gehen

nach einer Seite stärker belastet. Dadurch brauchte er auch nicht zum Militär einzurücken, und so ergab es sich, daß er zu guter Letzt doch den Hof seiner Eltern übernahm.
Seine erste Frau habe ich nicht gekannt; sie starb im Kindbett, nachdem aber bereits drei Söhne geboren waren. Onkel Franz mußte zum zweiten Mal heiraten, und seine zweite Frau, meine Cilli-Tant', gehörte wie Onkel Franz selbst zu jener Seniorengeneration, die der Vertreibung zum Opfer fiel. Onkel Franz, die Cilli-Tant', ein Sohn aus erster Ehe, nämlich mein Cousin Rudi, und der Hoferbe, mein Cousin Erwin, aus zweiter Ehe, wurden in den Bayerischen Wald verschlagen und ließen sich in Ruhmannsfelden nieder.
Dort hat es sich ergeben, daß Onkel Franz mit einem anderen Heimatvertriebenen ins Gespräch kam, der nach Kriegsende von den Tschechen im Lager Hodolein bei Olmütz inhaftiert worden war und von einem Leidensgenossen zu berichten wußte, der mein Vater gewesen sein muß. Dadurch erlangten wir zwar eine entsetzliche, aber eben doch einige Gewißheit über das Verbrechen, das Tschechen im August 1945 an meinem Vater begingen.
Im Bayerischen Wald konnte ich Onkel Franz nicht mehr besuchen, doch von früheren Ferienaufenthalten in der sudetenschlesischen Heimat habe ich von ihm noch eine bildhafte Vorstellung. Gern erinnere ich mich daher an so manche „Geschichte".
Da konnte es schon geschehen, daß in den Abendstunden nach getaner Arbeit – tagsüber hatte man für derlei Maßnahmen keine Zeit – sich einer der Bauern des Dorfes einstellte, auf der Bank vor dem Hauseingang Platz nahm, und wir jungen Kerle, die mein Cousin Erwin als einer der Ältesten um sich zu versammeln pflegte, Zeugen der handwerklichen Geschicklichkeit meines Onkels wurden, die ihn fast als einen Bader und somit Helfer in der Not auswies. Man ging eben, das wußte man im Unter- wie im Oberdorf, zu „Nießner-Fran-

zen“, wenn die Zahnschmerzen nicht nachlassen wollten und eine Fahrt nach Freudenthal zum Zahnarzt aus Zeitmangel, etwa in der Ernte, nicht in Frage kam. Onkel Franz rückte den dreibeinigen Melkschemel zurecht, ergriff die Zange, drehte den Kopf des zu malträtierenden Patienten in die rechte Position, so daß die Abendsonne den Mundraum erhellte; dann setzte er an, überzeugte sich durch ein kurzes Rütteln, daß der Bösewicht richtig in der Zange saß, ein heftiger kurzer Ruck, ein nicht minder heftiges langes Stöhnen des Patienten – und alles war vorbei.

Nein, noch nicht! Zur Desinfektion und Spülung diente ein in Eigenproduktion angesetzter Wurzelschnaps und zur Belohnung noch ein zweites Stamperl, das Großformat aufweisen durfte, und damit war die Prozedur beendet. Daß sich der „Dokter“ selbst einen kräftigen Schluck genehmigte, ist selbstverständlich. Wie die Bezahlung reguliert wurde, das entzieht sich meiner Kenntnis. Aber über die Krankenkasse wurde bestimmt nicht abgerechnet! Es ist mir auch nicht bekannt, ob Onkel Franz das Naturtalent eines Baders besaß oder ob gar erst später der älteste Sohn, der Zahnarzt geworden war und in der Stadt seine Patienten etwas manierlicher bediente, ja dort sogar äußerst beliebt war, den Vater in solcherart Hexenkünste eingeweiht hat.

Doch was auch immer meinen Onkel Franz ausgezeichnet haben mag, wird verdrängt von einem Geschehen, von dem ich bereits seit den dreißiger Jahren Kenntnis habe, wobei sich ein Zitat aus dieser Geschichte bis in die Gegenwart erhalten hat und in ähnlicher Situation gebraucht wird.

Wegen seines körperlichen Gebrechens, eben seiner Behinderung beim Gehen, hat sich im Laufe der Zeit eine Umstellung in der Hausordnung und Arbeitsplanung herausgebildet. Die Tante half, vor allem in der Hochsaison der Ernte, auf dem Feld, und Onkel Franz praktizierte schon vor über fünfzig Jahren eine Methode, die im allgemeinen als Errungenschaft der letzten Jahrzehnte gilt. Als eine Art Hausmann kümmerte er sich vor allem um die Küche, und das Gesinde war keinesfalls unglücklich darüber, wenn sie wußten, daß der Bauer das Mittagessen vorbereitete. Wo er seine Kochkünste erworben hat, ist mir nicht bekannt. Doch weit und breit wußte man, daß er köstliche Mahlzeiten auf den Tisch brachte.

Bauer, Bäuerin, Söhne (und Töchter, falls vorhanden) saßen mit den Knechten und Mägden an einem Tisch – das war so selbstverständlicher Brauch -, und man ließ es sich in der Mittagszeit bestens munden. Schließlich brauchte man Kraft für die zweite Hälfte des Arbeitstages, der sich bis in die Dunkelheit hinziehen konnte, vor allem wenn ein Schlechtwetterdurchzug angesagt war. Irgendwann begann es der Tischgesellschaft aufzufallen, daß der Bauer (und in diesem Fall sein eigener Koch) selbst wenig Appetit zeigte. „Vater, etz ieß höet noch awing“, sagte dann die Tante, die ihn gern nach der Art der Söhne als „Vater“ ansprach. Und eben die darauf folgende Antwort ist allmählich zum Zitat geworden. „Oach, ich dächt’, iech war’ heit nie vüe assn“, antwortete Onkel Franz, und anfangs machte man sich fast ein wenig Sorgen, weil die verblüffte Runde am Mittagstisch kräftig zuzulangen pflegte und man befürchten mußte, der Herr des Hauses habe irgendwelche Beschwerden, wenn es ihm nicht schmeckte.

Ganz allmählich gelang es, die Ursache der Appetitlosigkeit zu ermitteln. Immer wieder einmal eilte vom Feld jemand ins Haus, weil man etwas Wichtiges vergessen hatte; aus der Nachbarschaft kam jemand, um etwas zu entleihen; der Gemeindediener erschien, um die Einladung zur nächsten Gemeinderatssitzung zu übergeben ... In den Vormittagsstunden zur Zeit des sogenannten Gabelfrühstücks, wenn man sich bei der Feldarbeit damit begnügen mußte, die Vesper zu verzehren und etwas zu trinken, wurde dann Onkel Franz jeweils dabei überrascht, daß er sich sechs Eier in die Bratpfanne geschlagen hatte und mit einer entsprechenden Portion Speck zu einer sehr ergiebigen Zwischenmahlzeit verarbeitete. Es dauerte nicht lange, da hatten sich diese Einzelbeobachtungen angesammelt und herumgesprochen. Kein Wunder, daß es dem Bauern beim eigentlichen Mittagessen nicht so recht schmecken wollte, nachdem er kurz vorher die sauber mit Brotstückchen ausgetunkte Bratpfanne zur Seite gestellt hatte.

So entwickelte sich fast der bekannte Dialog zum kleinen Gesellschaftsspiel. Die Tante fragte: „Na, Vater, woas ies'n heit wieder? Megst'n nischt mehr assn? Etz ieß höet noch awing!" Und Onkel Franz wischte sich mit einer Hand über das fetttriefende Kinn, wiegte bedenklich das Haupt und antwortete dann sehr zögernd: „Inne, ich dächt', iech war' heit nie vüe assn."

Obwohl meine Frau unseren sudetenschlesischen Dialekt nicht kennt und nur mit Mühe versteht, weiß sie sehr wohl, was es bedeutet, wenn ich gelegentlich über mein Kinn streiche und voller Zurückhaltung erkläre: „Ich dächt', iech war' heit nie vüe assn!" Nur wenn Gäste anwesend sind, muß ich dolmetschen: „Ich dächte, ich werde heute nicht viel essen!"

Von der „schwarzbraunen Haselnuß“ zum „Dritten Mann“

Mein Cousin Franz war ein großer Jäger vor dem Herrn. Er jagte in den Revieren rings um den Altvater, nicht selten auf Einladung der zuständigen Jagdherren, reiste aber ebenso bis ins Sächsische, wenn ihm dort ein befreundeter Hubertusjünger einen stattlichen Sechzehnender in Aussicht gestellt hatte. Sein Jagdzimmer strotzte denn auch von Jagdtrophäen aller Art, und von jedem Geweih wußte er eine besondere Geschichte zu erzählen, so daß wir Jungen aus dem Dorf – ich war in den Sommerferien mit von der Partie – atemlos lauschten. Aber auch der präparierte Birkhahn hatte ein interessantes Schicksal, und wir Bengel erfuhren so manches von der freien Wildbahn, von der Pirsch, vom Röhren des Hirsches und Fiepen der Rehe bis zum Balzen des Auerhahns.

Franz pirschte sich allerdings mit nicht geringerer Leidenschaft an zweibeinige Ricken heran, doch über derartige Jagderlebnisse schwieg des Sängers/Jägers Höflichkeit. Wenn wir ihn aber ganz hartnäckig traktierten, dann setzte er sich an seine Zither, intonierte einige zünftige Takte, und wir sangen aus voller Kehle mit: „Schwarzbraun ist die Haselnuß, schwarzbraun bin auch ich; schwarzbraun muß mein Maderl sein, gerade so wie ich.“ Da verstanden wir, in welchem Revier Franz wieder gewildert hatte. Dazu muß man wissen, daß er damals als junger Zahnarzt in einer größeren Zahnarztpraxis der Bezirksstadt tätig und als solcher sehr beliebt war, sich den Luxus eines Privatautos leisten konnte und oftmals am Mittwoch oder zum Wochenende aus der Stadt nach Hause aufs Dorf kam, wo er als noch Unverheirateter seine Bleibe auf dem väterlichen Bauernhof hatte. Mit seinen Liedern zur Zither leitete er meist den Feierabend ein, und er hatte wohl auch seinen Spaß mit uns, die wir ihm für solcherart Abwechslung sehr dankbar waren.

Franz ging oft früh zu Bett, weil er um die vierte Morgenstunde oder noch früher zur Pirsch in den umliegenden Wäldern aufbrach. Übrigens wußte er faszinierend davon zu berichten, welch großartiges Erlebnis ihm immer wieder beschert wurde, wenn er die Stunde vor Sonnenaufgang wie einen Gottesdienst erlebte, jedes Knacken und Rascheln zu deuten wußte, daß er mit dem Hochwild aus seinem eigenen Jagdrevier auf du und du stand und manchmal bald nach Tagesanbruch, wenn sich auf dem Bauernhof längst neues Leben regte, aus dem Wald zurückkehrte, ohne einen einzigen Schuß abgegeben zu haben, weil er sich damit begnügte, von einem Hochsitz die Lichtung mit den äsenden Tieren zu beobachten und sich den Wildwechsel einzuprägen. Ganz zu schweigen von der Hege, die er dem Wild in seinem Revier angedeihen ließ, wenn ein hartnäckiger Winter mit nur schwer zu überwindenden Schneewehen und Wächten der Nahrungssuche höchst hinderlich war. Wenn es in der Stube schummrig wurde und bestenfalls eine Kerze gespenstische Schatten projizierte, rückte Franz immer wieder einmal mit jenen Erlebnissen heraus, in die Wilderer oder anderes Gelichter verwickel waren und die uns das Blut in den Adern erstarren ließen. Ich hatte im Gymnasium ja gerade erst mit der a-Konjugation begonnen, wie hätte ich da schon Jägerlatein verstehen sollen! Es war aber auch viel zu schaurig schön, als daß wir es nicht hätten glauben wollen.

Nun ja, die Zeiten sind längst ins Meer der Vergangenheit hinabgetaucht, doch die Erinnerung an die Zitherabende mit Franz dem Nimrod hat sich erhalten. Die Klänge der Zither tun ein übriges, wenn zum Beispiel das Harry-Lime-Thema aus dem Film „Der dritte Mann“, von dem Grinzinger Heurigenwirt Anton Karas suggestiv aufreizend gespielt, dem Instrument neue Perspektiven eröffnet. Zitherspiel und Jagdeifer scheinen sich zu ergänzen, ob nun ein Weidmann auf die Pirsch geht oder im Film ein Spitzbube gejagt wird. Zither-

akkorde sind absolut unverwechselbar und fordern zu charakteristischen Stimmungen heraus. Deshalb kann es geschehen, daß ich mich, einfach durch die Eigenart der Zitherklänge, zurückversetzt fühle in meine Kindheit an die Seite des wackeren Weidmannes Franz und ihm ein herzhaftes „Weidmannsheil!“ in die ewigen Jagdgründe folgen lasse.
Nicht versäumen darf ich allerdings darauf hinzuweisen, daß Franz es auch war, der weltstädtisches Flair in die Einsamkeit unserer Gebirgsdörfer zu transponieren verstand. So ergab es sich, daß den bekannten Volksliedern mit Zitherbegleitung nicht selten Filmmelodien folgten, die im Begriff waren, sich als Schlager zu entwickeln. Konkret denke ich an den Film „Bomben über Monte Carlo“ mit der Musik von Werner Richard Heymann. Gassenhauer nannte man damals Melodien wie: „Adieu, mein kleiner Gardeoffizier“ oder „Das ist die Liebe der Matrosen“, die ab und zu in einem Unterhaltungsprogramm des Fernsehens ertönen – sogar als Marschrhythmus für das Fernsehballett. So hatte Franz einst seinen großen Auftritt – ich sehe ihn vor mir – und schlug uns „junges Gemüse“ in seinen Bann.

Ja, schön is so a Ringelspiel

Das Schuljahr war zu Ende gegangen, und pünktlich hatten sich die Schausteller im Dorf eingefunden, um auf dem Dorfanger ihre Attraktionen aufzubauen und den Kindern zum Schulfest und zum Ferienbeginn etwas zu bieten, was ihnen Freude und Spaß bereiten könnte. Selten genug verirrten sich solche Abwechslung stiftenden Akteure in eines unserer Gebirgsdörfer, so daß sie vor allem von den Kindern und Jugendlichen immer gern willkommen geheißen wurden.
Als etwa 10jähriger Springinsfeld hatte ich den Bauernhof meines Onkels, bei dem wir, meine Eltern und ich, zur Sommerfrische untergekommen waren – wie es damals hieß –, noch rasch verlassen und die Zeit vor dem Abendessen dazu genützt, mich in dem bescheidenen Vergnügungspark umzusehen. Mit Genugtuung stellte ich fest, daß auch ein Ringelspiel für den folgenden Sonntag zur Verfügung stehen würde. Der geneigte Leser weiß sicherlich, was man unter einem Ringelspiel versteht, während ich damals den Ausdruck „Karussell" vermutlich noch nicht kannte. Es war aber auch kein richtiges Karussell, obwohl die Sitze an Ketten hingen, was heutzutage dem Begriff „Kettenkarussell" entspräche. Es war eben eher ein Ringelspiel, denn es wurde „von Hand" angetrieben. Und für so eine Drehbahn suchte der Ringelspielbetreiber zweimal sechs oder acht Jungen. Die Helfer der ersten Rotte begaben sich (oberhalb der herabhängenden Ketten) auf einen ringförmigen Holzboden, spreizten sich in die radial angeordneten Holme ein und setzten die zugehörige Drehkonstruktion in Bewegung. Die Drehmannschaft war immer doppelt besetzt, denn nach zehn oder fünfzehn Kraftakten durfte jeder Helfer selbst einmal mitfahren, nämlich kostenlos. Mutter sah es zwar gar nicht gern, daß ich mich an dieser Art Spektakel beteiligte; es war wohl auch mehr für die Ärmeren unter der Dorfjugend gedacht – und das hatten wir doch nicht nötig! Aber es war halt

„so sehr schön“, wie wir damals sagten. Und so versuchte ich nach besten Kräften mit den anderen Haudegen Schritt zu halten.
Kann man die geschilderte Situation aus Kindheitstagen musikalisch besser kommentieren als mit dem Lob- und Preislied auf das Ringelspiel schlechthin?
„Schön is so a Ringelspiel, dös is a Hetz und kost’ net viel ...“
Und sobald diese Melodie erklingt, versetze ich mich um etliche Jahrzehnte zurück und sehe mich im Schweiße meines Angesichts zusammen mit meinen Kumpanen ein Ringelspiel in Schwung bringen. Die Zahl der Runden pro Minute habe ich niemals ermittelt, doch Geschwindigkeitsrekorde hätten wir nicht aufstellen können, weil der „Chef“ die Möglichkeit hatte zu bremsen und also regulierend eingegriffen hätte.
Etwa zehn Jahre später hatte die Welt ein neues Gesicht angenommen, jedenfalls aus meinem Blickwinkel. Vergessen waren die kindlichen Vergnügungen am Ringelspiel, und der Krieg bestimmte das Geschehen auch im Leben des einzelnen. Meinen Memoiren entnehme ich, daß ich „in jener Zeit“ das pulsierende Leben der Metropole Prag zu bereichern im Begriff war. Ob noch als Student oder bereits als Soldat, das vermag ich allerdings nicht zu entscheiden.
Jedenfalls kündigte eines der Prager Premierenkinos die Erstaufführung des Musikfilms „Karussell der Liebe“ an, und ich zögerte keinen Augenblick, mir den Genuß einer Zerstreuung zu gönnen.
Zunächst beherrschte die Leitmelodie den *Film*, doch bald als Schlager auch die Straßen von Prag, wo man sang: Das Karussell, das dreht sich immer rund herum, die ganze Welt, die fängt sich an zu drehn. Davon wird mir im Kopfe kunterbunt und dumm, doch ich find’ es trotzdem wunderschön. Komm, steig doch ein und fahr mit mir! Ich fahre einmal, zweimal, dreimal um das Glück mit dir. Das Karussell, das dreht sich immer rund herum für das hochverehrte Publikum. –

Und schon überlagerten sich die Bilder des Augenblicks und der Gegenwart mit den Projektionen der Erinnerung an das Ringelspiel aus den Tagen der Kindheit. Musik ist eben ein Faktor, der Erinnerungen wach werden läßt.
Verständlich, daß sich mir zwei Melodien für alle Zeit eingeprägt haben! Und bei passenden Gelegenheiten biete ich dem zufällig anwesenden Begleiter oder der Begleiterin wahlweise an: „Schön is so a Ringelspiel“ samt den folgenden Begründungen, oder „Das Karussell, das dreht sich immer rund herum“ mit einer Rückblende in die vierziger Jahre von Prag. Wo sind die Zeiten geblieben!

Der erste Kuß

Er muß seine Elisabeth sehr geliebt haben, nein, er hat sie sehr geliebt, seine Frau, das ist bekannt, der Sänger und Schauspieler Leo Slezak, mein berühmter Landsmann. Wie hätte er ihr sonst über ihren Tod hinaus schöner seine Liebe gestehen können als mit dem Grabspruch: Vom ersten Kuß bis in den Tod sich nur von Liebe sagen! Immer wieder, wenn mir diese Liebeserklärung Leo Slezaks in den Sinn kommt – seine Frau hat zwei Jahre vor ihm Abschied nehmen müssen –, begreife ich, daß es mit dem ersten Kuß seine eigene Bewandtnis hat. Wie war das damals eigentlich bei mir? Und ich erinnere mich…

Wie üblich verbrachte ich meine Sommerferien zusammen mit meinen Eltern auf dem Bauernhof meines Onkels in einem idyllischen Gebirgsdorf des Altvatergebirges, zu einer Zeit, als kaum jemand ahnte, es könnte dereinst zum Modetrend werden, „Urlaub auf dem Bauernhof" zu machen. Nach sorgfältiger Gewissenserforschung meine ich, daß ich mich damals im Reifezustand eines Vierzehnjährigen befand, als ich mich anschickte, der Not gehorchend *und* dem eigenen Triebe eine Alternative zur männlichen Geschlechtlichkeit zu suchen.

Vermutlich hat es die paradiesische Schlange gewollt, daß genau zu jener Zeit eine liebreizende Wienerin namens Gerti bei ihren Verwandten im selben Dorf zu Besuch weilte. Sie war zwar ein Jahr jünger als ich, doch als Kind der Großstadt war sie sich ihrer Weiblichkeit sehr wohl bewußt. Von meinem örtlichen Instruktor, einem 18jährigen Bauernburschen, hatte ich erfahren, daß man das Alter eines Pferdes am Gebiß, das Alter eines Mädchens aber an ihren Titten erkennen könne. Der Ausdruck „Titten" war mir nicht geläufig, doch mein Spezi mußte es schließlich wissen, er war ja entsprechend erfahrener und hinter vorgehaltener Hand mein „Ausbilder".

Ich zog ihn sicherheitshalber zu Rate und ließ mir bestätigen, daß Gerti ihren schwellenden Brüsten nach durchaus hätte 15 sein können. „Schau nur, wie die Knopflöcher an den Knöpfen ihres Dirndls zerren, weil es über den Titten so spannt", belehrte er mich.
Gertis Titten hatten also meine Aufmerksamkeit erregt. War es wirklich nur die Aufmerksamkeit? Immerhin strich ich bei verschiedenen Gelegenheiten ganz zufällig und auch nur flüchtig darüber hinweg; doch sie reagierte recht harmlos.
Eines Nachmittags wollten wir eine Art Picknick veranstalten, jedenfalls das, was man darunter versteht, denn die Bezeichnung dafür kannten wir damals noch nicht. Das Gelände rings um einen aufgelassenen Steinbruch, der sich mit Wasser gefüllt hatte und vor allem der Dorfjugend als Badeteich diente, schien uns geeignet. Wochentags, wenn auf den Feldern gearbeitet wurde, würde uns dort niemand stören. Offenbar hatten wir uns einiges vorgenommen, denn ich hatte auch den Fotoapparat in die Verpflegungstasche gesteckt.
Ein geeignetes Plätzchen im Schatten eines mächtigen Buschwerks war rasch gefunden, wir ließen uns auf der Decke nieder und machten es uns bequem. Das Picknick konnte beginnen.
Da fällt mir wieder einmal der naive Witz ein, wo der Herr Leutnant die Zenzi fragt, ob sie jetzt picknicken könnten, und sie darauf treuherzig antwortet: „Das schon, Herr Leutnant! Aber wollen wir nicht vorher etwas essen?"
Nun ja, selbst wenn mir Gerti eine so verwegene Frage gestellt hätte, wäre ich ohne Einführungsunterricht nicht ausgekommen. Und mit der Einführung hatte sie selbst auch ihre Schwierigkeiten. Trotzdem nahm ich es als sehr sympathisch wahr, wie sie immer wieder einmal ihr Dirndlkleidchen aufplusterte, um es danach glattzustreichen, wie das eben Weibspersonen zu tun pflegen. Bei dem Aufbauschen des Rockes, was sicherlich völlig ohne verführerische Absicht geschah,

konnte ich nicht umhin, einen Blick zu riskieren in jene versteckte Region, wo sich der kleine Unterschied bemerkbar machen soll. Doch ich gewahrte nichts weiter als ein weißes Höschen und allerliebste braungebrannte Schenkelchen – und war damit zufrieden.
Die Buchteln, die wir für die Vesper mitbekommen hatten, mundeten uns zwar, aber wir hatten offenbar beide den Eindruck, das könne heute noch nicht alles gewesen sein, da müßte schon noch etwas folgen. Und es folgte ...
Halb zog sie ihn, halb sank er hin, hätte Goethe gedichtet, wenn er hätte in einem Verhör aussagen sollen. Einem inneren Begehren folgend, wandte ich mich ihr von Angesicht zu Angesicht in unmißverständlicher Absicht zu, sie ließ sich mit dem Oberkörper nach hinten fallen, und unsere Lippen berührten sich zum ersten Kuß.
Kaum hatte ich danach Luft geschnappt, wurde meiner Gerti klar, daß sie sich nichts aufzwingen lassen dürfe, und so gab sie mir den Kuß zurück. Jetzt waren wir quitt – und mit unserer Leistung sehr zufrieden. Nicht nur zufrieden, sondern ein wenig auf den Geschmack gekommen. Solche Kühnheit mußte konserviert, ja dokumentiert werden.
„Wenn wir jetzt ein Foto machen, werden wir uns später daran erinnern, wie schön es damals war...“ Gesagt, getan! Ich baute das Fotostativ auf, stellte den Selbstauslöser ein – das hatte ich schon als Zehnjähriger von einem angeheirateten Cousin gelernt –, wir stellten uns so in Positur, daß niemand an unserer Identität zweifeln konnte, und küßten uns, solange der Selbstauslöser lief. Wir wagten nicht, uns zu bewegen, ja nicht einmal zu atmen, und völlig erschöpft ließen wir uns auf unsere Decke fallen. Von der inneren Erregung ganz zu schweigen! Denn wir waren durch unser unerhörtes Tun in die Domäne der Erwachsenen eingedrungen.
Die Verderbtheit unseres Handelns war offenkundig, und ich wagte nicht, die Platten zum Entwickeln zu bringen. Ich erin-

nere mich ungefähr, daß der ältere Bruder eines Mitschülers, nachdem wir rechtzeitig zum Schuljahresbeginn in die Großstadt zurückgekehrt waren, aushelfen mußte und in der Fotohandlung alles auf seine Kappe nahm.
Dreißig Jahre mochten seither vergangen sein, als ich nach den unvergleichlichen Turbulenzen, die uns das 20. Jahrhundert beschert hatte, Gerti in Wien auskundschaftete. Den ersten Kuß beim Picknick am Steinbruchteich hatte auch sie nicht vergessen, zumal sie, als sie einst ihrer Mutter das Foto zeigte, mit Nachdruck auf das Schändliche unseres damaligen Treibens hingewiesen wurde. Ihre Mutter hatte ihr nämlich eine Ohrfeige verabreicht und meinte, das Schicksal ihrer verdorbenen Tochter beklagen zu müssen, die einem Wüstling in die Hände gefallen war.
O quae mutatio rerum! Will sagen: Da hat sich in den Jahrzehnten seit Oswalt Kolle und Beate Uhse doch gar manches geändert!

Ein Grenzfall

Neuigkeiten pflegten im Städtchen mit Windeseile die Runde zu machen, und wenn dabei nicht immer alles der Wahrheit entsprach, so hatte man erst recht wieder was zum Ratschen. Diesmal ging es um einen jungen Lehrer, der nach Freudenthal versetzt worden war und den es zu beschnuppern galt. Seine Leutseligkeit und Aufgeschlossenheit begünstigten das Bemühen der Bürger, vor allem der Elternschaft, sich über den Neuankömmling zu informieren. Wenn also of'm Markt a poar Weiber beisoammestoandn, teschkeriertn se bestimmt ieber dan Heeger-Lehrer. Di Jauernegen woaßt schunt, doaß a Viktor häßt. Die Riedl-Franzen vo dr Neisser Strouß mänt': „Ich hoa gehort, a wär vo Herrlitz kumma." Drof de Nießner-Josefen: „Woas unser Hannesla aus dr Schü häm broucht hout, so ies dar Neie a gonz a patenter Kampl." „Iech män, dar hout se hausn wie dr Krowoat 's Hemb", ploatzt' de Schuberten dazweschn. Und de Thielen mußt jo wieder 's letzte Wort hoan: „Doas wird sich jo weisn, ob ar awing Jenum hout. Etz muß ich mich oaber tummeln, sunst kriegn mei Leit zu Mettich nischt zu assn. B'it eich Gout!"
Alles in allem war man in bezug auf den Heeger-Lehrer bald zufriedenstellend mit Nachrichten gesättigt. Denn selbst die Schüler trugen dazu bei. Sie hatten die anfangs übliche Zurückhaltung bald überwunden und erzählten zu Hause begeistert von dem temperamentvollen, humorigen Lehrer und seinem schwungvollen Unterricht.
Eine Sonderstellung bei der Beurteilung des Neulings nahmen lediglich die Honoratioren der Stadt ein. Nicht etwa, daß sie mit seinem Auftreten oder seinen Leistungen unzufrieden gewesen wären! Beileibe nicht! Sie wollten nur nicht zugeben, daß so ein unerfahrener Jüngling durch sein Temperament mit der Erfahrung des Alters wetteifern konnte.
„A settes Pirschla muß sich höet a erscht de Härner oastuesn.

Br missn vor a poar Wochn wartn. Gell, Herr Schulroat, doann koannst du uns a schunt säen, ob a länger bleit oder ni. 's koann joa a sein, doaß a awing ei de Heiert giehn und sich imsahn mecht, weche von unsern Techtern dan Teixlskarla nemmt."

Doas woar racht vrnümftich, woas dr Herr Fabrikant doa gesäet hout, und weil oalle eivrstoandn woarn, packte jeder sei Stamperla Proßnitzer, doas dr Wirt vo dr „Bierhalle" serviert hoatt, und met an lautn „Prost!" und an kräftign Schluck oaf de Gemietlichkät woar doas Thema fir heit erledigt.

Der Heeger-Lehrer hatte bald begriffen, wie die Hautevolee über ihn dachte, gesellte sich zwangsläufig, aber auch aus Neigung zu den jungen Erwachsenen, und schon nach wenigen Monaten zählte er zu den aktivsten Förderern jugendlichen Übermuts. So kam es, wie es kommen mußte.

Es war an einem frostigen Winterabend, als sich die Spitzenvertreter der Freudenthaler Gesellschaft wieder zu einem der Stammtischabende im Klubzimmer der „Bierhalle" eingefunden hatten. In Ehren ergraute Stadtväter, ehrwürdige Direktoren, Inspektoren, Professoren, schwerreiche Textilbarone und andere Fabrikanten waren herbeigeströmt, um die Probleme der Kommunalpolitik zu erörtern, und nicht selten fielen dabei gewichtige Vorausentscheidungen für das Wohl der Stadt. Schon deshalb wünschte man keinerlei Störungen, und es verstand sich fast von selbst, daß Unbefugten der Zutritt beinahe verboten war.

Zu jenem tabuierten Klubraum gab es ein größeres Vorzimmer, das die Würdenträger durchschreiten mußten und ganz nebenbei zum Ablegen von Kleidungsstücken benützten. Doch eben dort pflegten sich – in Ermangelung einer günstigeren Stätte – die Angehörigen der jungen Opposition zu versammeln, einer Opposition nicht im politischen, sondern im gesellschaftlichen Sinne. Das waren jene Haudegen, die sich um den Heeger-Lehrer geschart hatten: weder in Ehren ergraut, noch ehrwürdig, weder schwerreich noch titelbehangen. Um irgendwelche Probleme der Stadtpolitik kümmerten sie sich herzlich wenig, dagegen standen Fragen des Schabernacks häufig auf der Tagesordnung, und darüber berieten sie allerdings mit demselben Ernst und ebensolcher Hartnäckigkeit wie die erlauchten Großväter hinter der bedächtig geschlossenen Tür zum Klubzimmer. Diese Tür sollte eine gesellschaftliche Grenze bilden, gewissermaßen zwei Welten trennen. Leider kam es immer wieder zu unfeinen Übergriffen. Während nämlich der bloße Versuch der Vorzimmergäste, in den Klubraum vorzudringen, als Gipfel der Dreistigkeit verurteilt worden wäre, mußten sie selbst es dulden, daß ihr Versammlungsraum von den Notabeln soeben wieder zum Aufhängen der Wintermäntel benützt und somit zur Garderobe degradiert wurde. Gepflogenheit oder Stichelei, das war hier die Frage. Jedenfalls forderte die ständige Mißachtung der „Hoheitsgrenze“ zu Gegenmaßnahmen heraus. Dabei verbanden sich die Interessen der tatendurstigen und auch sonst „zugkräftigen“ Rasselbande mit den persönlichen Neigungen des Heeger-Lehrers. Einer der Schlawiner hatte nämlich schon früher einmal zufällig beobachtet, daß in den meisten Überziehern, ob Hubertusmantel oder Fries, der sperrige Haustorschlüssel zurückgeblieben war.

Der Heeger-Lehrer wußte Rat: „Weßt'r woas, heit war'brs dan Tatterichn do drinna hämzöen. Br missn uns oaber federiern, doaß se uns ni drweschn. Max paßt oa dr Tir auf wie a Haftlmoacher und lurt, ob sich drinne woas rihrt. A poare schleichn zu dan Mäntln, jeder sucht sich zwä aus, nimmt aus dr Toasch dan Haustorschlessl raus und steckt nen ei de Toasch vo an oandern. De iebrichn missn awing rimäschern und palavern, doaß's dan do drinna ni vrdächtich virkimmt.“

Gesagt, getan! Im Nu waren sämtliche Schlüssel vertauscht, da gab aber auch schon der Wachposten an der Tür zum Allerheiligsten ein Zeichen zum Verschwinden. Denn aus dem

Klubzimmer drangen verdächtige Geräusche vom Stühlerücken und als Stimmengewirr, was auf den allgemeinen Aufbruch hindeutete.
Die jungen Kerle jedoch hatte bereits die Dunkelheit verschluckt. Über die halbe Stadt verteilt, hatten sie Schlupfwinkel bezogen, von denen aus sie die Heimkehr der leicht bier- und weinseligen Zecher beobachten konnten.
Als erster betrat der Herr Bürgermeister die Straße, respektvoll begleitet vom Herrn Stadtsekretär. Die Beachtung der dienstlichen Distanz und die Folgen der vorgerückten Stunde machten eine umständliche Abschiedszeremonie erforderlich.
„Herr Bürgermeister, iech winsch' Iehna an guden Heimwag und a geruhsame Noacht. Br hoan zwoarsch Neimond und a biese Finsternis, oaber 's ies joa ni weit", ließ der Subalterne wissen und nahm fast Habtachtstellung ein.
Darauf das Stadtoberhaupt in gewohnt jovialer Weise: „Kumme Se oach aa gutt häm, Peschke, und schloufn Se gesund!" Doch bald war das Wohngebäude des Bürgermeisters erreicht, und der Schlüsselgewaltige unternahm den ersten Versuch, das Haustor zu öffnen. „Inne dou, iech war' doch nouch eis Schlessellouch neitraffn", sprach er vor sich hin, und die Silben kamen schwer und recht gedehnt von seinen Lippen. „Nä, hertersch, doas ies ja wie vrhext", ließ er sich vernehmen, weil 's beim zweiten Mal wieder nicht funktionierte. „A setts Gefrett met dan Schlessln! Oder ben iech ni oa dr rechtichn Tir!" Doch Haus, Tor und Schloß stimmten. Als jetzt der Schlüssel zwar ins Loch rutschte, das Schloß sich aber trotzdem nicht schließen ließ, dürfte dem Herrn Bürgermeister allmählich die Zornesröte ins Gesicht gestiegen sein. Und die Lautstärke paßte sich dem in dieser Situation geeigneten Vokabular an. „Jeses, Maria und Josef! Doa mißt ma doch neischloun, doaß de Fetzn fliegn. Kruzitürken!" Nach dem vierten vergeblichen Versuch platzte dem mitternächtlichen Zecher fast der Kragen. „Peschkeee! Peschkeee!"

schrie er in die sonst totenstillen Gassen. Der Herr Stadtsekretär meinte auch auf Abstand die Stimme seines Herrn zu erkennen und machte pflichtschuldigst kehrt. Mit vereinten Kräften sollte das Werk gelingen. Aber das massive Eichentor reagierte weder auf Fingerfertigkeit noch auf Brachialgewalt. Da wurde der Stadtgewaltige fuchsteufelswild und gab eine derart vehemente Schimpfkanonade von sich, daß auch noch der diensthabende Stadtpolizist herbeieilte.
Jetzt hielten es die verantwortlichen Übeltäter, die Krutzn Karla, die in gebührendem Abstand und im Schutz der Dunkelheit dem Spektakel gelauscht hatten, für dringend ratsam, den Schauplatz ihrer Schandtat so unauffällig wie möglich zu verlassen.
Auf eine wirklichkeitsgetreue Darstellung der Szenen, die sich wenig später bei der Heimkehr der anderen Zechbrüder aus dem Klubraum der „Bierhalle“ abgespielt haben, muß aus Gründen der taktvollen Überlieferung verzichtet werden. Die Schuldigen hat man zwar nie ermittelt, doch seltsamerweise wurde der Versammlungsraum der jungen Mannschaft, jenes besagte Vorzimmer, von den Großkopferten nie mehr als Kleiderablage in Anspruch genommen.

Für Jugendliche ungeeignet

Längst hatte sich Viktor Heeger als anerkannt tüchtiger Lehrer die Achtung seiner Mitbürger erworben und konnte als Verfasser der beliebten „Geschichten vom alten Haiman“ auf erste literarische Erfolge zurückblicken. Da lud der Bezirkslehrerverein in Freudenthal zu einer Lehrerversammlung ein, in der unter anderem über die Herstellung einer für den Schulgebrauch geeigneten Landkarte des Bezirkes Freudenthal beraten werden sollte.

Soeben waren die Versammlungsteilnehmer mit Nachdruck von der didaktischen Notwendigkeit zur Schaffung dieses kartographischen Werkes überzeugt worden, so daß sich der Referent dem Karteninhalt im einzelnen zuwenden konnte. Mit wissenschaftlicher Genauigkeit analysierte er die zu fordernden Karteneintragungen und mochte wohl mit seinen Ausführungen die gewünschte Wirkung erzielen, als sich bei den Zuhörern plötzlich eine von Heiterkeit getragene Unruhe zu verbreiten begann. Im ehrenwerten Auditorium saß nämlich auch der Bürgerschullehrer Viktor Heeger, der dem Vortrag aufgeschlossen zu folgen und auf einem Zettel eifrig Notizen zu machen schien. Nach einer Weile reichte er das Papier heimlich seinem Nachbarn, und dieser gab es schmunzelnd ebenso unauffällig weiter; so wanderte Heegers Notizblatt von Hand zu Hand – fast durch die ganze Runde. Das verdächtige Schmunzeln verwandelte sich bald in ein mit Mühe unterdrücktes verheißungsvolles Grinsen, bis schließlich einige der Anwesenden in schallendes Gelächter ausbrachen. Eine allzu menschliche Schwäche hatte sich ihrer bemächtigt – und die andernorts so gestrengen und nichts als Würde und Respekt ausstrahlenden Pädagogen waren ihr zum Opfer gefallen.

Entrüstet unterbrach der Redner seine ganz und gar ernsthaften Darlegungen: „Aber meine Herren, ich darf doch um

Aufmerksamkeit bitten!“ Dann fragte er mit sonorer Stimme die Herren Kollegen nach der Ursache ihres Heiterkeitsausbruchs.

Um die Spannung im Saale zu lösen und den Vortragenden mit seinen Zuhörern ob ihrer „Ungezogenheit“ zu versöhnen, erhob sich einer der Störenfriede und versicherte – nachdem er seinem Freund Heeger einen schelmischen Blick zugeworfen hatte –, die in der Versammlung aufgetretene Heiterkeit gehöre durchaus zum Thema und sei keinesfalls als Mißfallenskundgebung gegen den Redner zu werten. Kollege Heeger habe lediglich einen ersten Entwurf für die geplante Bezirkskarte vorgelegt, dessen Originalität Anerkennung verdiene. Als Beweis überreichte der Sprecher Heegers Notizblatt.

Der Referent, von Haus aus seriös veranlagt und Junggeselle durch Schicksalsfügung, traf umständliche Vorbereitungen, den Heegerschen Entwurf einer kritischen Betrachtung zu unterziehen; aber schon nach wenigen Augenblicken entspannten sich die strengen Züge, und ein befreiendes, zwerchfellerschütterndes Lachen erfüllte den Raum.

Heeger hatte als talentierter Zeichner eine liebliche Jungfrau aufs Papier gezaubert und diese Darstellung zur Grund- und Unterlage für die Freudenthaler Bezirkskarte erkoren. Fein säuberlich waren wohlgeformte Hügel und Felsspitzen, sanft gerundete Höhen, anmutige Täler, tiefe Furchen und Gräben, dichte Wälder und lichte Fluren, Städte und Dörfer eingetragen worden, und so war dank Heegers Einfühlungsvermögen und seiner gründlichen Kenntnis der Materie eine harmonische Komposition entstanden, die topographische Bezeichnungen sowie anatomisch und geographisch fundierte Linienführung in sich vereinte.

Die zuständige Schulbehörde soll allerdings Heegers Vorschlag abgelehnt haben mit dem Aktenvermerk: Für Jugendliche ungeeignet!

Der Schlesiermarsch

Das Städtchen war kein Touristenzentrum, wiewohl man von hier gern zur Fahrt auf den Altvater startete, und es war kein Kurort mit Kurorchester, durfte sich allerdings des überschwenglichen Namens Freudenthal rühmen und durfte stolz sein auf seine Stadtkapelle. Durch das Tal, welches das Städtchen in zwei ungleiche Teile zerlegt, floß der Schwarzbach, der jetzt ganz anders heißt und der sich unauffällig an den Häusern vorbeimogelt.

Ehe er bebautes Gelände erreicht, quert er eine Parkanlage, den sogenannten Antonspark, und dort stand „zu meiner Zeit", bis in die vierziger Jahre, ein Konzertpavillon, nichts Aufwendiges, aber immerhin. Dieser Antonspark mit Konzertpavillon war in den Sommermonaten zur Abendstunde Schauplatz musikalischen Geschehens. Die seriösen Jahrgänge konnten auf Bänken Platz nehmen, während die jüngeren Paare, um nicht zu stören, in gebotenem Abstand promenierten.

Ich erinnere mich, daß Walzer und Märsche das Programm der Freudenthaler Stadtkapelle beherrschten. Einer unter den Märschen allerdings sollte stets als Finale erklingen: der „Schlesiermarsch" von Gustav Willscher.

Die Jungen horchten auf, denn sobald die ersten Takte an ihr Ohr drangen, erweiterten sie promenierenderweise den Aktionsradius. Ich möchte nicht zweideutig behaupten, sie schlugen sich seitwärts in die Büsche, aber sie hielten Ausschau nach einsameren Gefilden, weil sie sich nach dem Parkkonzert noch ein wenig der Stille hingeben wollten.

Doch auch die Gäste auf den Bänken horchten auf, begannen sich zu erheben und im Marschrhythmus mitzuklatschen, um dann beim Refrain lauthals einzustimmen: „Frei und deutsch wolln wir sein, echte Schlesier wolln wir bleib'n. Heil dir, du grüne Schles!"

O Schreck, o Graus! Da sträuben sich sofort bei einigen Binnenpolitikern die Nackenhaare ob derart faschistoider Provokation. Aber Gustav Willschers Schlesiermarsch entstand bereits 1915, „als Böhmen noch bei Öst'reich war" und somit auch das Städtchen Freudenthal im kaiserlichen Österreichisch-Schlesien. Doch in Wahrheit war nichts anderes beabsichtigt als eine geistige Abschirmung von dem permanent spürbaren Druck aus dem tschechischen Landesinneren Mährens etwa. Zugegeben, als sich in der zweiten Hälfte der dreißiger Jahre der nationale Einfluß „aus dem Reich" geltend machte und gleichzeitig der tschechische Widerstand zunahm, erklang der Text des Refrains nicht mehr als Gesang, sondern schon eher als Aufbegehren: „Frei und deutsch wolln wir sein!" Freilich zwangsweise in einem ungeliebten Staat, der das Deutschtum seit zwanzig Jahren einzuschränken sich bemühte.

Doch damit befinden wir uns bereits inmitten der Auseinandersetzungen, die weit in die Jahrhunderte zurückreichen. Mehr als einmal habe ich später vergeblich versucht, einem geschichtlich wenig bewanderten Gesprächspartner, der seine Ostkundekenntnisse nur von der „Erweiterung des Lebensraums im Osten" bezog, zu erläutern, welche Turbulenzen über Jahrhunderte seit dem Mittelalter zwischen Wien und Prag aufgetreten sind, so daß der Kaiser nicht nur alle Mühe, sondern ganze Armeen aufbieten mußte, bis dann nach dem Ersten Weltkrieg der Scherbenhaufen neu geordnet werden sollte – was leider wiederum mißlang. Aber lassen wir das! „Wenn ihr's nicht fühlt, ihr werdet's nicht erjagen."

Nun ja, den Schlesiermarsch hört man kaum noch, nicht einmal bei einem Treffen der Heimatvertriebenen.

Allerdings wann immer ich nach einem Geistesflug der Erinnerungen in Freudenthal lande und meine Schritte – jetzt auch schon mal real – in den Antonspark lenke, höre ich ihn wie eh und je, den Schlesiermarsch von Gustav Willscher … und ich sehe mich mit meiner Begleiterin in der Dämmerung entschwinden.

Und auch jetzt noch, nach Jahrzehnten, geschieht es nicht selten, wenn ich mit Landsleuten zusammentreffe, daß sie mit der vertrauten Sehnsuchtsfrage aufwarten: „Weißt du noch…? Damals im Antonspark – die Konzerte mit dem schmissigen Schlesiermarsch, das war doch immer ein Erlebnis!“

Berliner Luft

Im Frühsommer 1939 – wir hatten also die „Heimkehr ins Reich" im Herbst davor gerade erst siegreich absolviert – bot sich mir, dem 16jährigen Gymnasiasten, eine erste Gelegenheit, meinen Blick durch deutsche Lande schweifen zu lassen. Einer meiner Cousins hatte meines Wissens schon vor dem Anschluß für den deutschen Bauernverband gearbeitet und war nunmehr weiterhin dafür tätig, aber die Organisation nannte sich jetzt wohl „Reichsnährstand". Die Siedlungen in den Gebirgstälern meiner Heimat waren überwiegend Bauerndörfer, und so gab es auch nicht die geringsten Vorbehalte, die Bestrebungen des Ortsbauernführers zu unterstützen, denn er war ja einer der Ihrigen.
Damals – es hatte sich gerade eben so ergeben – präsentierte sich in Leipzig eine große Landwirtschaftsmesse, und so organisierte die heimische Bauernschaft unter Anleitung der zumindest vorübergehend in das Sudetenland abkommandierten fachlichen und politischen Instruktoren einen Sonderzug nach Leipzig. „Wenn du Lust hast, kannst du mitfahren", ermunterte mich mein Cousin, und im Nu war die Angelegenheit beschlossene Sache.
Was die Ausstellung zu bieten hatte, war für die Fachleute bestimmt höchst interessant. Doch ich selbst knüpfe meine Erinnerungen weniger an Mähmaschinen, Sämaschinen und Düngemittelangebote als vielmehr an den Besuch des großartigen Lunaparks. Bei strahlender Sonne saßen wir zum Nachmittagskaffee im Freien und genossen mehr noch als Kaffee und Kuchen die prickelnden Melodien des Orchesters. Ob es Absicht war? Vor vierzig Jahren war Paul Linckes Operette „Frau Luna" uraufgeführt worden, und nun erklangen in einem wohlsortierten Potpourri all jene Melodien, mit denen man Paul Lincke identifiziert: Das ist die Berliner Luft; Schlösser, die im Monde liegen; Laßt den Kopf nicht hängen.

Es folgten Arrangements aus „Nakiris Hochzeit“ und „Im Reiche des Indra“ und vieles mehr. Bis dann im Finale die Berliner Linden gepriesen wurden und einen triumphalen Abschluß bildeten: „Untern Linden, untern Linden“ und „So lang noch untern Linden“.
Alles in allem ein heiter beschwingter Nachmittag, der sich mir fest in mein Gedächtnis eingeprägt hat. Mit den besten Eindrücken und wohl auch staunender Anerkennung kehrten wir nach zwei oder drei Tagen nach Hause zurück.
Im Rückblick nicht zu fassen! Wer von uns normal Sterblichen aus der Masse Mensch hätte da ahnen sollen, daß etwa zehn Wochen später ein Massenmorden beginnen würde, das als Zweiter Weltkrieg in die Geschichte eingehen und Millionen und aber Millionen Tote fordern sollte. Gerade in diesen Kriegsjahren erinnerte ich mich nur allzugern an den Lunapark in Leipzig. Wenn dann Evakuierte aus Berlin mit unüberhörbarem Unterton von der bombensplitterhaltigen Berliner Luft berichteten, aber ebenso bei unzähligen anderen Gelegenheiten, wenn sich die Stimmung dem Nullpunkt näherte, dachte ich an das Nachmittagskonzert im Leipziger Lunapark, an die Musik von Paul Lincke und seinen Trost: Laßt den Kopf nicht hängen! Welch ein Gegensatz von damals zum 1. September, als der Krieg begann! Welch ein Reinfall – wie sich bald Weltkriegsteilnehmer von 1914/18 auszudrücken pflegten, die kein weiteres Verlangen nach einer Wiederholung verspürten. Oder: Welch eine Katastrophe – wie der Kommentar der Weltgeschichte lautet.

... wird mit dem Tode bestraft

Ein Kapitel „Postgeschichte“
Es empfiehlt sich, wieder einmal mit einer „Präambel“ zu beginnen – zum Verständnis der Gegebenheiten und der Zusammenhänge – und nicht gleich mit der Tür ins Haus zu fallen.
Die Welt befand sich damals in einem mörderischen Krieg, der bald von Freund und Feind als „zweiter Weltkrieg“ klassifiziert wurde. Deutschland war nicht unwesentlich daran beteiligt – um es so verharmlosend, ja beschönigend auszudrücken – und brauchte Soldaten, viele Soldaten, Männer also, die zu den Fahnen gerufen wurden und freiwillig, minder freiwillig oder ganz und gar unfreiwillig dorthin eilten. Zunächst beschränkte man sich auf bestimmte Jahrgänge, die durch Mobilmachung aufgerufen wurden, wie es im „ersten Weltkrieg“ hieß. Neu war jetzt die Kategorisierung nach Verwendungs- bzw. Einsatzfähigkeit. Wer „k.v.“ war, „kriegsverwendungsfähig“, hatte an den Fronten zu kämpfen, wer „g.v.F.“ oder „g.v.H.“ eingestuft war, wurde als „garnisonsverwendungsfähig Feld“, also in der Etappe, oder als „garnisonsverwendungsfähig Heimat“ im Hinterland und im Heimatgebiet eingesetzt, und nur wer „a.v.“ war, nämlich „nur“ arbeitsverwendungsfähig, oder „uk.“, „unabkömmlich“, durfte zunächst Bürodienst leisten oder seiner „kriegswichtigen“ Tätigkeit weiter nachgehen.
Und damit beginnt die eigentliche Geschichte, eine „Postgeschichte“, die sich als Beitrag zur „Postgeschichte“ mausern wird.
„Er“ war nämlich Postler und vermutlich „a.v.“, so daß er nicht zum Wehrdienst einberufen wurde, obwohl er sicherlich nicht als „unabkömmlich“ im Postamt jener Kleinstadt tätig war. In den Monaten zu Beginn des Krieges konnte man sich „bei Preußens“ solche Großzügigkeiten noch leisten. Offenbar war „er“ nicht einmal ganz mit beruflicher Arbeit ausge-

lastet, so daß er nach einer Nebenbeschäftigung Ausschau hielt. Und er fand sie in einer Trafik, einem Tabakladen, wo der nicht mehr ganz junge Chef ein wenig Entlastung suchte; denn in Kriegszeiten Zigaretten zu verkaufen oder zu kaufen war nicht minder umständlich, als dies bei Brot, Fleisch oder gar einem neuen Hemd der Fall war. Trafikant und Postler kannten sich ohnehin, wie man sich eben in einer Kleinstadt kennt, und sei es vom bloßen Sehen. Auch für die Kundschaft gab es keine Probleme. Wobei zu vermerken ist, daß außer den Männern, die Zigaretten, Zigarren und Tabak kauften, fast mehr Ehefrauen, Bräute und Freundinnen, Mütter und Schwestern zum Kundenstamm gehörten, obwohl allgemein die Parole kursierte, eine deutsche Frau rauche nicht. Sofern sie einen Angehörigen irgendwo im Einsatz wußten, kannten sie auch eine Adresse, über die man ihn erreichen konnte, meist nur eine Feldpostnummer, über die man ihm zum Beispiel ein sogenanntes Feldpostpäckchen zukommen lassen konnte. Man versorgte ihn mit warmen Socken, einem Schal oder warmen Handschuhen, und in einem davon steckte bestimmt ein Päckchen Zigaretten. Auch Rasierklingen wurden immer dankbar angenommen, abgesehen von einem langen Brief und gegebenenfalls einem Foto aus dem Familienbereich.

Beim Einkaufen in der Trafik konnte es seit einiger Zeit durchaus geschehen, daß der Tabakwaren verkaufende Postler der einkaufenden Hausfrau nicht nur die ihr nach den „Zigarettenmarken“ zustehenden Mengen aushändigte, sondern ihr ein oder zwei Päckchen mehr anbot, selbstverständlich gegen Bezahlung, aber eben jenseits der Legalität. Doch wer hätte da nicht gern zugegriffen! Schließlich erfreuten sich Zigaretten als Tauschobjekt auch in der Heimat großer Beliebtheit. Die Deutschen an der „Heimatfront“ hatten sich selbst auf das Niveau des Tauschhandels zurückgestuft.

Soviel zum Tagesablauf im Rahmen der Normalität. Kaum

jemand machte sich Gedanken darüber, woher die „überschüssigen" Zigaretten stammen könnten. Schließlich hat ein Geschäftsmann mit der eigenen Ware immer gewisse Möglichkeiten … Vielleicht wollte er seinen Mitmenschen lediglich etwas Gutes tun!

Das ging nun so, solang es ging – sagte schon Nathan während der Darlegung der Ringparabel. Doch völlig unvermittelt platzte die Bombe; denn in Windeseile verbreitete sich die Hiobsbotschaft, der Tabakverkäufer sei verhaftet bzw. von der Gestapo abgeholt worden. Soll ich wieder einmal die legendären Mühlen Gottes zitieren, die da zwar langsam mahlen … usw.? Was war geschehen?

Nicht allgemein, doch hinter den Kulissen, will sagen: hinter den Schaltern des Postamtes jener Kleinstadt war bekannt, daß Postsendungen, die dort aufgegeben wurden, den Empfänger nicht erreichten. Allgemein bekannt war hingegen aus Verlautbarungen der Reichsobrigkeit, daß während des Krieges verschärfte oder auch für den besonderen Fall geltende neue Gesetze angewandt werden müßten, etwa bei Spionage, Sabotage und Wehrkraftzersetzung. Sie enthielten fast immer als Strafandrohung (sinngemäß) den Passus „… wird mit dem Tode bestraft". Und nun verschwanden also vor allem Feldpostpäckchen auf dem Wege zwischen annehmendem Postamt und Empfänger an der Front. Da gab es freilich etliche Möglichkeiten. Züge in Richtung Front wurden bombardiert oder von Partisanen überfallen, in die Luft gesprengt, selbst bei Kampfhandlungen im unmittelbaren Frontbereich konnten Postsendungen verbrennen oder sonstwie vernichtet werden.

Die zuständigen Organe, wohl Kriminalpolizei und Gestapo, begannen die möglichen „Tatorte" einzukreisen. Aber auch an Tagen, wenn die Posttransporte unbehindert ihre Ziele erreicht hatten, waren Päckchen verschwunden. Bald war man überzeugt: Die abhanden gekommenen Postsendungen hatten das Postamt gar nicht verlassen. Dort mußte ein „Maulwurf“ seine Wühlarbeit verrichten, mit großer Wahrscheinlichkeit ein Postbediensteter selbst. Der Schwere des Verbrechens – es galten Kriegsgesetze! – angemessen, wurde äußerst konsequent vorgegangen. Man baute Fallen auf, brachte fingierte Päckchen an die Postschalter und verfolgte deren Weiterleitung. Von da an konnte es nur noch eine Frage von Tagen sein. In dieser Situation meldete sich bei der Polizei eine ortsansässige jungverheiratete Frau, die ihren Mann an der Ostfront so oft wie möglich mit Post aus der Heimat zu erfreuen suchte. Sie hatte eine seltsame Beobachtung gemacht. Nachdem sie in der Trafik Zigaretten gekauft und auch eine Zusatzpackung erworben hatte, wollte sie gleich das Feldpostpäckchen für ihren Mann herrichten, mußte zu diesem Zweck die eine Zigarettenschachtel öffnen und fand zwei Rasierklingen, nämlich unter den Karton der Packung geschoben. Der herbeigeholte Kriminaler brauchte keine überragenden Kombinationsfähigkeiten aufzubieten, um zu begreifen: Die Zigaretten hatten schon einmal in einem Feldpostpäckchen gesteckt, wo eine treusorgende Mutti rasch auch noch zwei Rasierklingen im Päckchen unterbringen und ihrem Soldaten an der Front zukommen lassen wollte. Wie aber waren die mit Rasierklingen garnierten Zigaretten unter den Tresen des Tabakladens gelangt?

Auf die überraschende Verhaftung folgte „postwendend“ ein Geständnis. Muß ich noch deutlicher werden?

Der Tatbestand war eindeutig, und die anzuwendenden Paragraphen ließen keinerlei Bandbreite zu, denn es stand geschrieben: … wird mit dem Tode bestraft.

Heimat, deine Sterne

Ich kenne eine Reihe von Filmen mit Heinz Rühmann, und fast jeder ist „einer seiner besten“. Doch an Situationskomik nicht mehr zu überbieten war Rühmann als „Quax, der Bruchpilot“ (1941), als er sich nach einer Bruchlandung in einem Bach aus den Trümmern seines Sportflugzeugs hochrappelt und treuherzig verkündet: „Hiermit eröffne ich die diesjährige Badesaison.“ Kaum hatte „Quax“ im ersten Durchgang die Kinos passiert, als auch schon das von Wehmut getragene Lied „Heimat, deine Sterne“ zu höchster Popularität aufstieg. Wenn ich dann sonntags bei meiner Jugendfreundin zum Mittagessen eingeladen war und die „Reichssender“ das Wunschkonzert übertrugen, dann sang Wilhelm Strienz als Lied der Sehnsucht zwischen der Front und den Lieben daheim nur allzugern „Heimat, deine Sterne“. Die Melodie komponierte Werner Bochmann. Doch wer schrieb den Text? Was weiß man vom Textdichter? Er hieß Erich Knauf, stammte aus Sachsen und mußte ein äußerst tragisches Schicksal erdulden, denn er wurde denunziert. Ein Mitbewohner aus Kaulsdorf bei Köpenick hatte ihn wegen „wehrkraftzersetzender“ Äußerungen im Februar 1944 angezeigt. Knauf wird im März verhaftet und am 6. April 1944 vom Volksgerichtshof unter Vorsitz von Roland Freisler zum Tode verurteilt. Am 2. Mai wird Erich Knauf im Zuchthaus Brandenburg mit dem Fallbeil hingerichtet.

Es ist mir nicht bekannt, ob irgendwann das beliebte Lied von der Heimat und ihren Sternen aus dem Repertoire der Wunschkonzerte zurückgezogen wurde. Aber sicherlich erklang es nach wie vor aus den rauhen Kehlen unzähliger Frontsoldaten, die sich damit in ihrem „Durchhaltewillen“ stärkten, vor allem aber die Hoffnung nährten, die zu erwartende, sich überdeutlich abzeichnende Katastrophe zu überstehen und die Lieben daheim dereinst wiederzusehen. Zu-

nächst allerdings mußten die Sterne, über der Heimat dieselben wie über der Front, dazu dienen, die wechselseitig ausgesandten Blicke zu reflektieren und an den bangenden empfangenden Partner weiterzuleiten.
Aber keiner ahnte auch nur im entferntesten, daß der Autor dieses verheißungsvollen Textes längst verbrecherischen Machenschaften zum Opfer gefallen war.

Waschtag an der Siegfriedlinie

Fast als Strandgut des Weltgeschehens hatte es unsere „Miß“ an die Gestade ihrer Heimat gespült. Ehe sie sich versah, hatte der Zweite Weltkrieg die Vereinigten Staaten zu strategischer Beteiligung herausgefordert, und so entschloß sich die Besucherin aus dem goldenen Westen dazu, ihre Rückreise bis auf weiteres zu verschieben bzw. friedlichere Zeiten abzuwarten. Wie sie es als „Amerikanerin“ fertigbrachte, die gestrenge behördliche Obrigkeit von ihrer Harmlosigkeit zu überzeugen, ob sie vielleicht sogar noch einen deutschen Paß besaß, das entzieht sich meiner Kenntnis. Tatsache ist, daß sie eines Tages an unserer Schule aufkreuzte und in unserer Klasse den Englischunterricht übernahm. Unser altehrwürdiges Staatsrealgymnasium, das inzwischen in eine reichsdeutsche Oberschule umfunktioniert worden war, hatte sicherlich schon ganz andere Attacken abgewehrt. Warum sollte es nicht auch eine derart kriegsbedingte Notsituation meistern?
Selbstverständlich bediente sich die Miß – ab sofort stand ihr der Spitzname rangmäßig zu – der sogenannten direkten Methode. Das heißt, sie sprach fast nur Englisch, und wir angehenden Abiturienten bzw. Maturanten schlackerten ganz kräftig mit den Ohren, als wir hörten, wie die englische Sprache wirklich klingt. Erklärungen gab unsere Miß meist nur mit Hilfe von Synonymen, auch in Englisch. Aufgrund des langen Auslandsaufenthalts sprach sie nämlich besser Englisch bzw. Amerikanisch als Deutsch, so daß wir ihr gelegentlich helfen mußten, das richtige deutsche Wort und die korrekte Übersetzung zu finden. Bewußt oder unbewußt hatte sie allerdings nach jahrzehntelanger Abwesenheit von ihrer sudetenschlesischen Heimat längst auch die amerikanische Art, zu leben und demokratisch zu denken, übernommen, und vermutlich hatte sie in der Kürze der Zeit noch gar nicht ganz begriffen, daß der Anschluß des Sudetenlandes an das Deutsche Reich nicht

nur geographische Konsequenzen, sondern radikale gesellschaftliche und ideologische Veränderungen mit sich gebracht hatte. Außerdem hatten wir Krieg, und eine Anklage wegen Hochverrats konnte man sich schneller einhandeln als ein Paar neue Schuhe. Doch, wie gesagt, all diese Probleme schienen unsere Miß nicht zu tangieren.
Disziplinär hatte sie mit uns Lausbuben zweifellos einige Schwierigkelten. Was lag näher, als daß sie auf mancherlei Liebhabereien ihrer Schüler einging, um sie für sich zu gewinnen. Es machte uns zum Beispiel Spaß, englische Lieder zu singen, und selbst ausgebildete Pädagogen und Anglisten wenden diese Methode an, weil sie wissen, daß sich Vokabeln und erst recht ganze Sätze auf diese Weise dem Gedächtnis besser einprägen. Unsere Miß hätte also ihre Unterrichtsweise jederzeit didaktisch rechtfertigen können.
Doch da stellte sich irgendwann ein neues Hindernis ihrem Bemühen und unserem Streben in den Weg. Es fielen ihr allmählich keine geeigneten Texte mehr ein, die man gesanglich verwerten konnte. Auf der Suche nach weiteren neuen Liedern kam ihr wieder eines in den Sinn, das wir noch nicht „durchgenommen“ hatten. Sie schrieb den Text an die Tafel, die Melodie ging ins Ohr, und der Rhythmus entsprach absolut unserem Geschmack. Und so sangen wir eines Tages in der Englischstunde an der Oberschule zu F. lauthals und voll Temperament – mitten im Krieg, im erbitterten Ringen, auch gegen „Engelland“: We're gonna hang up the washing on the Siegfried-Line. Have you any dirty washing, mother dear?
Die Gänsehaut lief uns noch Wochen danach den Rücken hinunter, als wir begriffen hatten, was geschehen war. In einer Zeit, in der das bloße Abhören eines „Feindsenders“ mit dem Tode bestraft, ein harmloser Witz als Wehrkraftzersetzung gewertet und eine unbedachte Bemerkung als Hochverrat geahndet werden konnte, sangen wir völlig unbedarft mit unserer Englischlehrerin eines der aggressivsten Spottlieder der

Alliierten gegen Deutschland. Mit der Siegfriedlinie war die parallel zur französischen Maginotlinie verlaufende deutsche Verteidigungslinie im Westen gemeint, im Englischen Siegfried-Line genannt, wobei „line“ außer „Verteidigungslinie“ oder „Frontverlauf“ auch „Leine“, „Wäscheleine“ heißen kann. Da fordert also ein Tommy seine Mutter auf, ihm die (schmutzige) Wäsche zu schicken! Als wollte er ihr den Waschtag ersparen! Als wollte er Wäsche auf der Siegfriedlinie, für ihn ja nur eine Wäscheleine, aufhängen!
Unsere Miß hat sich in ihrer Naivität sicherlich nichts Böses gedacht, als sie mit uns den Song einstudierte. Doch auch Naivität hätte sie nicht vor dem Galgen bewahrt – wenn das Lied an „unmusikalische“ Ohren gedrungen wäre! Ist aber nicht! Wie sollten wir da den Krieg gewinnen!

Mit freundlicher Empfehlung von Robert Stolz

Viele, viele Male waren wir bei meinem Bruder und seiner Familie in Wien zu Gast, nämlich in Grinzing, wo sie in der Grinzinger Straße eine herrschaftliche Villa aus Alt-Österreichs Zeiten bewohnten. Besonders genossen habe ich an lauen Sommerabenden stets die gemeinsamen Spaziergänge durch die Gassen und Gäßchen zwischen dem Grinzinger und dem Heiligenstädter Pfarrplatz. So ergab es sich im Laufe der Jahre, daß ich – ab und zu auch in Begleitung meiner Frau – die meisten Heurigenlokale zwischen der Cobenzlgasse und der Probusgasse kennenlernen durfte. Dabei war mir mein Bruder ein weinkundiger „Fremdenführer“, fast im Sinne eines Sommeliers, der sich nicht selten durch eine gezielte Einkehr beim Heurigen zu „revanchieren“ pflegte, denn gar mancher Wirt oder manche Wirtin zählte zu seinen Patienten in der Zahnarztpraxis.

Auf diese Weise wurde mir auch die Himmelstraße vertraut, die von den Einheimischen längst zum „Himmel“ hochstilisiert wurde. Ich erfuhr zum Beispiel, daß Robert Stolz „am Himmel“ wohnte, der wohl letzte bedeutende Vertreter der Wiener Operette und Unterhaltungsmusik, der in persona die These zu vertreten schien, daß Musik jung erhalte, denn er wurde fast 95 Jahre alt, bestimmt aber auch dank der Fürsorge seiner „Einzi“.

Wenn wir dann wieder einmal „am Himmel“ emporstiegen – die Straße führt in der Tat bergan –, da wetteiferten wir geradezu in dem Bestreben, eine Auswahl an Melodien von Robert Stolz aus der Versenkung hervorzuholen. „Zwei Herzen im Dreivierteltakt, die hat der Wein zusammengebracht …“, was konnte wohl treffender unsere Stimmung erfassen. Und als Ergänzung dazu: „Im Prater blüh’n wieder die Bäume, in Sievering grünt schon der Wein …“

Und wer kennt nicht jene Eingeständnisse des Meisters als

Reverenz an das schöne Geschlecht, wo es heißt: „Ob blond, ob braun, ich liebe alle Frau'n …" oder „Die ganze Welt ist himmelblau, wenn ich in deine Augen schau' …".
Und grenzüberschreitend singt Robert Stolz „O mia bella Napoli", oder er wendet sich im Morgenland an seine „Salome".
Mit dem Namen Robert Stolz und mit seinen Melodien verbinden sich in meiner Erinnerung aber auch zwei ganz konkrete Erlebnisse.
Ich war damals noch Gymnasiast, als der Krieg sich längst zu einem Inferno ausgeweitet hatte. Während irgendwelcher Schulferien verbrachte ich einige Tage irgendwo im Riesengebirge und wurde zu einer privaten Abendveranstaltung eingeladen. Ich meine, es war in Johannisbad. Es wurde zwar gefeiert, jedoch mit einem weniger erfreulichen Anlaß. Einige junge Männer, Soldaten auf Urlaub, wußten bereits, daß sie mit einer Abkommandierung an die Ostfront rechnen mußten oder dorthin zurückkehren „durften". Ihre patriotische Begeisterung hielt sich durchaus in Grenzen.
Aber ein „Mann am Klavier" bemühte sich redlich darum, mit seinen Melodien die Wehmut zu verdrängen und einige Paare zum Tanz zu bewegen. Lag es daran, daß er gewisse Voraussetzungen für einige sich anbahnende Techtelmechtel verstärken wollte, oder daran, daß er nur einige wenige Musikstücke leidlich am Klavier beherrschte? Ich erinnere mich jedenfalls, daß er immer wieder aufs neue die Mädchen ermunterte und ihnen zusprach mit dem bekannten Lied von Robert Stolz: „Ungeküßt sollst du nicht schlafen gehn …". Sollte dann der ein oder andere Vaterlandskämpfer sein Anliegen gegenüber seiner Partnerin verbal, gesanglich oder in „umschlingender Weise" verstärkt haben, auch mit der Einschränkung: „Wer weiß, ob ich zurückkomme", so war dies noch entschieden realistischer gedacht als der damals unentbehrliche Vorstoß, mit dem die Landser zum Erfolg gelangen wollten: „Ich liege

nämlich in Scheidung." Diesmal aber tat Robert Stolz ein übriges mit seinem Lied: „Ungeküßt sollst du nicht schlafen gehn", und das war ja nicht selten als Bestandteil der Mitleidstour ein erfolgreicher Anfang.
Wann immer diese Melodie erklingt, sehe ich uns in dem kleinen Saal bei jener Feier, die als Abschied gedacht war. Sechzig Jahre sind nunmehr vergangen, und noch immer berührt mich die Frage: ob sie wohl recht hatten mit ihren Bedenken, daß sie möglicherweise nicht in die Heimat zurückkehren?
Ein zweites Mal stand Robert Stolz im Mittelpunkt meines Interesses – nachdem mich seine Musik über Jahrzehnte nicht losgelassen hatte -, als ich mit meiner Frau die Robert-Stolz-Festspiele in Bad Hall in mein sommerliches Musikprogramm aufnahm. Wir konnten Eintrittskarten für die „Frühjahrsparade" ergattern, und es wurde ein amüsanter Abend, den der gleichnamige Marsch von Robert Stolz beherrschte („Frühjahrsparad' ist heut ..."). Doch das Erinnern reichte zurück bis zu jenem Abschiedsabend in pseudogeselliger Runde vor vielen, vielen Jahren, als nach einem Rezept von Robert Stolz niemand ungeküßt schlafen gehen sollte, zumal bei einigen Uniformierten der Marschbefehl für eine Abkommandierung an die Ostfront bereits vorgelegen haben dürfte!

O Tannenbaum

Mit den nachfolgenden Erinnerungen wollte ich keine Weihnachtsgeschichte im eigentlichen Sinne verfassen, aber eine weihnachtlich gefärbte und angehauchte Geschichte ist sie allemal. Die zugehörigen Gedanken umfangen mich, wann immer das von August Zarnack (1777–1827) umgedichtete Volkslied erklingt: vom Tannenbaum mit seinen grünen Blättern, die ursprünglich „treue Blätter" waren.

Das Geschehen führt zurück in die dreißiger Jahre einer Stadt im Osten Mitteleuropas, wo in den meisten Lebensbereichen etwa die gleichen Verhältnisse herrschten wie im geschlossenen deutschen Sprachraum – von Einzelheiten abgesehen. Ort der Handlung: das Wohnzimmer unserer Familie mit weihnachtlichem Dekor. Zeit der Handlung: der Heilige Abend. Im speziellen Fall als Hauptgestalt unter den handelnden Personen: mein Vater, damals etwa 40 Jahre alt.

Wichtig in diesem Zusammenhang ist eine Charakterisierung seiner Musikalität. Man kann nicht behaupten, er sei unmusikalisch gewesen. Zwar hatte er nie gelernt, ein Musikinstrument zu strapazieren. Auch mit dem Singen erregte er nie Aufsehen, ließ er keine Zuhörer aufhorchen. Doch er hatte eine andere Art der Wiedergabe von Melodien kultiviert, eine Art Pfeifen, mehr ein Flöten mit gespitzten und gerundeten Lippen, durch die er Luft ausströmen ließ, ohne schrill zu pfeifen. Seine Musikalität reichte also aus, das „Blasen" der bekannten österreichischen Militärmärsche zu einer gewissen Perfektion zu entwickeln, was ohne musikalisches Gehör und Gespür nicht möglich gewesen wäre.

Das Singen lag ihm allerdings ganz und gar nicht – mit einer Ausnahme. Am Weihnachtsabend vor dem Christbaum stimmte Mutter die „Stille Nacht" an, und der Gesang dazu war von zarter Würde geprägt. Dann folgte unweigerlich das Lied vom „Tannenbaum", und schon bei der ersten Silbe des

Textes dröhnte es durch den Raum, als hätte nach den Darbietungen eines kleinen A-cappella-Chores jetzt der Organist alle Register aufbrausen lassen. Da hatte nämlich die Stimme meines Vaters in voller Lautstärke eingesetzt, und die Umstehenden staunten in jedem Jahr von neuem, wie sich mein Vater Text und Melodie zu eigen gemacht hatte und auf seine Weise gemütvoll wiederzugeben wußte.
Wen könnte es wohl wundern zu erfahren, daß sich in mir wehmütige Erinnerungen regen, wenn das Weihnachtslied vom „Tannenbaum“ gesungen oder gespielt wird, daß ich meinen Vater am Christbaum stehen sehe, aber unweigerlich dieses Besinnen mit einem Gedanken verknüpfe, der seinem Wesen gerecht wird. Leider fiel er in den Wirren der Nachkriegszeit von 1945 dem damaligen Terrorismus zum Opfer, und immer wieder habe ich Mühe, das Erleben des weihnachtlichen Friedens unter den Menschen, die guten Willens sind, uneingeschränkt zu empfinden. Denn es sind deren zu viele, die keines guten Willens sind!
Aber noch etwas anderes kommt mir in den Sinn, wenn ich mich in die Kindheit zurückversetze, als ich damals immer wieder darüber staunte, daß man Tannennadeln als Blätter bezeichnete. Der Herr Lehrer half uns aus der Verlegenheit; Nadeln seien in diesem Fall als besondere Form von Blättern zu verstehen. Ich war es zufrieden und wieder einmal mit meinem Geschick versöhnt.

Wenn Locken locken

Sunt pueri pueri pueri puerilia tractant … Diese Sentenz fand bei uns Gymnasiasten schon wegen der im Lateinischen sympathisch zu handhabenden Metrik Anerkennung. Mit Begeisterung skandierten wir den Satz allerdings erst recht, als wir seinen Sinn begriffen hatten. Um es für Leser aus den Landen nördlich des Mains zu übersetzen, könnte man sagen: Jungs sind eben Jungs, und sie vollführen auch allerlei Jungendstreiche. Südlich des Mains müßte es heißen: Buben sind halt Buben, und wer sonst sollte wohl Bubenstreiche verüben!
Als Einwohner einer mittleren Großstadt, gerade schulpflichtig geworden, wurde ich von einem meiner Spezis den Scouts zugeführt. Da lernte man, die Himmelsrichtungen zu bestimmen, ohne Streichhölzer Feuer zu machen, mancherlei Knoten zu schlingen, und die Morsezeichen, die ich als Achtzigjähriger immer noch beherrsche, dienten als Geheimcode, wenn es galt – einige Jahre später –, der ersten Freundin, aber auch der zweiten und dritten, während des Unterrichts ein Zettelchen mit einem glühenden Geständnis zuzuschnippen. Scouts bezeichnen sich in deutschsprachigen Ländern als Pfadfinder, und so darf es nicht wundernehmen, daß wir uns pausenlos im Einsatz befanden, den richtigen Pfad zu suchen und zu finden.
Auf der Suche nach dem Pfad der Tugend gelangten wir gelegentlich an Wegegabelungen oder Kreuzungen, wo wir zu entscheiden hatten, ob wir auf dem Weg der Tugend bleiben oder diesen verlassen, um dem Pfad der Untugend zu folgen. Nicht immer war die Entscheidung leicht! Doch ich gestehe, daß wir uns manchmal bewußt auf den Weg der Untugend begaben, um der „Gefahr" kühn ins Auge zu sehen und den Kampf aufzunehmen, der Versuchung nicht zu widerstehen. Damals wäre ich als kleiner Haudegen noch nicht in der Lage gewesen, das Geschehen in Worte zu fassen. Heute allerdings

kann ich es nicht nur richtig formulieren, sondern auch dem Sachgehalt nach bestätigen, wenn geschrieben steht: Und ewig lockt das Weib!

In der Tat, auch den Steppke von damals lockte das Weib, zunächst in Gestalt eines fast gleichaltrigen Mädchens, das mich lockte, den Pfad der Tugend zu verlassen und der Verlockung zu folgen. Und schon damals galt die Sentenz, die sich bei Oscar Wilde findet: Ich kann allem widerstehen, nur nicht der Versuchung. – Erst recht nicht, wenn Locken locken.

Ein Hund kam in die Küche

Ich weiß nicht, wie es anderen Senkrechtstartern unter den Geigenvirtuosen ergeht oder ergangen ist, doch ich erinnere mich noch lebhaft daran, daß ich meiner Violine nicht allzulange zumuten wollte, immer nur auf Griffübungen zu reagieren, nach dem Willen der Violinschulpädagogen zu krächzen oder Tonleitern von sich zu geben. Endlich einmal sollte eine bekannte Melodie erklingen, und wenn es meinen Eltern gelänge, sie zu identifizieren, wäre ich bereit gewesen, ohne Murren und Widerstand weiterzuüben, mit Griffübungen, Tonleitern und zusätzlichen Malaisen.

Mein Bruder Erwin, der mir gegenüber einen altersmäßigen Vorsprung von elf Jahren hatte und seiner Geige bereits recht angenehme Töne und sympathische Melodien zu entlocken verstand, hatte wieder einmal für mich Verständnis, dachte wohl an all das, was er selbst hatte erdulden müssen, und präsentierte mir eines Tages den Violinpart zu einer Melodie aus dem „Barbier von Bagdad“ von Peter Cornelius.

Als Erwin am nächsten Wochenende zu Besuch kam, konnte es nicht ausbleiben, daß er mich begrüßte mit der Frage: „Wie geht es dem Barbier von Bagdad?“ Das wiederum sollte heißen: „Na, wie wär's? Willst du nicht einmal hören lassen, was du kannst?“

In Siegerpose baute ich mich vor ihm auf – nur vom Notenständer abgeschirmt – und gab mein Debüt vor dem interessierten Publikum, denn meine Mutter hatte sich hinzugesellt. Schon wiegte sich Erwin im Rhythmus der Melodie, und bei meiner dritten Wiederholung sang er bereits fröhlich mit:

Ein Hund kam in die Küche
und stahl dem Koch ein Ei.
Da nahm der Koch den Löffel
und schlug den Hund zu Brei.

Da kamen die anderen Hunde
und gruben ihm ein Grab
und setzten ihm ein Denkmal,
das folgende Inschrift hat:
Ein Hund kam in die Küche
und stahl dem Koch ein Ei.
Da nahm der Koch den Löffel … usw. usw.

Der Beweis war erbracht. Durch sein Mitsingen bestätigte mein Bruder, daß er die Melodie erkannt hatte und ich meine Karriere fortsetzen sollte. Inzwischen hatte sich das Blatt gewendet, und mein Bruder sang nicht mehr zu meinem Geigenspiel, sondern *ich* begleitete ihn zum Gesang. Nach der achten Strophe erkannte ich – wegen der Aufregung ob meines Soloauftritts erst jetzt – den Sog der Unendlichkeit dieser Arie, denn die Hunde würden immer wieder aufs neue ein Denkmal setzen mit jener inhaltsschweren Grabinschrift. Ganz ohne Künstlerallüren beendete ich mein erstes öffentliches Konzert (vor zwei Zuhörern) in echtem Schlesisch mit den Worten: „So, und etz meg ich nimmer!“ (Jetzt mag ich nicht mehr.)
Nimmt es wunder, daß ich mich auch nach siebzig Jahren an den Beginn meines Aufstiegs erinnere, wann immer sich ein Hund in die Küche schleicht, will sagen: jene Melodie aus dem „Barbier von Bagdad“ erklingt!
Apropos Aufstieg! Ich möchte nicht gerade behaupten, daß ich mit diesem Solovortrag den Gipfel meines Virtuosendaseins erklommen habe, aber einer der Höhepunkte meiner Karriere als Epigone Paganinis war es bestimmt!

Ein Lied geht um die Welt

Damals, 1933, begab sich das Lied auf den Weg, nach der Uraufführung des gleichlautenden Films mit der Musik von Hans May, und es kreist immer noch, gesungen von Joseph Schmidt. „Ein Lied geht um die Welt, ein Lied, das mir gefällt. Die Melodie erreicht die Sterne …“ Und schon ein Jahr später trug die englische Filmfassung dazu bei, des Sängers internationalen Ruhm weiter zu fördern, als er sang: „My song goes round the world.“ Gar oft versuchte ich den Ätherwellen zu folgen, bis zu den Sternen, und war voller Bewunderung.

„Es singt Joseph Schmidt.“ Ich höre noch die Ansage des Sprechers von Radio Wien, Mitte der dreißiger Jahre, als wir damals in Brünn wohnten und den Sender Bisamberg, wohl nicht mehr als 100 Kilometer entfernt, mit dem Detektorgerät, später mit dem Radioapparat störungsfrei empfangen konnten.

Nicht minder bravourös schmetterte er seine Lebensfreude in den Äther, wenn er die Themamelodie aus einem seiner Filme von 1936 sang: „Heut ist der schönste Tag in meinem Leben.“

Es mögen, nachdem er 1935 nach Wien übersiedelt war, wirklich die schönsten Tage seines Lebens gewesen sein – denn er ahnte wohl nicht, welche Tragik das Leben diesem begnadeten Tenor noch bereiten würde. Das Schicksal hatte es gefügt, daß er viel zu klein war, um als Opernsänger auftreten zu können – so gern er es nämlich getan hätte –, aber mit der Stimme eines Riesen konnte er zumindest im Film manches kompensieren. Fast eine Vorwegnahme mit biographischer Tendenz enthielt seine Erkenntnis: Es wird im Leben / dir mehr genommen als gegeben, / ja so ist das im Leben eben, / das merke dir!

Doch all diese Einzelheiten waren uns damals nicht bekannt. Bei unserer jugendlichen Begeisterung hätte Joseph Schmidt mit der Brillanz seiner Stimme sein irdisches Dasein allein dadurch gerechtfertigt, daß sein Lied um die Welt ging und er uns teilhaben ließ am schönsten Tag seines Lebens.

Jedenfalls gehörte für uns Musikliebhaber – Fans kannte man damals noch nicht – das Gesangsrepertoire eines Joseph Schmidt zu Radio Wien wie das Schönbrunner Gelb zur Architektur der Habsburger. Erst etliche Jahre nach Kriegsende erfuhren wir, nicht zuletzt durch den 1958 uraufgeführten Film „Ein Lied geht um die Welt" (Regie Geza von Bolvary), mehr über den schicksalhaften Lebensweg jenes Sängers, dessen Stimme man mit Richard Tauber und Benjamino Gigli zu vergleichen pflegte. Er stammte aus der Bukowina, dem Buchenland, im heutigen Rumänien, wo er am 4. März 1904 geboren wurde und in einem kleinbürgerlichen jüdischen Elternhaus aufwuchs. Er durchlief zahlreiche Stationen seiner Ausbildung zum Sänger und hatte vor der sogenannten Machtübernahme durch die Nationalsozialisten in Berlin große Erfolge. Wegen der dortigen Diffamierungen, vor allem aber wegen des Auftrittsverbots zog er sich zurück und schuf sich in Wien eine Bleibe. Als 1938 Österreich an das Deutsche Reich angeschlossen wurde, suchte Schmidt Zuflucht zunächst in Belgien, dann im nicht besetzten Südfrankreich. Schließlich meinte er, sich in der neutralen Schweiz in Sicherheit bringen zu können. Doch weit gefehlt. Denn dort mußte sich der grandiose Sänger, dem bis vor kurzem Millionen von begeisterten Anhängern gelauscht hatten, von einem subalternen Angestellten eines Auffanglagers in der Nähe von Hinwil im Kanton Zürich in geradezu unverschämter Weise vorhalten lassen: „So, Schmidt heißen Sie! So heißen bei uns viele!"

Verängstigt, ein wenig lebensuntüchtig, mittellos – denn das Geld auf seinen Schweizer Konten war plötzlich verschwunden –, fügte er sich der Lagerordnung, erkrankte und starb am 16. November 1942 in Girenbad bei Hinwil.

Wenn der Begriff der Tragik eine gewisse Unabwendbarkeit schicksalhaften Einwirkens in sich birgt, so trifft dies für den „Fall Joseph Schmidt" zu. Falls jedoch diesem Joseph Schmidt im großen Weltenplan von Anbeginn nur ein kometenhaftes Aufleuchten vorgegeben war, dann sicherlich mit der unabdingbaren Auflage, er möge so singen, wie es das Lied auf dem Weg um die Welt ankündigt: Die Melodie erreicht die Sterne! Als gar die Deutsche Post zu Schmidts 100. Geburtstag im März 2004 ein Sonderpostwertzeichen ausgab, war sie gut beraten, den Entwurf von Jeniffer Rothkopf aus Köln zu übernehmen, der den Sänger vor dem Hintergrund eines Notenblattes zeigt – eines Notenblattes mit dem Auftakt zu dem triumphalen Tenorsolo: Ein Lied geht um die Welt!

Shirley Temple und die antiautoritäre Erziehung

Vita brevis, ars longa – so zitiert man die lateinische Übersetzung eines Aphorismus des Griechen Hippokrates. Das Leben ist kurz, die Kunst ist lang, meinte er behaupten zu dürfen. Und mir kamen seine Überlegungen in den Sinn, als ich eines Tages in der Tageszeitung las, Shirley Temple, verheiratete Temple-Black, aus Woodside in Kalifornien sei im diplomatischen Dienst tätig, speziell als UNO-Botschafterin. Damals wurde sie den Lesern auch kurz vorgestellt, und die meisten nahmen die Meldung nüchtern zur Kenntnis. Inzwischen sind etliche Jahre vergangen. Eines Tages erlaubte ich mir in einer Gesprächsrunde, als wir, ältere und mittlere Jahrgänge, in der Vergangenheit schwelgten und vor allem unsere Jugendzeit Revue passieren ließen, die Frage zu stellen: „Wer von euch kann sich noch an den Namen Shirley Temple erinnern? Wer hat in diesem Zusammenhang noch eine bestimmte Vorstellung?“ Die Folge – tiefes Schweigen und dann das Geständnis: „Der Name sagt mir nichts“, oder die Gegenfragen: „Muß man den Namen kennen? Wer ist das?“

Währt die Kunst wirklich länger als das Leben? Will sagen: Überdauert sie ein Menschenleben? Erstreckt sie sich gar über Generationen und Jahrhunderte?

Mag wohl sein, daß es auf die Art des Kunstschaffens und der Kunstwerke ankommt. Mit Sicherheit gelten für den großen Bereich der Kinematografie eigene Maßstäbe, und Filme, selbst „Oscar-prämierte“, lassen sich nicht ohne weiteres in die hehre Kunst anderer Schöpfungen einreihen. Und doch war Shirley Temple bereits mit sieben Jahren ein Weltstar. Das Filmwunderkind begeisterte in den dreißiger Jahren Millionen von Zuschauern, alt und jung. Unsere Eltern bewunderten sie schmunzelnd, diesen kleinen Wirbelwind, und wir jugendlichen Pennäler schwärmten für sie, begeisterten uns für sie, ja liebten sie. Das kann man leicht verstehen, wenn

man sie erlebt hat, wie sie in einem ihrer Filme auf einem weißen Flügel einen Stepptanz vorführte, dem selbst der legendäre Fred Astaire Respekt gezollt hätte.
Damit eroberte sie die Herzen von Millionen auf der ganzen Welt. Zugegeben, sie zehrte auch von dem Vorteil, daß sie in der Filmgeschichte wohl das erste schauspielernde Wunderkind darstellte und das Steppen in unseren mitteleuropäischen Regionen noch wenig bekannt war. Allerdings sofort Anhänger gewann!
Und was ergab sich aus all unserer Begeisterung? Wir nahmen die nächstbeste Gelegenheit wahr, um steppen zu lernen, und einige von uns brachten es zu leidlichen Erfolgen. Jedenfalls waren ab dann die langen Korridore in unserem Realgymnasium in den Pausen von einem auffälligen Klappern erfüllt. Wenn wir bei Pausenende wieder unser Klassenzimmer aufsuchten, dann selbstverständlich im Steppschritt, und ich erinnere mich: die Resonanz wurde durch den Steinboden und die Höhe der Gänge aufs äußerste begünstigt. Einen Stepper muß man bekanntlich nicht nur sehen, sondern unbedingt hören.
Doch damit nicht genug. Als man in Brünn, dem Schauplatz des gesamten Geschehens, einen Shirley-Temple-Club gründete, wurden wir ohne Zögern treue Mitglieder: mit Beitrag und Ausweis.
Liebe Shirley, hast du das alles gewußt? Wohl kaum. Doch wir Halbwüchsigen von damals haben dich ein Leben lang nicht vergessen. Und wenn es jetzt Mitbürger gibt, die nicht einmal deinen Namen kennen, so braucht man dennoch nicht daran zu zweifeln, daß dein Können in den Annalen registriert bleibt, über Generationen hinaus. Denn lang währt das Können, eine enge Verwandte der Kunst.
Allerdings kann ich nicht umhin, aus den Sphären der Kunst in die Nüchternheit des Alltags herabzuschweben. Da griff nämlich vor wenigen Jahrzehnten die Strömung des Liberalismus in beängstigender Weise um sich, erfaßte alle Lebens-

bereiche und „entartete“. Die uneingeschränkte autoritätsfreie Erziehung zum Beispiel präsentierte sich als Extrem, und Extreme sind fast immer von Übel. Ich weiß noch, wie sich damals die unterschiedlichen Auffassungen erhitzten, als es darum ging, die Freizügigkeit einzelner „kindlicher Ungeheuer“ zu tolerieren, selbst wenn es sie danach gelüstet, auf dem Schalldeckel eines geschlossenen Konzertflügels Trampolinsprünge zu üben. Freilich – Shirley Tempel hat auch einen Flügel strapaziert, jedoch mit rhythmisch exakten Steppschritten, und die bleiben unvergessen. Die antiautoritäre Erziehung hingegen hat längst das Zeitliche gesegnet.
Zur Vervollständigung der Lebens- und Erfolgsgeschichte des „besten kleinen Mädchens der Welt“ sei noch vermerkt, daß Shirley bis zur Vollendung ihres zehnten Lebensjahres etwa in drei Dutzend Filmen mitgewirkt hat, auf dem Höhepunkt ihrer Karriere als Kinderstar die bestbezahlte Darstellerin Hollywoods war – mit einem täglichen Posteingang von über 2000 Briefen ihrer Fans, ohne daß ich mich selbst beteiligt hätte, denn damals wußte ich mir keinen Rat, ihre Adresse zu ermitteln. Als sie Jahrzehnte später als Botschafterin in der ČSSR tätig war, hätte ich ihr „um der alten Zeiten willen“ bestimmt geschrieben, doch das State Department hat leider versäumt, mich von dem diplomatischen Revirement zu informieren.

„Sweet heart“

Soweit ich mich erinnern kann, habe ich nur zweimal gemeinsam mit meinen Eltern ein Kino besucht. Das erste Mal, ich war bestimmt noch keine zehn Jahre alt, nahmen mich meine Eltern mit, vermutlich deshalb, weil ich das Phänomen Film kennenlernen sollte. Vielleicht bot sich nichts anderes an, was auch meinen Vater interessiert hätte. Jedenfalls sahen wir die erste Verfilmung von Rainer Maria Remarques Bestseller „Im Westen nichts Neues“. Es war Anfang der dreißiger Jahre in Brünn.

Fünf oder sechs Jahre später brachte ich dann das Kunststück fertig, meine Eltern zu einem gemeinsamen Kinobesuch zu bewegen. Meistens ging ich allein oder mit einem Schulkameraden ins Kino, soweit es die Altersbestimmungen eben zuließen – oder auch unter Umgehung derselben. An Titeln sind mir im Gedächtnis haften geblieben: „Truxa“, „Capriolen“, „Der Mustergatte“, „Der Springer von Pontresina“, „Maske in Blau“ und nicht zuletzt eben, weil er für Jugendliche nicht zugelassen war, „Der Klub der Jungfrauen“, mit einer Szene, die unsere Ohrenspitzen zum Erglühen brachte. Schließlich war ein nackter Busen zu sehen – nach der Devise: Ein jeder Film, der auf sich hält, spielt hundert Meter in der Wanne.

Ganz sicher bin ich mir nicht, ob nicht auch bei meinem Vorhaben, meine Eltern für einen Kinobesuch zu gewinnen, eine altersmäßige Einschränkung eine Rolle gespielt haben könnte. Denn es gab Filme, die „nur in Begleitung der Eltern“ zugänglich waren.

Wie auch immer, ich veranlaßte meine Eltern, mit mir in die Innenstadt zu fahren, ins Kino „Moderna“, am Krautmarkt, meine ich. Auf dem Programm stand der Film „Maienzeit“ mit Jeanette MacDonald und Nelson Eddy. Ihre Namen samt Film kennen wohl nur noch Cineasten. Den Inhalt im einzelnen

überstrahlte eine einschmeichelnd-verführerische Melodie, die mich ein Leben lang „verfolgen“ sollte: „Sweet heart“.
Ein weiterer Kinobesuch mit meinen Eltern – es dürfte der letzte gewesen sein – sollte folgen. Duplizität der Hauptdarsteller?
Ich meine, der Film lief unter dem Titel „Rosemarie“. Gemeint ist natürlich jene „Rosemarie“ Jeanette MacDonald, die mit ihrem Partner Nelson Eddy als Traumpaar von Hollywood auftrat, und so gestand er ihr wieder einmal seine Liebe: „O Rosemary, I love you …“ Unvergessen bleibt desgleichen Eddys Arie: „Über die Prärie klingt mein Lied durch die Nacht.“ Ein grandioses Szenarium: Sternklare Nacht, der Zauber der schier endlosen Prärie, das Schweigen der Natur als Ehrfurcht vor der Schöpfung, durchdrungen von dem Lied einer großen Sehnsucht. Das Kinopublikum hält den Atem an!

Musik, die nie verklingt

Wenn es der Herrgott gnädig mit mir meint und mich in den Himmel aufnimmt, kann ich nur hoffen, daß es zutrifft, was ab und zu behauptet wird, daß nämlich der Himmel voller Geigen hänge. Und wo es Geigen gibt, wird sicherlich auch musiziert. Schließlich habe ich oft genug Engel mit einer Harfe oder Putten mit einer Trompete gesehen, wie sie dem Vorstellungsvermögen der Künstler entsprechen. Musik gilt überzeugend als die Sprache der Seele. Welch eine großartige Vision sich vorzustellen, daß sich die Seelen der verstorbenen Erdenbewohner miteinander verständigen, indem sie Melodien ihres Lebens intonieren. Sei es auch nur in singender Weise – in Ermangelung eines Musikinstruments oder weil man keines zu bedienen versteht. Da halte man es mit Gottfried Seumes Empfehlung: „Wo man singet, laß dich ruhig nieder… Bösewichter haben keine Lieder.“ In volkstümlicher Fassung: „Wo man singt, da laß dich ruhig nieder. Böse Menschen haben keine Lieder.“ Außerdem wird man aller Schwierigkeiten der Verständigung enthoben – nach der Erkenntnis: Wo die Sprache aufhört, fängt die Musik an.

Wahr ist aber auch, daß außerhalb des Bereichs der zeitlosen Kompositionen unserer Meister des Kontrapunkts, der Wiener Klassik mit ihren Symphonien und der Welt der Opern jede Zeit ihre eigenen beherrschenden Melodien hervorgebracht hat. Nach der Epoche der Operetten übernahm der Tonfilm die Funktion, seine Musik zu popularisieren. Verfilmte Operetten und Revuefilme erfreuten sich unbeschreiblicher Beliebtheit.
Die letzten Jahre in Brünn bescherten mir den Genuß zahlreicher Operetten, das Repertoire des Deutschen Hauses einmal herunter und wieder hinauf. Wiederholte Besuche der gleichen Inszenierung waren also durchaus keine Seltenheit.

Das sogenannte Deutsche Haus am Lažanskyplatz diente, wie der Name verrät, dem Kulturleben der deutschen Bewohner Brünns und widmete sich mit seiner Theaterbühne vorwiegend dem musikalischen Angebot der leichten Muse. Es ist nach dem Zweiten Weltkrieg einer Art Bilderstürmerei, nein, Architekturwandalismus im Vernichtungskampf gegen alle Spuren und Zeugen einstigen Deutschtums zum Opfer gefallen: man findet „die Stätte wüst und leer". Für mich aber bleibt die Erinnerung an das Brünner Deutsche Haus aufs engste verknüpft mit der „Operettenzeit" meines Lebens – etwa vom 13. zum 15. Lebensjahr. Ich denke an das Deutsche Haus und sehe sofort den Orchestergraben vor mir, dahinter die Bühne, der Vorhang hebt sich, der Dirigent erscheint und wird vor allem von seinen „Stammkunden" mit begeistertem Applaus begrüßt, ehe Walter Lederer als Tenor und Nina Suttner als Sopranistin ins Rampenlicht treten.

Aber auch umgekehrt! Gar oft, wenn ich im Fernsehen – im Theater viel zu selten angeboten – die „Fledermaus", den „Zigeunerbaron", „Eine Nacht in Venedig", den „Bettelstudenten", „Die lustige Witwe", „Das Land des Lächelns", „Hochzeitsnacht im Paradies", „Auf der grünen Wiese" oder viele andere Aufführungen verfolge, versetze ich mich in Gedanken in das Brünner Deutsche Haus und beginne zu träumen …

Musikalisch ist mir Brünn ebenfalls in guter Erinnerung, weil ich dort damit begann, mich an Musikfilmen zu erfreuen – im weitesten Sinne des Wortes – allein im Kino oder auch mit einem Spezi. Dies intensivierte sich wenige Jahre später in Prag, ab 1942, solang dort nach meinem persönlichen Empfinden als Student oder als Soldat – außerhalb des politischen Geschehens hinter den Kulissen in der Konfrontation mit den Tschechen – das Angebot an Filmen geradezu friedensmäßig florierte. So hat sich in meinem musikalischen Speicher eine äußerst umfangreiche Kollektion an Liedern aus diesen Aufführungen angesammelt, von denen viele zu Schlagern wurden – mit dem Effekt, ein ganzes Leben lang nachzuwirken. Es sei denn, es handle sich um Musik, die oft ganz unschön wird empfunden, weil sie nur mit Geräusch verbunden.

Juden an meinem Lebensweg

In den dreißiger Jahren besuchte ich das Deutsche Staats-Realgymnasium in Brünn, und wenn ich es recht bedenke, so konzentrieren sich meine wichtigsten Erinnerungen, Juden betreffend, auf jene Epoche meiner Kindheit und Jugend. Im Klassenverband wußte man einfach, daß Susi Egri und Ilse Frankfurter Jüdinnen waren bzw. der mosaischen Religion angehörten, wie es damals im Jahresbericht der Schule offiziell hieß. Sie nahmen nicht an unserem Religionsunterricht teil, und anderer Unterschiede waren wir uns nicht im geringsten bewußt. Bis zum Ende des Schuljahres 1937/38, in dem ich die 4. Klasse besucht hatte, gab es, soweit *ich* mich erinnern kann, keinerlei Vorbehalte. Vor allem Susi war ein hübsches Mädchen, mit einem geradezu puppenhaften Gesicht, und wir Jungen schäkerten mit ihr nicht weniger als mit anderen Mitschülerinnen. Ich gäbe was darum zu erfahren, was aus ihr geworden ist. Immerhin hätten die jüdischen Familien nach der Besetzung des Sudetenlandes noch ein halbes Jahr Zeit gehabt, um all den Gefahren zuvorzukommen, die dann nach der Besetzung der Rest-Tschechoslowakei von den rassistischen Verfolgungen zu befürchten waren.

Soweit es unsere Professoren betraf, wußten wir wohl, daß mehrere von ihnen Juden waren, aber konkret betraf diese Feststellung lediglich unsere Klassenvorstände: Dr. Josef Lamm in der 1. und 2. Klasse, Dr. Berthold König in der 3. und 4. Klasse. Um es vorwegzunehmen: Ich hatte zu beiden beste Beziehungen, was vielleicht auch durch meine Position als Klassenprimus ein wenig begünstigt wurde. Wenn ich es mit dem heute zu Gebote stehenden Sprachschatz ausdrücken soll, könnte ich sagen: Ressentiments waren mir ebenso fremd wie der Terminus dazu. Diese „neutrale" Einstellung wird nicht zuletzt dadurch verständlich, daß ich auch von den Eltern her niemals eine Abneigung gegen Juden zu spüren bekam.

Ein besonderes Gedenken aber möchte ich meinem Klassenvorstand Dr. Lamm widmen, den ich bereits bei der „Aufnahmeprüfung“ kennenlernte. Bei *dem* Zeugnis, das ich aus der 5. Volksschulklasse vorlegen konnte, genügte als Prüfung ein zwangloses Gespräch. – Doch nun zu den Besonderheiten!
Wann immer ich an Lessing und die Tragik in seinem Leben denke, erinnere ich mich an Herbert Eulenbergs großartigen Essay und dabei wiederum an ein bezeichnendes Zitat: „Er war der erste, der ausging, den Deutschen ein Nationaltheater zu schaffen, und nur Juden an seinem Wege fand.“
Nun bin ich keinesfalls so vermessen, mich mit Lessing vergleichen zu wollen, doch in diesem einen Punkt, seiner Biographie entnommen, drängt sich mir zwangsläufig ein Vergleich auf.
Ich meine die Liebe zur deutschen Sprache und Literatur. Meine Einstellung zum Deutschtum in einem von Tschechen beherrschten Staat verdanke ich zweifelsohne meinem Vater. Daß ich mich jedoch seit meiner Kindheit, seit den ersten Gymnasialklassen mit Freude, ja mit fanatischem Eifer der deutschen Linguistik zuwandte, später in Deutsch mit „sehr gut“ maturierte und Germanistik und Zeitungswissenschaft studierte, das verdanke ich einem Juden, meinem Lehrer für Deutsch und Tschechisch am Deutschen Staats-Realgymnasium in Brünn, Prof. Dr. Josef Lamm. Abgesehen vom lehrplanmäßigen Stoff weckte er mein Interesse, indem er mit Geschick schon in den unteren Klassen die Herkunft von Wörtern bzw. Namen erläuterte, also auf Etymologie einging, Vergleiche mit der tschechischen Sprache anstellte, das Erlernen der Grammatikregeln spezialisierte u. v. a. m. Als gelegentliche Belohnung las er uns zum Beispiel kürzere Prosawerke deutscher Dichter vor, wie etwa „Krambambuli“ oder „Die Judenbuche“. Während dieser Sternstunden des Deutschunterrichts hätte man das Fallen einer Stecknadel hören können, so zog uns die Lektüre samt geschickter Darbietung in ihren Bann.

Möglich, daß ich als willfähriges Medium mit dankbarer Resonanz auffiel. Doch die dazumal geschaffenen Grundlagen durfte ich ein Leben lang nutzen.
Einmal mehr fällt mir bei dieser Gelegenheit ein, was uns einer unserer Lehrmeister zu suggerieren sich bemühte: Man muß nicht alles wissen und können, doch auf *einem* Fachgebiet sollte man versuchen, besser zu sein als die anderen!

Der Egerländer-Marsch und die Weltpolitik

Wie hat man uns doch damals den Marsch geblasen! Nein, *einen* Marsch, nämlich den „Egerländer"! Und ich erinnere mich.

Bald nach dem Einzug des glorreichen Feldherrn A.H. in Freudenthal traf auch ich dort ein, und wie er, so wählte ich ebenfalls den Umweg über Wien. Als es in den Septembertagen des Jahres 1938 kritisch zu werden drohte, verließ ich „fluchtartig" mit einem der letzten Züge, von Brünn über Lundenburg, legal als 15jähriger Staatsbürger der ČSR den Staat, den ich seit meiner Geburt als mein Vaterland kannte. Ganz sicher war ich mir nie, denn selbst beim Absingen der Nationalhymne fragte ich mich: „Kde domov muj, kde vlasti má?" (Wo ist mein Heim, mein Vaterland?)

Doch zurück zu meiner „Republikflucht", der ersten, 16 Jahre vor der zweiten. Das neue Schuljahr hatte gerade erst begonnen, da entschloß sich die Familie meines Mitschülers Erwin K., den weiteren Lauf der Dinge von Wien aus zu beobachten. Sie machten meinen Eltern den Vorschlag, ich sollte mich ihnen anschließen. Mein Vater, als Gendarmeriebeamter im Staatsdienst, konnte zu jenem Zeitpunkt nicht viel mehr wagen, als mich in Sicherheit bringen zu lassen. In Wien nahm ich Verbindung zu einem Großonkel auf, den ich schon ein Jahr zuvor kurz besucht hatte, und in dieser Geborgenheit erlebte ich die nahezu weltgeschichtlichen Ereignisse nur am Rande: die Rede Adolf Hitlers mit der Drohung, das Selbstbestimmungsrecht der Sudetendeutschen nötigenfalls zu erzwingen; das Treffen der „großen Vier" in München, die dort ein Abkommen unterzeichneten, das noch heute Politikern, Diplomaten und Völkerrechtlern Sorgen bereitet; die Besetzung des Sudetenlandes, also des von Deutschen bewohnten Staatsgebietes der Tschechoslowakischen Republik, durch die der „Führer und Reichskanzler" die programmatisch gefor-

derte Heimholung aller Deutschen in ein Großdeutsches Reich zu Ende bringen wollte, auf daß dem Weltfrieden keinerlei Gefährdung erwachse.
Österreich war bereits ein halbes Jahr früher „heimgekehrt" oder annektiert worden – je nachdem, welcher Definition oder politischen Grundeinstellung man den Vorzug geben möchte. Danach war es üblich, alle propagandistischen Mechanismen einzusetzen, wie zum Beispiel die Installierung von Straßenlautsprechern. So konnte jede „Erfolgsmeldung" auf dem schnellsten Wege unters Volk gebracht werden. Wie zur Bekräftigung der sudetenländischen Thematik ertönte in jenen Wochen nach jeder Durchsage der „Egerländer-Marsch", einst als Regimentsmarsch des 73. Infanterieregiments von Wendelin Kopetzky komponiert und nunmehr von der Reichspropaganda zur Hymne des Sudetendeutschtums hochstilisiert.
Der ursprüngliche Text war bereits in Vergessenheit geraten. An Patriotismus kaum zu überbieten, wenn die Egerländer Krieger für Kaiser und Altösterreich sich ereiferten: „Und wenn die Welt voll Teufel wär', wir folgen dir zu Ruhm und Ehr'." Längst hatte man dem Marsch einen Text unterlegt, dessen Auswirkungen ins politische Geschehen überleiteten. „Eghalanda, halts enk z'samm …" Also: Egerländer, haltet zusammen! Das konnte sehr wohl als politische Parole gewertet werden. Und so erklang der Egerländer Marsch in den Tagen vor dem Münchner Abkommen und danach bis zur etappenweisen Besetzung des Sudetenlandes als Fanal.
Ich aber marschierte während meines Wiener Aufenthalts manchmal von der Währinger Straße im XVIII. Wiener Stadtbezirk, wo sich ein Flüchtlingslager befand, über den Rathausplatz bis ans Ende der Wiedner Hauptstraße im V. Bezirk, quer durch die halbe Wienerstadt, während der Marschrhythmus meine Schritte beflügelte, so daß ich gut vorankam und das Geld für die Straßenbahn sparen konnte. Sobald ich mich

aus dem akustischen Einflußbereich des letzten Lautsprechers entfernte, geriet ich in die Reichweite des nächsten und wurde von der erneut zum Fortissimo anschwellenden Lautstärke weitergereicht. So erdröhnte in jenen schicksalsschweren Tagen vor allem die Innenstadt im Rhythmus des „Egerländer-Marsches", was bei mir ein Trauma bewirkte. Seither stellt sich nämlich, sobald irgendwo der „Egerländer-Marsch" ertönt, mein Erinnerungsvermögen jederzeit unvermittelt auf den Schauplatz des Geschehens in Wien ein. Umgekehrt konnte ich jahrelang bei meinen zahlreichen Wien-Besuchen nicht auf meiner Traditionsstrecke von der Votivkirche über den Rathausplatz, den Ring entlang, durch die Parkanlagen zwischen den beiden großen Museen zum Karlsplatz gehen, ohne in den Marschrhythmus des „Egerländer-Marsches" zu verfallen.

Übrigens bedurfte es nach 1945 einiger Mühe, die ursprüngliche Zueignung der als Opus 172 entstandenen Komposition für das k. und k. Infanterieregiment 73, in Eger stationiert, nachzuweisen und den „Egerländer-Marsch" zu rehabilitieren.

Da sage noch einer, Musik sei unpolitisch!

Von der Lust am Sammeln

Es ist bestimmt ein häufig gebrauchtes, geradezu alltägliches Zeitwort, wenn es darum geht, etwas zu „sammeln“.
Sammeln, das heißt nach etwas suchen und das Gefundene zu einer größeren Menge vereinigen, um es zu verbrauchen; das meinen jedenfalls kluge Bücher, die es wissen müssen. Was kann man da nicht alles sammeln!
Etwa Beeren oder Pilze imWald, Kräuter für die Hausapotheke, Brennholz in Zeiten der Not, über die Jugendliche und Mitbürger mittleren Alters bestenfalls vom Hörensagen etwas wissen können. Damals wurden auch Vorräte gesammelt, wie die Bienen ihren Honig sammeln. Man kann eifrig, emsig, ja unermüdlich sammeln. Im übertragenen Sinne sammelt ein Autor Material für sein nächstes Buch, ein Schriftsteller Stoff, „aus dem die Träume sind“, gelegentlich auch Zitate. Sammeln – das kann aber auch bedeuten, daß man Dinge, für die man sich interessiert, zusammenträgt, um sie aufzubewahren – wegen ihres Wertes, ihrer Schönheit, in einer bestimmten Ordnung. So sammelt mancher – aus Liebhaberei oder gar aus Leidenschaft – Briefmarken, Gemälde, Steine, Bierdeckel , Münzen u. v. a.
Im Nu entsteht so ein richtiges Sammelsurium.
Wie sagt doch der Schriftsteller Sigismund von Radecki? „Sammler sind Leute, die Seltenes zusammentragen in der Hoffnung, daß es noch seltener wird.“
Sammeln kann nicht zuletzt soviel bedeuten wie „eine Sammlung durchführen“, also z. B. die Mitmenschen bitten, etwas zu geben, zu spenden, um so eine größere Menge davon zusammenzubekommen: Altpapier für die Altpapiersammlung, Geld für das Müttergenesungswerk oder Unterschriften für einen Volksentscheid.
Sammeln – das kann schließlich so gemeint sein, daß man an einer bestimmten Stelle etwas zu einer größeren Menge zu-

sammenkommen läßt, wie man eben Regenwasser in einer Tonne oder Lichtstrahlen mit einer Linse sammelt.
So lassen sich im übertragenen Sinne Erfahrungen, Eindrücke, in der Ruhepause neue Kräfte oder nach vollbrachter Leistung Lorbeeren sammeln.
Das Sammeln ist sicherlich eine Tätigkeit, welche die Menschen von Anfang an, seit sie den aufrechten Gang beherrschen und sich der Hände zum Greifen bedienen, mehr oder weniger geregelt ausgeführt haben. Die Menschen der Altsteinzeit, des sog. Paläolithikums, lebten von dem, was sie sammelten und erjagten. Vor allem die Frauen und Kinder sammelten Früchte, Knollen, Wurzeln, Pilze usw.
Zu den eifrigsten Sammlern der Neuzeit darf man ganz gewiß die Philatelisten, die Briefmarkensammler, zählen. Sie gehen in ihrem Bemühen weit über das Normalmaß hinaus – wenn sie ihre fachsprachlichen Geständnisse ablegen. Das hört sich dann zum Beispiel so an: „Ich sammle deutsche Kolonien." Wie tollkühn! Günstigstenfalls hätte das eventuell Bismarck sagen dürfen! Aber ein Philatelist zu Beginn des 21. Jahrhunderts sammelt natürlich Briefmarken der früheren deutschen Kolonien. Das trifft sinngemäß für alle anderen Sammler zu. Selbst wer „Vatikan sammelt", kann nicht vermessen genug sein zu meinen, dieser kleinste Staat Europas habe nichts anderes zu bieten als Briefmarken; doch nur die allein meint er, wenn er „Vatikan sammelt".
Über Jahrtausende hinweg hat sich eine atemberaubende kulturelle Entwicklung vollzogen, und der Sammler ist geradezu zum Typus geworden. Was Wunder, daß sich selbst die Künstler seiner angenommen haben. Ich verweise zum Beispiel auf Ernst Barlachs (1870–1938) Bronzefigur „Der Sammler" (1913), für die er eine eigene Federzeichnung (Florenz, 1909) als Vorlage benützte.
Sammler zu sein ist nicht selten identisch mit der Vorliebe für bestimmte Gegenstände, mit denen man sich aus Interesse

nachdrücklich beschäftigt und die man daher gern in seinen Besitz bringen möchte. Als Beispiel bietet sich kein Geringerer als Johann Wolfgang von Goethe (1749–1832) an, dessen geistige Vielseitigkeit eine Vielfalt an Sammeltätigkeiten zur Folge hatte. Was hat er nicht alles gesammelt! In einer der ausführlichsten Goethe-Biographien (Albert Bielschowsky, „Goethe – Sein Leben und seine Werke“, 32. Auflage, München, 1918) schreibt der Autor: „Nichts war in diesen Räumen (des Goethehauses am Frauenplan in Weimar – der Verfasser) tot, alles sprach und redete zu ihm, ob es in Mappen, in Schränken, in Schubladen aufbewahrt oder als Schmuck an den Wänden befestigt war. Es war eine mächtige Fülle von Stichen, Radierungen, Handzeichnungen, Autographen, Münzen, Medaillen, Plaketten, Majoliken, Abgüssen, Mineralien, Pflanzen, Fossilien (gegen 4000), Skeletten, ein kleines kunst- und naturhistorisches Museum, das er allmälich zusammengebracht hatte und noch fortwährend mit Feuereifer vermehrte. Eine tüchtige Handzeichnung, ein interessantes Fossil konnten ihn tagelang glücklich machen.“
In der Tat sammelte Goethe fast alles, was man zu seiner Zeit für sammelnswert hielt. „Sammler sind glückliche Menschen“ – soll Altmeister Goethe sogar behauptet haben. Jedenfalls zitiert man ihn mündlich und schriftlich bei vielen Gelegenheiten, obwohl „mit an Sicherheit grenzender Wahrscheinlichkeit“ feststehen dürfte, daß die obenerwähnte Formulierung als Goethezitat nicht belegt werden kann, daß Goethe vielmehr wieder einmal herhalten mußte, weil eine Appellationsinstanz gebraucht wurde und weil es immer einen guten Eindruck hinterläßt, wenn man sich auf den Olympier von Weimar berufen kann. Man vertraut darauf, daß nur pietätlose Zeitgenossen unter uns wagen werden, gegen ihn zu polemisieren. Schließlich hat man uns in zweihundertjähriger Tradition gelehrt, ihm Respekt zu zollen und sich dem Diktat seiner Aussage zu unterwerfen.

Auch das „Freie Deutsche Hochstift“ im Frankfurter Goethe-Museum und das „Goethe-Wörterbuch“ in Hamburg als absolut kompetente Instanzen sehen sich außerstande, einen konkreten Hinweis zu geben, obwohl es im deutschen Sprachraum keinen zweiten geistig-literarisch Schaffenden geben dürfte, dessen Texte so gründlich durchforscht wurden wie die Goethes.

Aber kein Repräsentant des einschlägigen Schrifttums braucht sich zu schämen, das wiederholt zu haben, was Dutzende von Journalisten vor ihm geschrieben bzw. auch wieder von einem schreibenden Vorgänger bedenkenlos übernommen haben. Im Gegenteil – Goethe müßte sich noch postum Vorwürfe machen, daß er den in Sammlerkreisen so beliebten Satz weder seinem literarischen Gesamtwerk noch seiner Korrespondenz oder seinem Nachlaß anverrtaut hat. Wer könnte wohl ein würdigerer Stammvater neuzeitlichen Sammelns sein als Johann Wolfgang von Goethe – auch „ohne Zitat“!

Auf der Suche nach einer möglichst überzeugenden Erklärung für den Ursprung des Sammlerzitats von den glücklichen Menschen und nach dem (vermeintlichen) Urheber stößt man auf den österreichischen Schriftsteller Stefan Zweig (1881–1943), der, selbst ein passionierter Sammler, gern Sammlernaturen in den Mittelpunkt seiner Erzählungen und Novellen stellt. Dabei wählt er allerdings vorwiegend Typen aus, die als kauzige Außenseiter der Gesellschaft auftreten und von ihrer Umwelt kaum verstanden, ja meist verlacht werden. In der Novelle „Die unsichtbare Sammlung“ erzählt Stefan Zweig von einem Sammler alter Zeichnungen und Stiche, der in jahrzehntelanger Sammeltätigkeit beachtliche Werte zusammentragen konnte. Während der Kriegsjahre inzwischen erblindet, will er voll Begeisterung seine Schätze einem Antiquitätenhändler, der ihn besucht hat, vorführen. Er ahnt nicht, daß er dem erschütterten Gast nur leere Blätter darbietet, gewisser-

maßen eine unsichtbare Sammlung, da Ehefrau und Tochter die kostbaren Originale während der Inflation nach dem Ersten Weltkrieg verkauft haben, um den Lebensunterhalt bestreiten zu können. Die Novelle schließt mit dem Satz: Und ich mußte wieder an das alte Wort denken – ich glaube, Goethe hat es gesagt: „Sammler sind glückliche Menschen."
Man erinnert sich an Gotthard Ludwig Theobul Kosegartens (1758–1818) Legende vom „Amen der Steine", in der erzählt wird, der angelsächsische Theologe Beda Venerabilis (672–735) habe sich, als er erblindet war, von seinem Begleiter einreden lassen, eine große Menschenmenge harre seiner Predigt – was jedoch nicht den Tatsachen entsprach, so daß sich wenigstens die Steine seiner erbarmten und das Amen sprachen.

Im übrigen hat Goethe von 1804 bis 1807 mit dem Maler und späteren Zentraldirektor der bayerischen Kunstsammlung Joh. Christian von Mannlich (1740–1840) korrespondiert und in seinem Brief vom 27. August 1807 eine Äußerung niedergeschrieben, von der sich ebenfalls unschwer eine Gedankenverbindung zwischen Sammlern und glücklichen Menschen herleiten ließe. Goethe, der von Eifer beseelte Sammler, bekennt: „Man ist glücklich, wenn man eine Liebhaberei hat, die ohne große Kosten zu befriedigen ist und auf ein tiefes Studium hinweist."

Mutatis mutandis auf alle Kategorien von Sammlern anwendbar!

Vom Hussitensturm hinweggefegt

Einer Briefmarkensammlung Anfang und Ende

„Habent sua fata libelli“, schrieb schon Terentianus Maurus um 300 n. Chr. Geb. Gewiß, Bücher können ihr eigenes Schicksal haben, und ganz bestimmte Bücher erlebten Schicksale, über die man – Bücher schreiben könnte! Das obige Zitat kam mir in den Sinn, als ich mich an meine erste Briefmarkensammlung erinnerte, und mir wurde bewußt, daß gar mancher Philatelist unserer Tage behaupten könnte: Auch Briefmarkensammlungen haben ihr eigenes Schicksal! Und ob!

Rückblende! Ich sehe mich als achtjährigen Knirps auf dem Wäschehof eines Mietshauses in Brünn, wo wir damals wohnten, mit einem meiner Kumpane Briefmarken tauschen. Das taten wir natürlich nur, wenn nicht gerade dichte Dampfschwaden aus der Waschküche hervorquollen und sich weder kochfrische Kopfkissen im Morgenwind aufplusterten noch zarte Spitzenhöschen ihre Geheimnisse preisgaben. Feuchtigkeit war unbeliebt, ob sie nun von den an der Wäscheleine knatternden Tüchern versprüht wurde oder in Form von Regentropfen unsere Aktivitäten störte. Auch wenn der Wind von der Gartenseite zwischen die Hofmauern hereinblies, ließen wir unsere Briefmarken in der Wohnung. Herrschte jedoch an einem sommerlich-sonnigen Wochenende nahezu Windstille, dann klemmten wir „das“ Album – wir hatten ja zunächst nur eines – und die Zigarrenkiste unter den Arm, begaben uns auf den Hof, ließen uns auf den Treppenstufen nieder und betrieben Freiluftphilatelie. Die Mütter hatten nichts einzuwenden; denn die Wohnung blieb während unserer Abwesenheit unversehrt, und außerdem hielten wir uns „wunschgemäß“ an der frischen Luft auf.

Wir tauschten „Stück gegen Stück“ – nach dem Prinzip: Die

habe ich noch nicht! Ich besaß zwar einen alten Senf-Katalog, aber der machte mir mit den kaum feststellbaren Wasserzeichen der tschechoslowakischen Masaryk-Marken und dem unterschiedlichen Gebüsch der Hradschin-Ausgaben mehr Kummer als Freude. Eine primitive Lupe hatte ich auch bereits, denn als Pfadfinder brauchte ich sie zum Feuermachen. Auf eine Pinzette konnten wir verzichten, doch wir bemühten uns, beim Umgang mit unseren Marken Vorsicht walten zu lassen. Getauscht wurde aus der Zigarrenkiste, denn darin befanden sich die Doppelten. Das Album brauchte man zum Vergleichen, zum Kontrollieren, ob eine Marke noch fehlt, und natürlich zum Einkleben, und das wurde meist gleich an Ort und Stelle erledigt – vorausgesetzt, daß innerhalb der Serie noch ein Feld frei geblieben war. Das machte mir oft Sorgen. Mein Album – Vater hatte es eigens für mich binden lassen – enthielt nämlich Blätter, von beiden Seiten bedruckt, die in einer Art Rahmen waagerechte und senkrechte Linien aufwiesen, so daß senkrechte Markenfelder mittleren Formats entstanden waren. Bei ungünstigem Markenformat mußten eben zwei Felder „verbraucht“ werden. Dieses Verfahren der ersten Stunde erwies sich als nicht optimal, und so mußten die Marken nach einiger Zeit neu geordnet und „umgeklebt“ werden.

Ja, und was sammelte man mit Vorliebe? Als Bürger der Tschechoslowakischen Republik natürlich die Marken des „eigenen“ Landes, das ohnehin kaum fünf Jahre älter war als ich, so daß man sie einigermaßen überblicken konnte. Als deutscher Bürger dieses Staates, der aus der österreichischen Monarchie hervorgegangen war, sammelte man selbstverständlich auch die Marken Österreichs und des Deutschen Reiches. Von einem Dritten Reich wußte man damals noch nichts.

Wie ich mich allmählich vom Kind zum Jugendlichen, vom Volksschüler zum Gymnasiasten entwickelte, so mauserte sich

auch meine Briefmarkensammlung aus der Primitivität ihres Anfangsstadiums zu einem Objekt, das Struktur erkennen ließ und sich in seiner Qualität sehen lassen konnte.
Ereignisse von weltpolitischem Ausmaß oder zumindest mit weltpolitischen Folgen wirkten sich auch auf meine Briefmarkensammlung aus. Der März 1938 brachte die Besetzung Österreichs mit sich, und damit hatte zunächst die Ära der österreichischen Briefmarken ihr Ende gefunden. Im Oktober des gleichen Jahres wurde das Sudetenland dem Deutschen Reich einverleibt und im März 1939 das Protektorat Böhmen und Mähren geschaffen. Das alles fand seinen Niederschlag im philatelistischen Bereich allgemein wie in meiner Sammlung im besonderen. Das Schwergewicht meiner philatelistischen Interessen verlagerte sich auf die Marken des Deutschen Reiches, das ja nunmehr im weiteren Sinne als mein Heimatland galt. Je turbulenter sich die folgenden Jahre darstellten, desto unwichtiger erschien mir die geradezu weltfremd wirkende Beschäftigung mit meinen Briefmarken. Kriegsausbruch, schulische Verpflichtungen, Freundinnen, Abitur, Sondermeldungen aus dem Führerhauptquartier, Immatrikulation in Prag, Beginn des Studiums, Einberufung zur Wehrmacht, Militärdienst, die Hiobsbotschaften zur Schlacht von Stalingrad, Rückzugsbewegungen, der 20. Juli 1944, das sich ankündigende Inferno des Kriegsendes – da blieb nur wenig Zeit zur Beschäftigung mit der Sammlung. Und eines Tages – ich hatte noch ein letztes Mal Gelegenheit, zwischen zwei Zügen zu Hause zu übernachten – reichte die Zeit gerade noch aus, die Alben zu ordnen und im Bücherregal zu deponieren. Wozu eigentlich? Vielleicht hegte ich unbewußt die stille Hoffnung, meine Mutter, die möglicherweise als letzte die Wohnung verlassen würde, könnte mit wenigen Handgriffen auch meine Briefmarkensammlung im Fluchtgepäck verstauen. Sie war in der Tat allein, als sie sich entschloß, den Weg in die Ungewißheit anzutreten. Doch

damals plagten sie andere Sorgen, als daß sie meine Briefmarken für wichtig gehalten hätte. Sollte man gar zurückkehren dürfen, dann war es beruhigend zu wissen, daß man den gesamten Hausrat völlig geordnet antreffen würde. Doch man durfte nicht mehr ... Allerdings konnte man unterwegs sehr bald einen Eindruck gewinnen, welches Schicksal die Wohnungen der deutschen Mieter zu erwarten hatten. Mit an Sicherheit grenzender Wahrscheinlichkeit wurde unsere Wohnung wandalisch geplündert, und so fiel wohl auch meine Briefmarkensammlung dem Hussitensturm von 1945 zum Opfer. Aber was will das schon heißen im Vergleich mit den Verbrechen abscheulichster Art, die in jenen Wochen an der Tagesordnung waren!

Warten auf Wunder

Da gibt es doch tatsächlich Zeitgenossen, die nicht wissen, wer Maximilian Michael Andreas Jarczyk war, geboren am 24. September 1906 in Laurahütte im damaligen Oberschlesien, gestorben am 12. Juli 1988 in München.
Was, Sie wissen es auch nicht? Den bekanntesten und erfolgreichsten deutschen Filmkomponisten nicht zu kennen! Das gibt es doch nicht!
Über hundert Filme aus der Produktion der „Terra“, der „Ufa“ und „Bavaria“ verdanken seiner gediegenen Musik ihre Erfolge. Vor allem die Musik für die Filme mit Zarah Leander hat stilbildend gewirkt. Zugegeben, sein Höhenflug kulminierte in der zweiten Hälfte des „tausendjährigen Reiches“. Aber irgendwann sang die halbe Nation: „Ich weiß, es wird einmal ein Wunder geschehn, und dann werden tausend Märchen wahr.“
Aber das ist doch von Michael Jary!
Na eben, sage ich doch! Als Jarczyk hätte er auf seine Karriere verzichten müssen, also nannte er sich Michael Jary.
Mit dem Film „Stukas“ zollte er dem Regime seinen Tribut. Doch es dauerte nicht allzu lange, da schwang ein seltsamer Unterton mit, wenn eine leidgeprüfte Kriegerwitwe bekannte: Ich weiß, es wird einmal ein Wunder geschehn …
Als im Sommer 1942 der Film „Stukas“ in die Kinos kam, hatte ich Gelegenheit, ihn während meiner einzigen Semesterferien in München zu sehen. Ich erinnere mich noch an das Premierenkino in der Sonnenstraße, vor allem aber an meine hübsche Begleiterin Martha K., mit der ich damals kurzentschlossen von Prag aus eine Rundreise gestartet hatte – über Regensburg, München, Oberbayern rings um den Tegernsee, Garmisch-Partenkirchen, Innsbruck und über Südböhmen zurück nach Prag.
Ein halbes Jahr später kapitulierte Generaloberst Paulus mit

seiner 6. Armee in den Ruinen von Stalingrad. Wenn in den folgenden Monaten immer häufiger das angekündigte „Wunder“ zitiert wurde, dann vielfach im ironischen Sinne: „Jaja, ich weiß, es wird einmal ein Wunder geschehen, und wir werden unser blaues Wunder erleben!“

Präludien mit makabren Folgen

Soeben noch war einschmeichelnde Tanzmusik aus dem Volksempfänger in die gute Stube geströmt, als völlig unvermittelt während des schönsten Dreivierteltaktes die Übertragung unterbrochen wurde und sich nach regiemäßig verzögernder Pause ein Rundfunksprecher vernehmen ließ: „Achtung, Achtung! Hier ist der Großdeutsche Rundfunk. Wir bringen in Kürze eine Sondermeldung aus dem Führerhauptquartier.“ Um die Spannung zu erhöhen, erklang in kurzen Abständen mehrmals hintereinander eine aus sechs Noten bestehende Melodie, die im beginnenden dritten Jahrtausend nur noch Angehörige der Seniorengeneration wiedererkennen dürften: eine Passage aus dem sogenannten Horst-Wessel-Lied, das nach dem Deutschlandlied als zweiter Bestandteil der Nationalhymne gewertet wurde. Auf Horst Wessel bezog sich der Passus: „Kam’raden, die Rotfront und Reaktion erschossen“, denn er war selbst 1930 als Student in Berlin, Anhänger des Nationalsozialismus und SA-Sturmführer, von einem politischen Gegner getötet worden. Aus seinem Lied „Die Fahne hoch“ stammt der obige Vers, und zur Ankündigung einer Sondermeldung diente die Melodie „Kam’raden, die Rotfront …“, dienten nämlich nur diese sechs Noten. Dann ertönte aus dem Radioapparat das wohl markanteste Vorspiel, das die Musikliteratur zu bieten hat, Franz Liszts „Les Préludes“, das sind – gleich in der Mehrzahl angeboten – Vorspiele, Präludien mit äußerst makabren Folgen. Denn was dann der Sprecher zu melden hatte, heroisierte Tod und Vernichtung. „Das Oberkommando der Wehrmacht gibt bekannt …“

Da waren also deutsche Panzerverbände an der Ostfront durchgebrochen, hatten 10000 Mann des Gegners eingekesselt und unter erheblichen feindlichen Verlusten den Kessel bereinigt. Deutsche Bomber haben kriegswichtige Betriebe der Rüstungsindustrie in Mittelengland zerstört, und in Luftkämpfen wurden von deutschen Jagdflugzeugen 16 Feindmaschinen abgeschossen – bei geringen eigenen Verlusten. U 46 unter Kapitänleutnant N. N. hat einen Geleitzug der Alliierten angegriffen, Transportschiffe mit 120000 Bruttoregistertonnen und zwei Korvetten versenkt.

Je länger der Krieg dauerte, desto seltener wurden solche Erfolgsmeldungen. In jedem Fall aber bezeichnend, daß die Verluste des Feindes an Menschen und Material immer erheblich waren, die eigenen hingegen gering.

Mißtrauisch zu sein galt in jenen Zeiten nicht. Wer es trotzdem wagte – das Abhören von Feindsendern konnte mit der Todesstrafe geahndet werden –, schaltete unter strengster Absicherung in den Abendstunden BBC London ein und wartete auf die berühmt gewordene Ankündigung, den Auftakt zu Beethovens „Neunter“: tititiitaa, tititiitaa, zweimal hintereinander kurz-kurz-kurz-lang, kurz-kurz-kurz-lang, das V aus dem Morsealphabet, V für Victory, den Sieg. Dann folgten die wichtigsten Meldungen von den verschiedenen Kriegsschauplätzen – dem Inhalt nach etwa das Gegenteil von dem, was die „Heimatfront“ bereits aus dem Führerhauptquartier erfahren hatte. Profis lernten sehr schnell zu interpolieren bzw. den goldenen Mittelweg einzuschlagen.

Zunächst war Europa, dann der ganze Erdball im Begriff, in einem Zweiten Weltkrieg aus den Fugen zu geraten und sich selbst zu zerstören. Ob es nun die Meldungen der sogenannten Achsenmächte und ihrer Quislinge waren oder die Berichte der Alliierten mit ihren Verbündeten – sie verkündeten allesamt und allseits Tod, Vernichtung, Verderben mit unsäglichem Leid. Millionen Tote unter den Soldaten, Gefangenen, Zwangsarbeitern, Häftlingen und Internierten gab es zu beklagen, nicht weniger an Opfern des Luftterrors, Millionen und aber Millionen leidtragende Hinterbliebene in der Etappe, im Hinterland und in den eroberten und besetz-

ten Gebieten wie in der Heimat selbst. Franz Liszt freilich konnte nicht ahnen, daß seine „Préludes“ würden dazu herhalten müssen, einen besonderen Part in der Dramaturgie der Kriegspropaganda zu übernehmen, ganz im Sinne der Goebbelsschen Interpretation, es gebe außer den Kriegsschauplätzen zu Lande, zu Wasser und in der Luft als vierten Wirkungsbereich die Propaganda. Den nicht mehr unmittelbar Beteiligten sei verraten, daß Dr. Joseph Goebbels Reichpropagandaminister war und derjenige Politiker, der in seiner spektakulären Rede wenige Monate vor Kriegsschluß seinen Zuhörern, die auf den Einsatz von „Wunderwaffen“ hofften, die ungeheuerliche Frage stellte: Wollt ihr den totalen Krieg? – Bei Kriegsende schied er mit Frau und fünf Kindern durch Giftkapseln aus dem Leben.
Die „Préludes“ von Franz Liszt aber hatten es erdulden müssen, als verhängnisvolles Politikum mißbraucht zu werden.

Prag – ein verbrecherischer Auftakt

In mein erstes Prager Semester fiel ein Ereignis von sensationeller Bedeutung und ungeheurer, ja ungeheuerlicher Tragweite: das Heydrich-Attentat. Ende Mai war ich – zum ersten Mal seit Studienbeginn – zu meinen Eltern gefahren. Als ich wieder in Prag eintraf, war der Hauptbahnhof, der frühere Wilson-Bahnhof, unter strenger Polizeikontrolle. Deutsche durften passieren, Tschechen wurden gründlich visitiert. Mittwoch, den 27. Mai 1942, war auf den Stellvertretenden Reichsprotektor Reinhard Heydrich ein Attentat verübt worden. Die Attentäter, Angehörige der tschechoslowakischen Freiwilligenverbände in England, seien mit dem Fallschirm abgesprungen und würden nun, nach vollbrachter Tat, gesucht. Radikale Maßnahmen wurden angeordnet: nächtliche Ausgangssperre für Tschechen, Androhung der Todesstrafe für Waffenbesitz, für Gewährung von Unterschlupf usw. Die Zeitungen im Protektorat – im Gegensatz zu denen im Reich – brachten auf der Titelseite die Namen derer, die zum Tode verurteilt und hingerichtet worden waren. Soweit es Juden betraf, wurden nicht einmal die einzelnen Namen genannt, sondern die täglichen Gesamtzahlen der Hingerichteten. Einen furchtbaren Vergeltungsschlag mußte die Gemeinde Liditz bei Kladno hinnehmen, weil man dort den Attentätern geholfen hatte. Alle Männer des unter dem Namen Lidice in die Geschichte der Greuel eingegangenen Dorfes wurden erschossen, Frauen und Kinder wurden verschleppt, auch in Konzentrationslager eingewiesen, das Dorf selbst wurde dem Erdboden gleichgemacht und aus allen Registern gestrichen. Daß auch noch ein zweiter Ort, namens Ležáky, vernichtet wurde, hat man in der späteren Berichterstattung kaum noch erwähnt. Lidice jedoch sollte zum Fanal werden! Der Hussitensturm, der nach Kriegsende die Rachegelüste der Tschechen, zumindest der Rachedurstigsten unter ihnen, entfachte, nährte die Flammen immer wieder aufs neue an den Verbrechen, die in Lidice geschehen waren. Das Morden nahm seinen Fortgang, jetzt mit entgegengesetzter Stoßrichtung, und Tausende von Sudetendeutschen fielen dem geballten Haß von Lidice zum Opfer. Quousque tandem? Wie lange noch sollen Mord und Totschlag das Schicksal der Menschheit mitbestimmen?

Das Heydrich-Attentat mit all seinen Folgeerscheinungen beherrschte Ende Mai und noch weit in den Juni hinein das öffentliche Leben der Stadt. In einem Schaufenster am Wenzelsplatz wurden Beweismaterialien vom Tatort gezeigt, weil man hoffte, es könnten sich Zeugen melden. Denn zunächst waren die beiden Attentäter untergetaucht, wie vom Erdboden verschluckt.

Von der Fortsetzung des tragischen Geschehens zu berichten, das war mir allerdings erst möglich, nachdem in den folgenden Jahrzehnten auf der deutschen sowie tschechischen, ja sogar von dritter Seite versucht worden war, den Knäuel der Verworrenheit von dem ursprünglichen Fanatismus zu befreien, ihn zu entwirren und hinter die Kulissen der damaligen zeitpolitischen Szene zu blicken – so schwierig es auch gewesen sein mag!

Ich schalte also zurück zu den Schauplätzen des Geschehens in Prag. – Die orthodoxe Kirche der Heiligen Kyrill und Method, der beiden Slawenapostel, gehört gewiß nicht zu den hochrangigen Sehenswürdigkeiten von Prag; ich fand sie bisher in keinem Touristenführer verzeichnet. Und doch drängte es mich, noch nach fünfzig Jahren, fünfzig Jahre nach jenen grausigen Vorgängen, die die Weltöffentlichkeit aufhorchen ließen, die Resselgasse aufzusuchen, die von der Dientzenhoferbrücke, jetzt Jirásekbrücke, zum Karlsplatz führt. Dank der samtenen Revolution, die den Eisernen Vorhang völlig friedlich zu beseitigen vermochte, passierten wir problemlos die Grenze von Bayern nach Böhmen, und nach wenigen

Stunden war Prag erreicht. Keiner der Passanten konnte ahnen, welcher Überschwang an Gefühlen auf mich einwirkte in Erinnerung an jene dramatischen Tage und Wochen, als die Kyrill-und-Method-Kirche die Aufmerksamkeit aller Prager auf sich lenkte.
Dazu erst noch eine ganz persönliche Vorbemerkung! Nach Erreichen des 16. Lebensjahres hatte ich in Freudenthal den ersten Führerschein erworben, der mich dazu berechtigte, Motorräder bis 250 Kubikzentimeter zu fahren. Als bereits Neunzehnjähriger wollte ich die Studentenzeit in Prag dazu nutzen, die Prüfung für Personenkraftwagen abzulegen. Irgendwo im Stadtteil Smichow hatte ich mich in einer Fahrschule angemeldet. Alles war planmäßig verlaufen, die Ausbildung näherte sich ihrem Ende, und so absolvierte ich mit meinem Fahrlehrer eine meiner letzten Fahrstunden, als wir an der Resselgasse auf eine Umleitung stießen. – Es müßte Donnerstag, der 18. Juni 1942, gewesen sein. – „Alles ist umstellt. In der Kirche haben sich die Heydrich-Attentäter verschanzt, und die sollen gefaßt werden", flüsterte uns einer der Gaffer zu. Da wußten wir, wieviel die Stunde geschlagen hat, daß ihre letzte Stunde geschlagen hat. Wir bogen am Umleitungsschild ab, die Übungsfahrt eines jungen Fahrschülers steuerte die Viktoriastraße, jetzt Národní, an – und in unmittelbarer Nachbarschaft sahen einige Mitmenschen in Todesangst ihrem Ende entgegen. Mag wohl sein, daß ich damals als Fahrschulabsolvent nicht ganz begriff, was da geschah. Doch als ich fünfzig Jahre später in der Resselgasse stand, dachte ich zurück an jene Schicksalsstunde, als wieder einmal der Hauch des Todes die Straßen von Prag erfüllte. Waren sie Mörder, die beiden Fallschirmspringer? Vielleicht gar Marionetten der tschechoslowakischen Exilregierung in London, die – wie wir heute wissen – von den eigenen Leuten davor gewarnt worden war, den Anschlag auf das Leben des Stellvertretenden Reichsprotektors zu begehen? Waren sie Freiheitskämpfer,

Patrioten, die davon überzeugt waren, daß sie eine Heldentat vollbringen? Und doch wurden sie von einem ihrer Landsleute verraten. Wegen der 10 Millionen Kronen Belohnung? Oder wollte er dazu beitragen, den tagtäglichen Hinrichtungen ein Ende zu setzen? Der damalige Reichsführer SS Heinrich Himmler, erzürnt durch die bisherigen Mißerfolge der Gestapo bei der Suche nach den Fallschirmspringern, wies nämlich am 15. Juni den Staatsminister und SS-Gruppenführer (entsprechend dem Rang eines Generals) Karl Hermann Frank von der deutschen Protektoratsobrigkeit an, 30000 politisch aktive Tschechen verhaften und hinrichten zu lassen. Vorausgegangen war bereits der von Adolf Hitler am 8. Juni angeordnete Vergeltungsschlag gegen die „unbotmäßige" Gemeinde Liditz (Lidice). Inzwischen weiß man, daß 199 Männer erschossen sowie 195 Frauen in Konzentrationslager verfrachtet wurden, und von den 95 Kindern, ebenfalls abtransportiert, wurden acht einer rassischen Umerziehung zugeführt. – Eine literarische Schilderung des Attentats findet sich in dem Band „Schicksalsjahre an der Moldau" (1988) von Rudolf Ströbinger.

Lidice wurde selbstverständlich nach Proklamierung der zweiten Tschechoslowakischen Republik wieder aufgebaut und genießt den Ruf einer nationalen Gedenkstätte. Unweit des Tatortes beim Überfall auf Heydrich, der mit dem Auto, gesteuert von seinem Fahrer, unterwegs war, entdeckt der Interessent als Straßenbezeichnungen eine Kubišova und eine Gabčíkova, das heißt Kubišgasse und Gabčíkgasse. Sie sind benannt nach den beiden in England gestarteten, in der Nähe von Pilsen abgesprungenen Attentätern Kubiš und Gabčík. In der südlichen Slowakei trägt außerdem eine Gemeinde den Namen Gabčíkovo.

Welche Bedeutung man noch in den letzten Jahren des Bestehens einer Tschechoslowakischen Republik diesem folgenschweren Ereignis beimaß, beweist nicht zuletzt die Tatsache, daß eine Briefmarke herausgegeben wurde, die das Porträt von Kubiš und von Gabčík in Militäruniform zeigt und das „Attentat auf R. Heydrich am 27.5.1942" im Zusammenhang mit dem „tschechoslowakischen westlichen Widerstand" nennt.

Doch auch das muß man wissen: Am 3. Juli 1942 drängten sich 200000 Tschechen auf den Wenzelsplatz, grüßten mit dem Hitler-Gruß und bekundeten dem Dritten Reich ihre Treue. Wie soll die Geschichte da zu einem gültigen Urteil gelangen?! Oder muß man es nicht gar damit bewenden lassen, daß sich jeder selbst für sich sein Urteil bildet? Doch die Urteile scheinen recht unterschiedlich auszufallen, je nach der Ausgangslage, in der sich der einzelne befindet!

Ein Sommer in Prag

Zur studentischen Normalität in Prag gehörte das tägliche Hinundherhetzen zu den einzelnen Vorlesungen, da die verschiedenen Institute auf zahlreiche Gebäude der ganzen Innenstadt verteilt waren. Konkret in Erinnerung habe ich – außer dem Zeitungswissenschaftlichen Institut am Obstmarkt – nur noch das Klementinum und das Hauptgebäude am Mozartplatz. Unnormal waren vor allem die Einflüsse, die von außen auf uns Studenten einwirkten. Immer wieder einmal fuhr uns der Schrecken in die Glieder, wenn nach einer Bombardierung irgendwo im Norden oder Nordwesten Deutschlands in Prag ein Telegramm eintraf und eine der Kommilitoninnen nach Hause rief.

Mittags konsultierten wir ab und zu die Mensa, die in einem der Patrizierhäuser zwischen dem Hauptbahnhof und dem Hiberner Bahnhof eingerichtet worden war. Da ich „von Muttern" reichlich mit äußerst gehaltvollen Paketen bedacht und trotz all der Einschränkungen der Lebensmittelzuteilung gut versorgt wurde, konnte ich häufig auf den „Fraß in der Mensa" – man verzeihe den Studentenjargon! – verzichten.

Abends trafen wir uns gern in einem der vielen gemütlichen Lokale der Altstadt oder der Kleinseite und genossen in jenem Sommersemester 1942 fast friedensmäßige Freiheiten der alten Burschenherrlichkeit.

Im eigentlichen Studienbetrieb beging ich den gleichen Fehler, wie er den meisten wissensdurstigen Erstsemestern unterläuft. Das heißt, ich hatte mich im Übermaß mit Vorlesungen und Übungen eingedeckt und nahm zusätzlich interessante Angebote „am Rande" wahr. Ich begann damit, Slowakisch, Spanisch – warum eigentlich? – und Arabisch zu lernen. Arabisch deshalb, weil mich ein wohlmeinender Mitmensch überzeugt hatte, daß es überaus nützlich sein könne, eine möglichst seltene, in Mitteleuropa verhältnismäßig wenig bekannte

Sprache zu beherrschen. Welch ein Aufwand an Energie, muß ich aus späterer Sicht bekennen, zumal die persönlichen Umstände von der Weltpolitik in ganz andere Richtung gelenkt wurden, bei der Vielfalt an Ansätzen zum Gipfelsturm der Erkenntnis aber eine solide Fortsetzung „bis zum bitteren Ende" erforderlich gewesen wäre. Beinahe hätte ich vergessen, Ungarisch zu erwähnen, die ungarische Sprache, der ich mich zuwandte, als eine Studentin der Kunstgeschichte gerade aus Budapest an die Prager Uni zurückkehrte und wir uns begegneten. Sie schwärmte für die Kunst und wollte von mir Tschechisch lernen. Ich schwärmte mit, bin mir allerdings nicht sicher, welchen Prozentsatz an Schwärmen ich der Kunst und wie viel ich der hübschen Studentin zugestehen muß. Jedenfalls wollte ich von ihr Ungarisch lernen. Leider kamen wir beide über die Anfangsstadien nicht hinaus, wohl in der Hauptsache deshalb, weil wir uns im Trubel des Tagesgeschehens aus den Augen verloren.
Das Hauptaugenmerk meines Studiums im eigentlichen Sinne, abgegrenzt durch Vorlesungen, Seminare und einschlägige Übungen, galt der Germanistik, der Slawistik, vor allem sodann der Zeitungswissenschaft mit Kontakten zum Film, zum Rundfunk und zur Theaterwissenschaft.
Auf der Suche nach einer studentischen Tätigkeit zur Aufbesserung des Taschengeldes machte mich wohl eines Tages eine der Kommilitoninnen auf die Filmkomparserie aufmerksam. Ich bewarb mich, reichte als Konterfei ein nach meinen Vorstellungen geradezu preiswürdiges Starfoto ein –, und ich wurde angenommen. So schnupperte ich zum ersten Mal ein wenig Atmosphäre aus den Bereichen *hinter* der Leinwand und hinter der Kamera. Ich hatte nie den Ehrgeiz, *vor* der Kamera zu stehen; statt dessen wäre ich ganz gern als Dramaturg ins Filmgeschäft eingestiegen.
Daß in den Prager Barrandow-Ateliers, wunderschön am linken Ufer über der Moldau gelegen, damals bereits Hoch-

betrieb herrschte, wußte ich zunächst nicht. Wegen der Luftbombardements auf deutsche Städte waren etliche Filmproduzenten nach Prag ausgewichen, das dem Vernehmen nach nicht angegriffen werden sollte. Jedenfalls schien der Einfluß der tschechoslowakischen Exilregierung in London auszureichen, daß man die „Goldene Stadt" verschonen würde. Ob in den Barrandow-Ateliers, dem einstigen Zentrum der tschechoslowakischen Filmproduktion, damals überhaupt noch in tschechischer Regie Filme gedreht wurden, ist mir nicht bekannt. Doch bald erfuhr ich, daß sich das Gros der Bavaria-Film-Produktion von München nach Prag gewandt hatte und dort intensive Aktivitäten entfaltete, ohne Tag- oder Nachtangriffe alliierter Bomber befürchten zu müssen.
Jedenfalls erhielt ich schon in kürzester Zeit eine Aufforderung, mich als Komparse zur Dreharbeit einzufinden. Man hatte mich wohl anhand der Karteiunterlagen herausgesucht, und ich meine mich zu erinnern, daß es im Lucerna-Kinosaal am Wenzelsplatz war, wo meine „Karriere" beginnen sollte. Ob dieses Kino damals noch als Lichtspieltheater benützt wurde, weiß ich nicht mehr. Doch wir erfuhren, daß man für eine bestimmte Szene des Films „Wir machen Musik" einen Konzertsaal brauchte, wo wir Komparsen als Publikum, als Konzertbesucher mitwirken durften. Einige Betreuer der Komparserie nahmen uns ein wenig kritischer unter die Lupe und trafen aus der versammelten Truppe nochmals eine Auswahl. Auch mich hatte es erwischt, ohne daß ich wissen konnte, welches filmische Schicksal uns ereilen würde, ob wir in der Filmhandlung triumphieren oder erschossen werden sollten. Da eröffnete man uns, daß wir zu den „Auserwählten" gehörten, die im „Konzertsaal" unter den Zuhörern im unmittelbaren Umfeld der Hauptdarsteller ihre Sitzplätze einnehmen. Und da uns die Kamera erfassen und wir – trotz späterer regiebedingter Kunstkniffe der Cutter – auf der Leinwand erscheinen könnten, müßten wir mit dem Teint an die Hell-

dunkelwirkung der Hauptdarsteller angepaßt, also geschminkt werden. War das ein großer Augenblick! Doch was wir zunächst noch nicht ahnten, das erfuhren wir erst am Ende des ersten Drehtages: Wer geschminkt worden war und zu guter Letzt jeweils die Prozedur des Abschminkens erdulden mußte, wurde nach einem günstigeren Tagessatz entlohnt als die Kategorie derer, die lediglich zum Füllen des Saales benötigt wurden und als „Masse Mensch“ ein wenig verschwommen das weitere Umfeld der Hauptdarsteller auf der Leinwand ergänzen sollten. Ich erinnere mich beim besten Willen nicht mehr an die Höhe des Betrages, den man uns tagtäglich nach getaner Arbeit aushändigte, weiß jedoch noch, daß diese zusätzlichen Einnahmen in einem studentischen Privatbudget merklich zu spüren waren.
Und dann sahen wir sie auch schon, die Stars, die wir bestenfalls aus früheren Filmen kannten, Ilse Werner (aus „Bal paré“ zum Beispiel), Victor der Kowa und nicht zuletzt Helmut Käutner, der Regie führte. Die Faszination, die von der Gesamtatmosphäre des filmischen Geschehens ausging, schlug uns sofort in ihren Bann. Eine Steigerung mit Höhepunkt ergab sich, als für eine weitere Szene der Konzertsaal im „Reprä“ am Pulverturm angemietet wurde. Wieder saßen die Hauptdarsteller unter den Zuhörern, der Saal dicht gefüllt mit Komparsen, und hier erklang für uns zum ersten Mal die Titelmelodie „Wir machen Musik“ – wenn auch nur als Playback, was allein vom Verfahren her einer Welturaufführung gleichkam. Auf der Bühne agierte der Dirigent mit seinem Orchester, und dazu erklangen all die prickelnden Melodien, die – wie wir jetzt erfuhren – bereits in Berlin aufgenommen worden waren und nunmehr eingespielt wurden.
Was stürmte da an Erinnerungen auf mich ein, als ich nach mehr als fünfzig Jahren den jetzigen „Obecní dum“ am Pulverturm, Verzeihung: an der Prašná brána, besuchte (Gemeinde- oder Gesellschaftshaus, das 1942 m. W. Repräsentan-

tenhaus hieß). Ich versetzte mich zurück in jenen Drehtag, als wir in der Kaffeepause den filmischen Konzertsaal verließen, uns im Café unter die normal Sterblichen mischten und uns als geschminkte Mitwirkende bestaunen ließen.
Übrigens – als ich mit Martha von unserer Semesterfahrt nach Prag zurückkehrte, erwartete mich nicht nur die Einberufung zur Wehrmacht, sondern auch eine Einladung nach Barrandow, wo ich mich vorstellen sollte, weil ich für eine Mitwirkung in dem Film „Der Student von Prag" – oder „Die Studenten von Prag" – ausersehen sei und einen der Studenten verkörpern sollte. Ich fuhr also nach Barrandow, gewann sehr schnell einen Eindruck von der Hektik des Betriebes, wurde von einem zum anderen weitergereicht und gelangte schließlich an die zuständige Adresse. Kaum hatte man mir erklärt, was geplant war, da meinte ich, meine Einberufung gestehen zu müssen. Es folgte gegenseitiges Bedauern, man werde sich also nach einem anderen „Studenten" umsehen müssen – doch meine Filmlaufbahn war damit zunächst beendet.

Mir war übrigens inzwischen bekannt geworden, daß die Prager Studenten bereits mehrmals als Filmsujet gedient hatten. In dem Stummfilm „Der Student von Prag" von 1912, in dem Paul Wegener – zum ersten Mal in einem deutschen Film – eine Doppelrolle spielte, führt allerdings die Handlung in einen Bereich, den man nunmehr, Jahrzehnte später, der Gattung Fantasy zuweisen müßte.
Von der historischen Warte aus darf man feststellen, daß Prager Studenten gerade im Schnittpunkt geschichtlicher Auseinandersetzungen in das Geschehen eingegriffen haben. Nachdem der deutsche Kaiser Karl IV. 1348 die erste Universität im deutschen Sprachgebiet gegründet und das Deutschtum einen deutlichen Aufschwung genommen hatte, machte sich zu Beginn des 15. Jahrhunderts Wenzel IV., König von Böhmen, zum Parteigänger der Tschechen und verursachte so

den Auszug Tausender deutscher Studenten mit ihren Professoren nach Leipzig, wo sie 1409 eine weitere Universität gründeten.
Im Revolutionsjahr 1848 forderten deutsche und tschechische Studenten in einer Petition unter anderem, daß auch in tschechischer Sprache Vorlesungen gehalten werden dürften, nachdem Kaiser Josef II. 1784 den Gebrauch der deutschen Sprache angeordnet hatte, zur Abkehr vom Lateinischen.
Dem Triumph der Proklamation einer Tschechoslowakischen Republik vom 28. Oktober 1918 folgten 1939, nämlich im Jahr der Verkündung eines Protektorates Böhmen und Mähren, an jenem Jahrestag Protestaktionen gegen die deutschen „Okkupanten“, an denen auch tschechische Studenten beteiligt waren. Als einer von ihnen zu Tode kam, verhärtete sich der tschechische Widerstand, was wiederum gewaltsame Gegenaktionen hervorrief, auch unter Beteiligung deutscher Studenten. Am 17. November 1939 verkündete Reichsprotektor von Neurath die Schließung der tschechischen Hochschulen für drei Jahre, doch es blieb dabei bis Kriegsende.
Geradezu selbstverständlich, daß sich nicht wenige Schriftsteller mit den Prager Studenten befaßten und das Prager Studentenleben zum Thema erhoben, wobei vor allem das Spannungsverhältnis der beiden nationalen Gruppierungen den Handlungsablauf bestimmte. Als beispielhaft seien Robert Hohlbaums Erzählband „Die Prager“ und Wilhelm Pleyers Roman „Der Puchner“ genannt sowie die Studentenromane von Karl Hans Strobl, „Die Václavbude“, „Der Schipkapaß“, „Der Flamänder von Prag“ und „Das Wirtshaus zum König Przemysl“.

Kaffeeholer raustreten!

Mein eigenes Studentenleben wurde im September 1942 jäh unterbrochen, denn ich mußte zur Kenntnis nehmen, daß das Großdeutsche Reich den Endsieg ohne mich nicht würde erringen können. Ich besuchte noch einmal für einige Tage meine Eltern in Dubitzko, deponierte vorsorglich beim Leiter des Studentenheimes in Prag einen Koffer, begab mich termingerecht zur Sammelstelle und fuhr mit einem Sammeltransport der im Dienste der Reichsbahn durch das Protektorat dampfenden tschechoslowakischen Staatsbahn alten Typus dem Start zu meiner militärischen Karriere entgegen. Bestimmungsort: Tabor im südlichen Böhmen, bekannt aus der Zeit der Hussitenkriege, als die Taboriten, die radikale Truppe der Hussiten, Angst und Schrecken verbreiteten. Daß der Komponist Oskar Nedbal dort geboren wurde, der mit seiner Operette „Polenblut" in den zwanziger Jahren triumphieren konnte, erfuhr ich ganz nebenbei.

In Tabor hatte eine alte Kaserne der tschechoslowakischen Armee ihren Besitzer gewechselt und einem Infanterie-Bataillon des deutschen Heeres Platz gemacht. Es war mir bestimmt, ab sofort dort den Knobelbechern des Kommiß Vorrang einzuräumen gegenüber allen sonstigen Bestrebungen.

Die militärische Grundausbildung nahm ihren normalen Verlauf. Wir lernten in stundenlangen Übungen zum Beispiel salutieren und das Zusammenschlagen der Hacken. Das dürfte nicht unbedingt kriegsentscheidend gewesen sein, war jedoch wichtig, weil wir erst nach bestandener Generalprobe „Ausgang" bekamen und die Kaserne allein, ohne Begleitung eines Unteroffiziers oder anders Chargierten, verlassen durften. Darüber hinaus lernten wir alles, was für das Leben und für den Endsieg wichtig war:

wie auf Kommando die Kaffeekannen für das Frühstück geholt werden, wie man „Betten baut" – so sagte man –, ohne einem Möbeltischler Konkurrenz zu machen,
wie man den Spind einräumt und dabei die Taschentücher „auf Kante" übereinander legt,
wie man Kommißschuhe und -stiefel richtig putzt, ohne das Gelenk, also das Zwischenstück von Absatz und Laufsohle, zu vernachlässigen,
wie man das Koppel und andere Lederwaren pflegt,
wie man Staub wischt,
wie man endlose Korridore bzw. deren Fliesen, die Stufen der Treppen oder die Klosetts säubert, ohne die Zahnbürste zu benutzen,
sodann auch den Umgang, vor allem das Schießen mit dem Karabiner, mit der Pistole und mit dem leichten Maschinengewehr.

Selbstverständlich blieb auch der eigentliche Kasernenhofdrill nicht aus. Vorsorglich hatte man uns davon überzeugt, daß im Ernstfall unser Leben davon abhängen mochte, ob wir uns in Sekundenschnelle in eine Regenpfütze oder ein Schlammloch werfen könnten. Nicht ganz verstehen wollten einige von uns, warum man nach einem derartigen „Ernstfall auf dem Exerzierplatz" in 15 Minuten wieder pieksauber feldmarschmäßig mit aufgesetzter Gasmaske antreten sollte, nur weil Marschieren mit Gesang auf dem Ausbildungsplan stand. Manche Uneinsichtigen hielten solche Übungen für Schikanen und beschwerten sich. Schätzungsweise mit Erfolg, denn der Bataillonskommandeur wurde versetzt. Allmählich verbreitete sich das Gerücht, daß einige Beschwerdeführer gute Kontakte zum Prager Czerninpalais unterhielten, wo die deutsche Protektoratsobrigkeit residierte. Wie es den nachfolgenden Kameraden ergangen ist, entzieht sich meiner Kenntnis. Denn ich wurde zu einem Sanitätskurs nach Prag abkommandiert, wurde nach bestandener Prüfung einem anderen Ersatztruppenteil und zur Dienstleistung einer neuen Einheit zugeteilt.

Bei höheren Stäben

Als wohlbestallter Sanitätssoldat (San.-Soldat) trat ich im Dezember 1942 meinen Dienst in einer Dienststelle an, die in einem Kasernenblock am Scharnhorstplatz in Prag XIX, also im Stadtteil Dewitz, ihren Sitz hatte und mir wegen des hochtrabenden Namens beachtlichen Respekt einflößte, wobei ich zuerst meinte, sie müßte in der militärischen Hierarchie bald hinter dem Oberkommando der Wehrmacht rangieren. Sie nannte sich nämlich „Truppenarzt bei höheren Stäben". Unterbringung, Verpflegung und Dienstleistung im selben Gebäude.

Und was ergab sich bei genauerer Betrachtung? Die Dienststelle war in der Tat für die gesundheitliche und ärztliche Betreuung vor allem der in der Nachbarschaft, am Platz der Wehrmacht, dem jetzigen Vítězné náměstí, angesiedelten Stabsdienststellen eingerichtet worden, von der Generalität des Wehrmachtsbevollmächtigten bis zur letzten Wehrmachtshelferin einschließlich der Familienangehörigen der aktiven Offiziere.

Ich begriff rasch, daß ich es mit meiner ersten Verwendung hätte schlimmer treffen können. Chef dieser Dienststelle war damals ein Stabsarzt Dr. Ernst Walenta. Sodann erinnere ich mich an einen Unterarzt Dr. Fries, einen Luxemburger, der perfekt Französisch sprach und dem Regime des Dritten Reiches bestenfalls duldsam gegenüberstand.

Den Verwaltungsbereich leitete ein San.-Uffz. Franke, von der sächsischen Seite des Erzgebirges stammend, der zwar in der Schreibung „Gebäck" mit „Gepäck" verwechselte und auch sonst seine sprachlichen Schwächen hatte, aber insgesamt ein feiner Kerl war.

Für den medizinischen Bereich, gewissermaßen als ausführendes Organ, war ein San.-Uffz. Hermann Richter aus Sebnitz in Sachsen zuständig, versiert in allen praktischen Arbeiten, einschließlich Blutentnahme, Impfung, Abstrich bei Halsentzündung und auch weiter unten – wenn es nur nicht mit Schreiben zusammenhing. Aber eben dafür hatten sie ja mich „eingekauft“. Einflußnahme auf die Zuweisung oder Zufall? – Ich habe vergessen, danach zu fragen.

Hermann Richter war nicht mehr der Jüngste und darüber hinaus ein vertrauenerweckender, väterlicher Typ. Er ist längst nicht mehr unter den Lebenden, aber selbst wenn …, so würde er es mir nicht verargen, daß ich zu seinem Andenken eine Episode überliefere, die uns stets aufs neue amüsierte, wenn wir Kameraden irgendwo zusammentrafen und einer von uns damit anfing: Wißt ihr noch, damals, als Hermann Richter die Wehrmachtshelferin verarztete?

Was war geschehen? Man muß erst einmal wissen, daß Hermann Richter eine seltsame Angewohnheit hatte. Mag sein, daß es ein chronisches Leiden mit den Nasennebenhöhlen war oder daß Nasenpolypen ihm Schwierigkeiten bereiteten … Jedenfalls stieß er, völlig unbewußt, des öfteren ruckartig Luft durch die Nase nach außen, zumeist zweimal hintereinander, als wollte er den Nasenkanal freibekommen, wie man es eben tut, wenn man bei leicht verstopfter Nase zu freier Atmung gelangen möchte. Daran hatten wir uns in seiner Umgebung gewöhnt, und man nahm dieses Luftausstoßen kaum noch zur Kenntnis. – Doch wie so oft, kommt es eben auf die Situation an, die „Situation“ als integrierenden Bestandteil der Situationskomik. Und die stellte sich folgendermaßen dar:

Die bedauernswerte Maid – ich meine, es war eine Wehrmachtshelferin – hatte soeben den Stabsarzt konsultiert, und zwar in einer recht peinlichen Angelegenheit. Selbstverständlich konnte sie sich überhaupt nicht erklären, wie sie sich da „etwas geholt“ haben soll; aber der Stabsarzt hielt es für nötig, einen Abstrich machen zu lassen und an das zuständige Labor im Res.-Lazarett III zu senden, zuständig für Haut- und Geschlechtskrankheiten. „Wenden Sie sich an Uffz. Richter; der erledigt alles Nötige." Peinlich, peinlich, so dürfte ihr zumute gewesen sein; aber San.-Uffz. Richter nahm sie so verständnisvoll unter seine Fittiche, daß sie es mit sich geschehen ließ, was da nicht zu ändern war. Sie spreizte also die Beinchen, und Hermann Richter, in diesem Augenblick ganz in Amt und Würde eines Sanitätsunteroffiziers, beugte sich vor, um zu handeln. Nichts Menschliches war ihm fremd, und so wäre alles völlig normal verlaufen, wenn nicht ... Ja, wenn nicht Hermann Richters Nase gewesen wäre. Just in dem Moment, als er sich der Intimsphäre der holden Maid näherte, ließ er sich mit seinen Luftstößen aus der Nase vernehmen. Der Stabsarzt, der als einziger im Ordinationszimmer geblieben war und sich am Schreibtisch zu schaffen machte, sprang auf und erreichte gerade noch rechtzeitig das Geschäftszimmer, um seinen Lachsalven freien Lauf zu lassen. Die Situationskomik des Augenblicks hatte es bewirkt, daß er, der erfahrene Mediziner, wegen Richters Nase beinahe die Beherrschung verloren hätte. So erfuhren auch wir Verwaltungsleute, was sich soeben hinter der gepolsterten Tür des Ordinationsraumes abgespielt hatte. Und Hermann Richter war für alle Zeiten „gezeichnet".

In unserer Dienststelle standen außerdem zwei oder drei San.-Soldaten sowie für die Nachmittagssprechstunde, wenn die Mütter mit ihren Kindern kamen, eine Rotkreuzschwester zur Verfügung.

Ich erinnere mich an Toni Felder aus Bergisch Gladbach, der mit mir zusammen „auf Stube" war und mit militärischer Disziplin samt Bettenbau und Spindordnung nichts im Sinn hatte. Ich greife also voraus, indem ich berichte, daß wir zwei nach einer überraschenden Kontrolle durch die vorgesetzte Dienststelle im Reserve-Lazarett I dorthin versetzt wurden, weil man Soldaten aus uns machen wollte. Noch heute hege ich den Verdacht, daß irgendein Neider das familiäre Miteinander bei uns meinte stören zu müssen. (Volkstümlicher ausgedrückt:

Wir waren wohl der unmilitärischste Haufen, den man sich denken kann und der doch perfekt seine Arbeit verrichtete.) In der Tat sah es im Augenblick der Visitation auch in meinem Spind nicht gerade preußisch vorbildlich aus. Meine liebe Mama, der ich regelmäßig die Schmutzwäsche zusenden durfte, lieferte im Gegenzug mit der sauberen Wäsche gar manche Köstlichkeit für den Gaumen, unter anderem Gänseleber im Weckglas, sorgfältig in Gänsefett eingeschmolzen. Was Wunder, wenn sich die leeren Weckgläser und die Kartons, die ja wieder gebraucht wurden, angesammelt hatten, zwar schön gestapelt, aber ohne den geringsten Hinweis auf militärische Askese. Wie sollten die Schwachköpfe von damals auch begreifen, daß sie uns die vorübergehende Idylle beim „Truppenarzt ..." ruhig hätten gönnen dürfen. Wir bekamen ab Mai 1945 schon auch noch unser Teil ab.
Wenn es nötig gewesen wäre, der Familiarität unserer militärischen Gemeinschaft „bei höheren Stäben" in Prag ein I-Tüpfelchen aufzusetzen, so wäre dies erreicht gewesen durch die Gestalt, vielleicht sollte ich sagen: durch die Figur unseres Kameraden Schwammenhöfer. Ein wenig dicklich, ja schwammig von Statur, blasse, ungesunde Gesichtsfarbe, Träger der wehrmachtstypischen Nickelbrille, den Oberkörper nach vorn gebeugt, und wenn er Telefondienst hatte und bei einem Anruf versuchte, sich in Haltung und Stimme militärisch stramm zu melden: Truppenarzt bei höheren Stäben, Sanitätssoldat Schwammenhöfer – dann gewinne ich den Eindruck, daß der brave Soldat Schwejk, wie ihn Jaroslav Hašek literarisch überliefert hat, zu Franz Schwammenhöfers Verwandtschaft gehört hat, zumal dieser ebenfalls aus Alt-Prag stammte.
Man erinnere sich an die köstliche Szene, als Oberleutnant Lukasch seinen Putzfleck anherrscht: „Schwejk, sind Sie wirklich ein solches Erzrindvieh?" Worauf Schwejk militärisch Haltung annimmt, salutiert und antwortet: „Melde gehorsamst, Herr Obrlajtnant, daß ja."

Selbstverständlich sprach Sanitätssoldat Schwammenhöfer fließend Tschechisch mit einheimischem Idiom, doch als Angehöriger der großdeutschen Wehrmacht durfte er davon keinen Gebrauch machen, nicht offiziell. Was hinter dem Ladentisch geschah, entzog sich allerdings weitgehend der Kontrolle der Obrigkeit. Während also Schwammenhöfer dem Heer als Sanitätssoldat diente und dessen Kampfkraft stärkte, diente er dem „Truppenarzt bei höheren Stäben" in seiner Gesamtheit als eine Art Furier (wie es noch „zu Kaisers Zeiten" hieß) oder Sondertbeauftragter für Logistik (um der Bundeswehr gerecht zu werden). Als „Mädchen für alles" möchte ich ihn nicht bezeichnen, aber nur deshalb nicht, weil es mir widerstrebt, den San.-Soldaten Schwammhöfer mit einem Mädchen zu überblenden, das kann man nun wirklich nicht verantworten.
Als also San.-Soldat Schwammenhöfer eines Vormittags von seinem Einkaufsgang zur Dienststelle zurückkehrte und sich dem Hauptportal des Kasernentrakts näherte, wollte es ein ungnädiger Zufall, daß genau zur selben Zeit General v. Prodzynski – ich meine, so hieß er – von seinem morgendlichen Ausritt zurückkam und sein Pferd anhielt. Wie hätte der Herr General auch wissen sollen, was an wichtigen Überlegungen Schwammenhöfers Kopf belastete und daß die Zusatzverpflegung für seine Kameraden beim „Truppenarzt" ihm viel mehr bedeutete als militärische Disziplin oder eine Sondermeldung aus dem Führerhauptquartier. Jedenfalls hatte der San.-Soldat Schwammenhöfer den Herrn General nicht vorschriftsmäßig gegrüßt, überhaupt nicht gegrüßt, nicht gesehen.

Was sich dann vor der Kaserne am Scharnhorstplatz abgespielt hat, kann nur der ermessen, der selbst damals bei „Preußens" gedient und ein ähnliches Verbrechen begangen hat.
Noch nach mehr als fünfzig Jahren bin ich mir nicht sicher, ob

unser Kamerad Schwammenhöfer damals den Herrn General samt Pferd optisch nicht wahrgenommen hat oder ob er noch rasch vorbeiflitzen und in der Toreinfahrt verschwinden wollte.
Programmablauf hinter den Kulissen: Anruf des Generals beim Standortarzt – so etwas muß seinen Dienstweg gehen! –, Anruf des Standortarztes beim Truppenarzt, Rapport des San.-Soldaten Schwammenhöfer beim Truppenarzt Stabsarzt Dr. Walenta. Originalton Schwammenhöfer: „Wenn ich ihn aber doch nicht gesehen hab'!" Nein, falsch! „Wann i ihm ober doch net g'sehn hob'!" Und jetzt der Rückweg: Meldung des Truppenarztes an den Standortarzt, Meldung des Standortarztes an den Herrn General.
Und je mehr ich heute darüber nachdenke, desto mehr verstärkt sich in mir der Verdacht, daß die überraschende Razzia in den Unterkünften des Sanitätspersonals beim „Truppenarzt bei höheren Stäben" durch den San.-Soldaten Schwammenhöfer heraufbeschworen wurde. Damals begann mein Vertrauen zur militärischen Obrigkeit zu schwinden; denn Toni Felder und ich wurden versetzt, San.-Soldat Schwammenhöfer blieb; es sei ihm gegönnt. Was mag wohl aus ihm geworden sein?
Wie lautete doch die Versetzungsorder? Man wollte Soldaten aus uns machen! Das aber ist ihnen nicht gelungen. Diesen Triumph durften wir genießen!

Sanitätsdienst im Lazarett

Inzwischen war ich zum Gefreiten befördert worden. Damals war ich mir dessen noch nicht bewußt, daß ich die unterste Stufe zum Aufstieg der Privilegierten bestiegen habe. Im ursprünglichen Sinne war nämlich der *G*efreite ein vom Dienst des Wachestehens *B*efreiter. Is das nix? Allerdings „zu meiner Zeit“ wurde das Wachestehen in einem Schilderhaus kaum noch praktiziert.

Als Sanitäts-Gefreiter empfand ich mein Dasein und meine Tätigkeit im Res.-Laz. I in Prag-Dewitz als äußerst belastend und lästig. Daß ich für den eigentlichen „medizinischen“ Dienst völlig ungeeignet war, da ich kein Blut sehen konnte und was sonst damit zusammenhängt, erkannten auch meine Vorgesetzten in der Augenabteilung, der ich zugeteilt worden war. Abgesehen von einigen derben Scherzen, die man sich erst einmal mit mir erlaubte, wie das bei Neulingen so üblich war, tat ich meine Arbeit fast ausschließlich im Büro, in der Schreibstube, wie es damals hieß. Einmal sollte ich irgend etwas aus dem OP holen, während dort die Vorbereitungen zu einer Augenoperation liefen. Dabei erlitt ich schon wegen der typischen Schwüle, die dort herrschte, einen Schwächeanfall.

Auf solche und ähnliche Weise hatte ich wohl definitiv bewiesen, daß meine Karriere als San.-Gefreiter der großdeutschen Wehrmacht mit beschränkter Haftung versehen war. Wenn also mit dem Vorspann „San.“ kein Blumentopf zu gewinnen war, so blieben aber diverse Witzeleien um den Gefreiten; denn noch wurde das Deutsche Reich von einem Führer und Reichskanzler regiert, der sich ab und zu als „der Gefreite des Ersten Weltkriegs“ apostrophieren ließ. Und das laszive Spottlied vom Sanitäts-Gefreiten Neumann dürfte überdies die Zeiten überdauert haben.

In der Rückbesinnung auf die letzten Kriegsjahre fallen mir sogar noch einige Namen ein. Standortältester von Prag war

m. W. ein General Müller-Gebhard, von dem ich eine Sondergenehmigung brauchte, um weiterstudieren zu dürfen. Andernfalls hätte ich nicht inskribieren können. Es war die Zeit, als gerade erst die 6. Armee in Stalingrad untergegangen war, da verbreitete sich im Februar 1943 unter den Prager Studenten die Nachricht, es habe an der Münchner Uni Stunk gegeben. Von der Widerstandsbewegung der „Weißen Rose" und dem tragischen Schicksal der Geschwister Scholl erfuhr ich erst nach Kriegsende.
Mein unmittelbarer Disziplinarvorgesetzter war gleichzeitig Chef des Reserve-Lazaretts I, Oberfeldarzt Dr. Hanebuth, an dem wir, Toni Felder und ich, die wir vom „Truppenarzt bei höheren Stäben" abgezogen und seiner Obhut unterstellt worden waren, wenig Freude hatten. Wenn der damals gewußt hätte, welche Natternbrut er sich ins Nest geholt hatte! Ich kann mich an keine Einzelheiten mehr erinnern, weiß nur noch, daß er uns wohl so gepiesackt haben muß, daß wir uns bei Kriegsende revanchieren wollten – auf geradezu kriminelle Weise, wie man solche Racheakte eben in der Rage ankündigt. Wir haben's dann doch unterlassen …
Chef der Augenabteilung war ein Stabsarzt Dr. Rall, aus Heilbronn stammend, wenn ich mich nicht irre. Er schwäbelte so eindringlich, daß ich oft nicht verstand, was er von mir wollte. Ich pflegte also seine Anordnungen mit „Jawoll, Herr Stabsarzt!" zu quittieren und fragte dann einen der Umstehenden, was ich tun sollte. Als Mediziner war er eine Wildsau – so der Terminus im Soldatenjargon –, denn er wandte bei angeblichen Simulanten Methoden an, etwa den Elektroschock, den andere Ärzte ablehnten. Damit wollte er die armen Teufel, die kein zweites Mal an die Ostfront mochten, überführen zuzugeben, daß ihr Sehvermögen intakt sei.
Der zweite Augenarzt unserer Abteilung war Dr. Steinmetz, aus Regensburg, das weiß ich genau, denn ich hatte nach dem Krieg noch Kontakt zu ihm. Ein musischer Mensch, in irgend-

einer Regensburger Sängergemeinschaft aktiv, oft mit den Regensburger Domspatzen auf Konzertreise. Ihm hatte ich seinerzeit in Prag den Gedichtband „Wien wörtlich“ von Josef Weinheber geliehen, und Jahre nach Kriegsende, als ich in Süddeutschland Fuß gefaßt und mit ihm Verbindung aufgenommen hatte, war er sich seiner „Bringschuld“ noch bewußt, wollte das Büchlein zurücksenden – oder behalten, weil er Freude daran hatte, wenn ich eine Gegengabe akzeptieren würde. So gelangte die Biographie über „Max Reger“ von Adalbert Lindner in meinen Besitz. Und dann wundere sich einer, wenn man an bestimmten Büchern besonders hängt, nicht nur wegen ihres Inhalts, sondern ebenso wegen irgendeiner Vorgeschichte. Habent sua fata libelli. Die Bücher haben ihr Schicksal. Das wußte bereits Terentianus Maurus im 3. Jahrhundert n. Chr.

Für den Verwaltungsbetrieb in der Augenabteilung war Oberfeldwebel Birnbaum zuständig. Zu ihm hatte ich ein recht kameradschaftliches Verhältnis. Von den beiden Wehrmachtshelferinnen ist mir vor allem „Püppchen“ in Erinnerung geblieben, die meine Freundin geworden war, während sich ihre Kollegin dem Oberfeldwebel Birnbaum zugewandt hatte. In den letzten Kriegsmonaten herrschte unter uns Landsern die reinste Weltuntergangsstimmung. Keiner wußte, was werden sollte, nur eines bezweifelte in unserer Mannschaft keiner mehr: daß Deutschland den Krieg verlieren würde, und das gründlich. Immer mehr ergriff uns das Bewußtsein, das durch die weit verbreitete, ursprünglich mehr humorvoll gemeinte Sentenz seinen Ausdruck fand: Genießt den Krieg, der Frieden wird furchtbar sein.

Da Ofw. Birnbaum in der Personalbaracke ein Einzelzimmer bewohnte, eine sturmfreie Bude, wie es bei uns Landsern hieß, verbrachten wir dort manche Abend- und Nachtstunde und machten uns den Krieg, wie wir ihn in unserem Aufgabenbereich kennenlernten, erträglich, der Oberfeldwebel, der Ge-

freite und die beiden Mädchen. Zwischendurch „genossen“ wir den Krieg bei Božena. „Püppchen“ hatte zu einer der tschechischen Putzfrauen des Lazaretts Kontakt hergestellt, und diese überließ uns – meist gegen Naturalien – einen Raum in ihrer Wohnung unweit der Lazaretts; denn morgens zum Dienst waren wir wieder pünktlich zur Stelle.
Der Sanitätsdienst in einem Reserve-Lazarett in der Heimat war gewiß nicht mit dem Grauen eines Sturmangriffs oder gar der Panik und Verzweiflung bei einer Einkesselung an der Front zu vergleichen, wenn die Stalinorgeln losheulten und ein Stahlgewitter auf die Verteidiger herniederprasselte. Doch wenn zeitweise mehrmals wöchentlich ein Lazarettzug aus dem Osten eintraf und entladen werden mußte, waren die meisten von uns immer wieder aufs neue von den Schrecken des Krieges wie gelähmt. Hunderte von Schwer- und Schwerstverwundeten wurden auf Tragbahren vom Waggon zum Sanka getragen, je nach ärztlicher Entscheidung in das zuständige Lazarett transportiert, in den Kellerräumen von den Ärzten wiederum untersucht und je nach Befund in die passende Krankenabteilung eingewiesen. Nötigenfalls wurde sofort operiert. Man erspare es dem Chronisten zu schildern, welche Atmosphäre allenthalben herrschte: Schmerzensschreie und Stöhnen und Fieberdelirium von seiten der Verwundeten, ein Brodem zum Schneiden, beim Sanitätspersonal, bei den Soldaten wie den Krankenschwestern, Hektik und Nervosität in dem Bemühen, alles richtig zu machen, wenn schon zum Mitleid keine Zeit blieb.
In Stunden solcher Großeinsätze haben Ärzte und Personal oft Unglaubliches geleistet, und doch machten wir uns „nach getaner Arbeit“ stets bewußt, daß wir nicht ein einziges Wörtchen der Klage verlauten lassen dürften. Denn wir konnten uns ausschlafen, schliefen in sauberen Betten – auch wenn es vereinzelt Wanzenalarm gab –, hatten geregelte Verpflegung – und sogar ab und zu Ausgang wie zivilisierte Mitteleuropäer.

Man durfte gar nicht an all das denken, was jene Kameraden mitgemacht hatten, die wir soeben in die Obhut eines Heimatlazaretts nehmen sollten und denen wir jetzt helfen durften. Für unsere Patienten, wie sie immer betonten, kaum faßbar jetzt: die paradiesische Ruhe, kein Heulen der Stalinorgeln und Explodieren der Geschosse, kein Fliegeralarm (insgesamt nur einige wenige Male mit der Maßgabe, sich in die Luftschutzräume zu begeben und die Bettlägerigen in die Kellerräume zu transportieren). Für viele Verwundete oftmals zwar kein Einsatz mehr an der Front und in diesem Sinne für sie das Ende des Krieges, doch nicht selten der Beginn eines durch ihre Verwundungen bedingten äußerst beängstigenden Lebens.

Wassermann positiv

Verstehen Sie Spaß?
Es müßte im Jahr 1943 gewesen sein, als ich meinen Beitrag zur Erhaltung und Verteidigung des tausendjährigen Reiches leistete, indem ich als Soldat in Prag am Scharnhorstplatz bei einer Sanitätsdienststelle wirkte, die sich „Truppenarzt bei höheren Stäben“ nannte. Da ich dort der einzige Normalsterbliche mit Lateinkenntnissen war und mich mit Tonsillen, einem Ulkus oder Appendix sprachlich besser zurechtfand als die San.-Unteroffiziere, beauftragte mich Stabsarzt Dr. Walenta, ein Berliner, der aus Jägerndorf stammte, mit der Führung des Krankenbuches. Meine Aufgabe war es also zum Beispiel, die Personalien der sich krank meldenden Landser zu registrieren und während der ärztlichen Untersuchung die Diagnose und die veranlaßten Maßnahmen zu notieren.
Als Soldaten hatten wir zwar die Heimatfront zu stärken, waren jedoch im allgemeinen nicht unmittelbar an Kampfhandlungen beteiligt – bis auf jene Kameraden, die da meinten, sich auch in der Etappe, im Hinterland, ja im Heimatgebiet auf Nahkampf einlassen zu müssen, auf einen Nahkampf des Soldatenjargons, von dessen Heroismus kein Wehrmachtsbericht je Notiz genommen hat.
Schauplatz solchen Geschehens war oftmals eine geeignete Diele, nämlich eine sogenannte Nahkampfdiele, eine Art Vorläufer für manche Disko späterer Tage. Es gab allerdings auch eine weniger elegante Form von Begegnungsstätten, auf die schon lange vor mir der Prager Egon Erwin Kisch literarisch angepaßt hingewiesen hat, als er auf seinem Bummel über den „Marktplatz der Sensationen“ köstliche Reportagen darüber schrieb, obwohl man damals noch keine so euphorisch und metaphorisch verschleiernden Namen dafür gebrauchte wie heute im Kiez oder sonstwo im Rotlichtmilieu.
Da kam es infolge dessen dann immer wieder vor, daß der

Stabsarzt oder der Unterarzt den ein wenig verschämt dreinblickenden „Patienten“ mit einer keinesfalls heroisch anmutenden Diagnose konfrontierte, eine Blutentnahme veranlaßte, und ich hatte ins Krankenbuch einzutragen: Verdacht auf…; Wa. R. Dahinter verbarg sich ein nicht allgemein bekannter Sachverhalt. Wa. R. war die Abkürzung für „Wassermannsche Reaktion“, ist es auch heute noch, doch angewandt wird dieses Verfahren m. W. nicht mehr. Mit dieser serologischen Untersuchungsmethode konnte festgestellt werden, ob Lues- bzw. Syphilis-Antikörper im Blut vorhanden waren oder nicht, ob also eine Erkrankung vorlag oder nicht.
Im Krankenbuch stand demnach bei dem Unglücklichen, der selbstverständlich keine Ahnung hatte, wo er sich infiziert haben könnte: Verdacht auf Syphilis, und hinter der Abkürzung Wa. R. mußte ich einen Freiraum aussparen für den Befund. Nach wenigen Tagen trafen nämlich aus dem Labor die Ergebnisse ein, und der Truppenarzt diktierte mir ins Krankenbuch: Franz Meier – Wassermann positiv, Huber – Wassermann negativ, Schulze – Wassermann negativ usw. Schütze Meier, ein treusorgender Familienvater, reichte dann für einige Zeit kein Urlaubsgesuch ein, verzichtete also auf einen Wochenendbesuch bei seinen Angehörigen und informierte sein Eheweib, daß er aus dienstlichen Gründen bis auf weiteres nicht auf Wochenendurlaub kommen könne. Die Holde sollte sich ja auch wegen des wirklichen Sachverhalts nicht beunruhigen; möglicherweise hätte sie für die Situation, in der sich ihr Franz befand, kein Verständnis aufgebracht. Was wußte sie schon vom Nahkampf und all den Gefahren, denen die Soldaten selbst an der Heimatfront ausgesetzt waren!
So weit, so gut – oder auch nicht! Erst viel später wurde ich mir einer Tatsache bewußt, die einen Fall von „Wassermann positiv“ ob der niederschmetternden Wirkung bei weitem übertraf.
Die Wassermannsche Reaktion als Untersuchungsmethode

bei Verdacht auf Syphilis geht nämlich zurück auf den Bakteriologen und Serologen August Paul von Wassermann (1866–1925), und der war jüdischer Abstammung. Nicht zu fassen! Welch eine Katastrophe! Nicht genug damit, daß sich deutsche Soldaten an einer Krankheit infizierten, die man früher die Franzosenkrankheit hieß! Mit den Franzosen befanden wir uns damals immerhin im Kriegszustand! Aber daß dieser Wassermann uns in den Rücken fallen mußte! Schrecklich! Da wurden also tatsächlich sechs lange Kriegsjahre hindurch deutsche Soldaten mit Hilfe einer Methode überführt, die auf einen Juden zurückgeht. Und ein deutscher Stabsarzt scheute sich nicht, oft und oft die Feststellung zu treffen: Wassermann positiv. Wie konnte man nur an einer jüdischen Untersuchungsmethode etwas als „positiv“ bezeichnen! Unter solchen Umständen war die Katastrophe am Kriegsende vorprogrammiert!

Begegnung mit dem Ehepaar Hörbiger

Eine recht amüsante Episode meines militärischen Daseins in Prag rankt sich um die Frage nach einem Dampfbad. Wieder ein Beispiel für einen der krassen Gegensätze zwischen der Ostfront und der „Heimatfront". Dort im Kampf ums bloße Überleben kaum als Traumbild vorstellbar, hier sogar als Erlebnis inmitten der Zivilisation konkret wahrnehmbar.
Wo gab es also in Prag ein Dampfbad?
Es dürfte 1943 gewesen sein, am Spätnachmittag eines noch ungemütlichen Märztages. Ich kam – nach wie vor in Prag stationiert – von der Karlsbrücke her und wanderte am rechten Moldauufer flußaufwärts weiter, in Richtung Nationaltheater. Vermutlich machte ich keinen sehr zielstrebigen Eindruck, und so hielt man mich wohl für einen geeigneten „Ansprech partner". Als nämlich das stattliche Paar, das sich mir näherte, unmittelbar vor mir anhielt, wandte sich der Herr mir zu, um mich anzusprechen: „Verzeihen Sie! Wo ist denn hier das Dampfbad?"
Glücklicherweise wußte ich es, denn oft genug war ich, schon als Student, daran vorbeimarschiert. Daher hatte ich keine Mühe, Auskunft zu geben, zumal sich die beiden Passanten ohnehin auf dem richtigen Wege befanden. Doch ich hatte kaum geendet, als mich plötzlich eine freudige Erkenntnis durchzuckte. Das ist doch ..., und das ist seine Frau ... Als Gymnasiast und als Student hatte ich sie in mehreren Filmen gesehen, und *er* hatte mich mit seinen Temperamentsausbrüchen auf der Bühne in „Der Widerspenstigen Zähmung" schauspielerisch sehr beeindruckt.

Jetzt war also die Reihe an mir. „Wenn sich mir schon eine so günstige Gelegenheit bietet, dann werden Sie es mir sicher nicht übelnehmen, wenn ich Sie beide um ein Autogramm bitte." – „Aber gern! Nicht wahr?" Damit holte er die Zustimmung seiner Frau ein, zückte seine Brieftasche, entnahm ihr eine Visitenkarte, und in wenigen Augenblicken war ich stolzer Besitzer je eines Autogramms von „Attila Hörbiger und Paula Wessely-Hörbiger“. So stand es gedruckt auf der Vorderseite der Karte.

Gut zwei Jahre später folgten Kapitulation und eine viermonatige Gefangenschaft. Nur vier Monate, aber man sollte es nicht für möglich halten, wie oft man in dieser kurzen Zeit „gefilzt“ werden kann. Was habe ich nicht alles eingebüßt! Von der goldenen Doppelmantel-Taschenuhr über den goldenen Siegelring bis zu jenen nahezu wertlosen Utensilien des täglichen Bedarfs, die inzwischen durch ihren Erinnerungswert an die Stelle früherer Kostbarkeiten getreten waren und das Wertvollste darstellten, was sich in meinem Rucksack befand. Und immer wieder hielt bei den zahllosen Kontrollen ein Ruski auch meine Autogrammkarte in Händen, betrachtete sie verständnislos und warf sie zu den Habseligkeiten, die ich gnädigst behalten durfte. Und wer es nicht glaubt, kann sich persönlich überzeugen: Die Visitenkarte mit den Autogrammen von Attila Hörbiger und Paula Wessely besitze ich noch heute und verwahre sie als ein Souvenir von dokumentarischem Wert.

Als die vorstehende Erinnerungsskizze in den „Prager Nachrichten“ veröffentlicht wurde, weilte Attila Hörbiger bereits in den Gefilden der Ewigkeit. Auf Umwegen war sie der hochbetagten Paula Wessely in die Hände gelangt und veranlaßte sie zu einem Brief, in dem sie u. a. schreibt: Ich hatte aufrichtige, herzliche Freude über Ihre „Dampfbad-Geschichte“. Auch meine Töchter genossen sie amüsiert. – Des weiteren erinnerte sie sich daran, 1943 ihren Mann bei Dreharbeiten in Prag besucht zu haben. Mit einer beigefügten Autogrammkarte wünschte sie frohe Ostern, und so gesellte sich fast fünfzig Jahre „nach Prag" zu dem damaligen Souvenir jetzt ein zusätzliches Erinnerungsstück, dessen ideeller Wert jedes Verlagshonorar bei weitem übertrifft. Man denke an Jean Paul (1763–1825), der uns wissen läßt: „Die Erinnerung ist das einzige Paradies, aus dem wir nicht vertrieben werden können."

Abschied von der Heimat

Im Februar1944 erhielt ich meinen letzten „regulären" Erholungsurlaub. Selbstverständlich wollte ich meine Eltern besuchen, aber auch ein paar Tage in Freudenthal zubringen. Dort hatte ich immerhin als Gymnasiast einige meiner Sturm-und-Drang-Jahre erlebt. Ich fuhr also mit reichen Erwartungen nach Freudenthal, um die Stätten meiner Schandtaten wiederzusehen. Aber dieser letzte Aufenthalt in Freudenthal wurde zu einer gewissen Enttäuschung, nicht wegen der Stadt selbst, aber wegen der Umstände. Meine ehemaligen Kameraden waren längst zur Wehrmacht einberufen worden, nicht wenige inzwischen sogar bereits „für Führer, Volk und Vaterland" gefallen, die Mädchen in der Berufsausbildung oder im Kriegseinsatz, und die schulisch nachrückenden, jüngeren Gymnasiastinnen und Gymnasiasten kannte ich ebensowenig wie sie mich. Selbst meine langjährige Freundin habe ich nicht angetroffen, und so mußte ich mich mit einem kurzen Verwandtenbesuch begnügen, unter anderem bei der Familie meiner Kusine, bei der ich als „Student" – wir Gymnasiasten galten damals bei der Bevölkerung allgemein als die Studenten – mehrere Monate gewohnt hatte.
Ein letzter Gang durch die Straßen, über den Hauptplatz, die abendliche Begegnungsstätte im Rahmen des täglichen Studentenbummels, eine Stippvisite in der Konditorei Wolff, ein letzter Blick in die Neisser Straße, aufs Gymnasium, auf den Schloßplatz, das Schloß, die Stadtpfarrkirche, sodann der Weg durch die Schillerstraße und die Bahnhofstraße, und schon verließ der Zug den Bahnhof. Am Abteilfenster stehend blickte ich über die Dächer der Stadt hinweg, um in der Ferne den Altvater noch einmal wahrzunehmen, die Köhlerbergkirche, den Kirchturm und die Bauernhöfe von Mährisch-Kotzendorf, wo ich als kleiner Junge bei Onkel und Tante Schneider ab und zu ein paar Ferientage verbracht hatte. Wenn ich

damals geahnt hätte, was uns allen noch bevorsteht! Doch diesen Stoßseufzer haben sich wohl die meisten meiner Landsleute irgendwann einmal abgerungen!
Über Olmütz, wo ich umsteigen mußte, führte meine Fahrt weiter in Richtung Hohenstadt. In Lukawetz holte mich mein Vater in gewohnter, seit zwei Jahren praktizierter Weise ab. Mein Nachrichtensystem hatte sich bewährt. Auf der Hinfahrt nach Freudenthal brauste der Schnellzug in den Abendstunden nämlich auch durch die einsame Station Lukawetz. Just im rechten Augenblick schleuderte ich einen entsprechend präparierten, mit einer Nachricht versehenen Stein vor das Bahnhofsgebäude. Da die Bahnbediensteten meinen Vater als den Leiter des zuständigen Gendarmeriepostens kannten, wurde er von meiner Steinwurfpost benachrichtigt, und so waren die Eltern rechtzeitig informiert. In diesen Urlaubsaufenthalt fiel zwar auch mein 21. Geburtstag, und damit wurde man damals volljährig, aber ich kann mich an keinerlei Geburtstagsfeier erinnern. Das Stimmungsbarometer begann sich bereits auf ein Dauertief einzustellen, und unsere Gespräche über Kriegsende und Zukunftsplanung waren wohl nicht dazu angetan, Feste zu feiern.
Anfang Juni fuhr ich noch einmal nach Hause, aber den dafür notwendigen Wochenendurlaub hatte ich mir selbst „genehmigt". Als Zivilist passierte ich die Wehrmachtskontrolle auf dem Hiberner Bahnhof zu Prag, natürlich mit normaler Fahrkarte, und alles lief – mit ein bißchen Glück – wie geplant. Bevor der Schnellzug das Protektorat verließ, verwandelte ich mich mit Hilfe der im Koffer mitgeführten Uniform blitzschnell in einen Soldaten, denn nur Uniformierte durften die Protektoratsgrenze ohne besondere Genehmigung überqueren. Ab Hohenstadt bis zur nächsten Station (Lukawetz) blieb ich von jeglicher Wehrmachtskontrolle verschont, und so konnte ich noch einmal ein Wochenende daheim verbringen. Es war das Wochenende vor dem 6. Juni 1944, dem Beginn der

Invasion am Atlantik. Daß ich noch vor meiner Abfahrt aus Prag meinen Kameraden die Invasion vorausgesagt hatte, setzte sie sehr in Erstaunen. Wem allerdings das berühmt gewordene V (für Victory), dreimal kurz, einmal lang, von BBC London vertraut war, der brauchte sich nicht zu wundern.
Im Januar 1945 bekam ich dann den Auftrag, einen Kriegskameraden, der beide Augen eingebüßt hatte, bei seiner Entlassung aus dem Prager Lazarett nach Ratibor zu seiner Familie zu begleiten. Auf dem Rückweg reichte es für eine kurze Übernachtung zu Hause. Damals habe ich meinen Vater zum letzten Mal gesehen. Und erst einige Jahre später erfuhren wir auf einem Umweg über Bekannte in Wien, die das Rote Kreuz eingeschaltet hatten, daß er im August 1945 in Olmütz „verstorben“ sei.

Prager Inferno

Insgesamt waren die Jahre beim Barras in Prag keinesfalls eintönig oder gar langweilig. Doch je länger sich der Krieg hinzog, desto mehr verdichtete sich das Sturmgebraus und trieb uns bis an den Rand des Abgrunds.

Ich war also immer noch San.-Gefreiter der großdeutschen Wehrmacht, dessen Fähigkeiten bisher offenbar nicht ausgereicht hatten, um eine Beförderung zum San.-Obergefreiten zu rechtfertigen. Trotzdem war es sehr wohl vorgekommen, daß ich in den Vormittagsstunden aufs Geschäftszimmer beordert wurde, um von einem Unteroffizier den Dienst als U. v. D. zu übernehmen, wenn sich kurzfristig der Herr General mit seiner Gattin zu einem Besuch im Lazarett angesagt hatte. Wenn ich dann der gnädigen Frau beim Aussteigen aus der Limousine behilflich war, während sich der Fahrer um seinen Chef bemühte, stand anscheinend jugendlicher Charme höher im Kurs als preußische Zackigkeit. Welch ein Glück, daß ein U. v. D. *mit Stahlhelm* zu agieren hatte, so daß ich meine Künstlerlocken darunter verbergen konnte. Bei den unteren Chargen meiner Umgebung hatte sich nämlich eine Äußerung von mir zu einem Gerücht verdichtet, das von einem „dienstverpflichteten" tschechischen Frisör verbreitet wurde. Als er sich zum ersten Mal über meine Löwenmähne stürzen wollte, zeigte ich ihm meinen Komparsenausweis, an dem ihn das Stichwort „Film" so faszinierte, daß er, da ich ja „beim Film" sei, meine Randbemerkung ernst nahm und mich fortan fast „ungeschoren" ließ, weil meine Haare ja versichert seien.

Nun hatte sich also der Vorhang zum letzten Akt einer Tragödie von bis dahin unvorstellbaren Ausmaßen gehoben. Ort der Handlung: Reservelazarett I Prag. Zeit der Handlung: Ende April/Anfang Mai 1945. Handelnde Personen: als Spieler ein San.-Gefreiter, als Gegenspieler der Rest der Welt.

Ich meine, es war in jenen Tagen, als wir gerade erst über eine

Sondermeldung des Großdeutschen Rundfunks erfahren hatten, daß der Führer bei der Verteidigung von Berlin gefallen sei. Plötzlich ein Anruf vom Spieß: „König sofort ins Hauptgeschäftszimmer!“ Heute weiß ich, es war reiner Aktionismus, was man damals in Szene setzte. Doch meine Instruktionen lauteten anders.
Originalton Hauptfeldwebel Kulhanek: „König, wir haben Sie ausgewählt, weil Sie Tschechisch können. Die Amerikaner sollen schon vor Pilsen stehen. Leider sind unsere Leute im Teillazarett Kloster telefonisch nicht mehr zu erreichen. Ziehen Sie Zivil an, reagieren Sie nötigenfalls in Tschechisch, und überbringen Sie diese Meldung. Sie dürften so am wenigsten auffallen und unbehelligt bis zum Kloster durchkommen.“
Nicht einen Augenblick kam es mir in den Sinn, daß ich nur als Sanitätsdienstgrad der Genfer Konvention unterstand, nicht aber als Zivilist.
Ich stürmte in die Mannschaftsbaracke, verwandelte mich in einen Privatmann und wollte mich, auf dem Weg ins Hauptgeschäftszimmer, soeben bei meinem Abteilungsfeldwebel abmelden, als wieder das Telefon schrillte: „Kommando zurück! König soll da bleiben! Wir schicken den N. N.“
Seinen Namen habe ich nicht behalten. Er möge mir verzeihen! Ich weiß jedoch, daß er katholischer Priester war und daß er als solcher den Anschein erwecken sollte, als befinde er sich auf einem Versehgang zu einem Sterbenden in unserem Zweiglazarett. Er kam nicht mehr ins Reservelazarett I zurück, und man mußte das Schlimmste befürchten. Vermutlich hat er mir das Leben gerettet!
Welch eine Kopflosigkeit in diesen Tagen geherrscht haben muß, beweist ein weiterer Vorfall. Man hat zwar jahrelang das Siegen praktiziert, hatte aber offiziell keinerlei Erfahrung im bedingungslosen Kapitulieren. In der Tat stand die Kapitulation bevor, auch wenn wir Landser von solchen Gedanken noch abgeschirmt wurden. Im Gegenteil!

Es war meines Erachtens am 4. Mai, als ich einen neuen Auftrag erhielt. Bis heute habe ich nicht begriffen, was es damit auf sich hatte. Kein Sanitätsoffizier, kein Feldwebel oder Unteroffizier, nein, ausgerechnet der San.-Gefreite König erhielt den Befehl, in einem Gebäude, das bis vor kurzem eine SS-Dienststelle beherbergt hatte, ein Notlazarett einzurichten. Ich erinnere mich noch einigermaßen, daß dieses Palais an der Südseite der Hauptstraße stand, die zum Reservelazarett I führte, und zwar ein wenig oberhalb der Abzweigung zum Platz der Wehrmacht im Stadtteil Dewitz, damals Prag XIX.
Ich traf dort nur einen Hausmeister an, der jedoch von nichts eine Ahnung hatte. Ich sondierte die einzelnen leeren Räume, und als ich genug gesehen hatte, um eine Meldung darüber erstatten zu können, trat ich den Rückweg an. Ich schwang mich auf die Straßenbahn in Richtung Endstation und erreichte ohne Probleme das Gelände meiner Dienststelle – um dann am Nachmittag zu begreifen, daß ich zwar noch mit heiler Haut davongekommen war, daß aber in den folgenden Straßenbahnen alleinfahrende Soldaten bereits von Tschechen angepöbelt wurden, in der Innenstadt aus den Waggons gezerrt und mißhandelt wurden. Und das alles war der Auftakt zu jenem Prager „Aufstand", in dem sich ein unbeschreibliches Volumen an hussitischer Bestialität entlud und der darin gipfelte, daß deutsche Soldaten mit dem Kopf nach unten an den Kandelabern auf dem Wenzelsplatz aufgehängt und angezündet wurden. Dazu schreibt der englische Professor Callum MacDonald zusammen mit dem in Prag geborenen Publizisten Jan Kaplan in ihrem Buch „Praha ve stínu hákového kříže" (1995): „Manche (deutsche Zivilisten) wurden aus den Fenstern hoher Stockwerke hinausgeworfen. Andere wurden mit den Füßen an den Masten der Straßenlampen aufgehängt und angezündet. Diejenigen, die Glück hatten, wurden geschlagen und mit Fußtritten traktiert, bevor man sie in die Luftschutzkeller trieb, wo sie ohne Essen und ohne Wasser blieben. Auch mit Frauen und

Kindern ging man roh um. Nach sechs Jahren Okkupation hatten die Prager keine Lust, zwischen gewöhnlichen Deutschen und nazistischen Fanatikern zu unterscheiden.“ (Zu Deutsch: „Prag im Schatten des Hakenkreuzes“)
Und an einer anderen Stelle:
„Tschechische Widerstandskämpfer fingen immer wieder (deutsche) Soldaten, die den Anschluß verloren hatten, hängten sie an Masten auf und zündeten sie an. In Motol wurden 40 Mitglieder der Hitler-Jugend vor den Augen der übrigen Gefangenen erschlagen und erstochen.“
Doch auch das wird berichtet:
„In Krč beging die SS ihre schlimmsten Grausamkeiten. Laut Polizeiberichten wurden Häuser angezündet und Geschäfte geplündert. Zivilisten wurden rücksichtslos ermordet. In den Straßen und im Kirchlein lagen viele Leichen. Unter ihnen waren Männer, Frauen und schließlich dreijährige Kinder, auf schreckliche Weise erschlagen. Sie hatten abgeschnittene Köpfe und Ohren, ausgestochene Augen und von Bajonetten zerstochene Körper. Es gab schwangere Frauen mit aufgeschlitzten Körpern.“ Diese grausamen Verbrechen waren das Werk „junger Männer zwischen 17 und 20 Jahren“, besessen von Rachegelüsten in ihrer letzten Schlacht um das Reich. Zu ähnlichen Bestialitäten kam es im Stadtteil Pankratz und in anderen Stadtteilen. Die Götterdämmerung von Prag war heraufbeschworen worden. – Hatte mich wiederum ein Schutzengel bewacht?
Der Wunsch war wohl der Vater des Gedankens, daß wir in der behüteten Gemeinschaft eines Lazaretts einigermaßen sicher sein könnten. Als Angehörige des Sanitätswesens waren wir mit der Rotkreuzarmbinde gekennzeichnet und besaßen jenen Ausweis, mit dem wir den Schutz des Genfer Abkommens von 1929 in Anspruch nehmen durften. Es blieb jedoch die bange Frage, ob „die anderen“ das auch wissen, und wenn sie es wissen, ob sie darauf Rücksicht nehmen.

Meine Zweifel verstärkten sich in der nächsten oder übernächsten Nacht. Ich hatte in den späten Abendstunden meinen Bereitschaftsdienst im Hauptgeschäftszimmer an den Nachfolger übergeben und war auf dem Wege zu unserer etwa 100 Meter entfernten Mannschaftsbaracke. Ich höre noch im Geiste den Widerhall meiner Schritte, verursacht durch Kommißstiefel auf Steinpflaster, aber noch deutlicher höre ich das Vorbeipfeifen von Gewehrkugeln, die mir einer der tschechischen „Freiheitskämpfer“ – oder war es ein Partisan? –, die vermutlich das Gelände außerhalb der Lazaretteinfriedung kontrollierten, zugedacht hatte. Ein letzter Beweis: Jetzt wird es ernst. Ob man mir wohl mangelnden Heroismus vorwerfen möchte, wenn ich gestehe, daß ich zwei Minuten vor der Sperrstunde, ich will sagen: wenige Tage vor der Kapitulation nicht unbedingt den Heldentod sterben wollte? – Nun denn, im Schutz der Dunkelheit – obwohl es eine mondhelle Nacht war – und fast auf Zehenspitzen erreichte ich meine Stube. Wir hatten selbstverständlich, wie es Vorschrift war, korrekt verdunkelt, zumal wir uns keine Strafe einhandeln wollten; doch diesmal verzichtete ich sogar darauf, überhaupt das Licht einzuschalten. Man konnte ja nicht wissen! Vielleicht hätte jemand, mit einer Schußwaffe zu Mut und Übermut gelangt, seine Schießübungen fortsetzen wollen?
In den nächsten Tagen, Stunden überschlugen sich die Ereignisse. Ich kann nicht mehr sagen, ob es am 7. oder am 8. Mai war, als uns in den Vormittagsstunden die Nachricht ereilte: Die Russen sind da! Ein Vorkommando an der Wache begehrte Einlaß, denn in Kürze würden russische Verwundete eintreffen. Schnellstens wurde ein Flügel des Lazaretts geräumt, und bald danach fuhr der erste Transporter vor. Die Sonne schien, und wir standen bereit, weil wir meinten, helfen zu müssen. Doch zunächst ließ man uns nicht heran; wir durften aber beim Ausladen zusehen.
Die erste Szene wird mir unvergeßlich bleiben. Die eintreffen-

den Befreier der Roten Armee wurden ja bereits bei der Anfahrt von Tschechen und Tschechinnen in Empfang genommen, und solche Eskorten gelangten auch mit dem ersten Krankentransport in unser Lazarett. Zwei tschechische Schwestern – oder waren es Partisaninnen? – stützten einen russischen Soldaten, der einen Kopfverband trug. Er stand recht unsicher auf seinen Beinen, als er der einen Frau etwas zuflüsterte. „Co chce?“ fragte die andere. „Was will er?“ – „Mám jít s ním“ , lautete die Antwort. „Ich soll mit ihm kommen.“ Man führte ihn ins Haus, und was sich dann abspielte, lag außerhalb unserer Beobachtungsweite.

Unsere Hauptarbeit bestand nunmehr darin, eine Abteilung nach der anderen zu räumen, so daß die deutschen Verwundeten eng zusammenrücken mußten.

Den eigentlichen Tag der Kapitulation verbrachte ich ganz bestimmt damit, den alltäglichen Verwaltungsdienst zu versehen; denn den deutschen Teil des Lazaretts hatte man zunächst der deutschen Betreuung überlassen. Vorausgegangen waren die wichtigsten Maßnahmen zur Bewahrung der eigenen Sicherheit. Fotos wurden gesichtet, die meisten vernichtet, vor allem, wenn ein Uniformierter darauf zu sehen war, ein Dienststempel mit Hakenkreuz oder etwas derart Verdächtiges. Immerhin habe ich mein Studienbuch von der Deutschen Karls-Universität retten können. Von meiner „privaten Dienstpistole“ CZ 7,65 mochte ich mich allerdings gar nicht trennen. Ich wickelte sie in geeignete Hüllen, verschnürte alles zu einem handlichen Paket und deponierte es in dem Wirtschaftsgebäude in einer finsteren Ecke auf einem der Heizungsrohre. Panik befiel mich, als sich Bedenken einstellten, ob nicht auf dem einen Packpapier meine Adresse zu lesen war. Ich konnte den Schaden unbeobachtet beheben. Wer wohl das gute Stück gefunden hat? Wo mag sie geblieben sein? Das Gebäude wurde längst abgerissen, und sicherlich hat es dabei einen unehrlichen Finder gegeben, der die Pistole

seinem eigenen Privatbesitz einverleibt hat. Denn die Ablehnung des Privatbesitzes an Produktionsmitteln wurde dazumal noch nicht praktiziert. Oder ist eine Pistole kein Produktionsmittel? Immerhin produziert sie Leichen!
Meiner Erinnerung nach arbeiteten wir seit der Besetzung des Lazaretts noch etwa eine Woche als Sanitätspersonal, jedoch im Status von Gefangenen. Dann wurden wir abtransportiert, Ärzte, Schwestern und Sanitätsdienstgrade. Zunächst hatten wir noch einiges Handgepäck bei uns, ich trug z. B. noch einen Koffer, einen Rucksack und einen Wehrmachtswäschebeutel mit mir. Als erstes entledigte ich mich des Koffers, der mir zum Tragen zu schwer geworden war, dann folgten Teile des Inhalts aus den Taschen. Eine neue Wirklichkeit tat sich auf!

Ein Blick zurück

Das Deutsche Reich hatte inzwischen aufgehört zu bestehen, und zu diesem Zeitpunkt nach dem Zusammenbruch von 1945 am Ursprung des Scheidewegs ergab sich immer wieder Gelegenheit zurückzublicken. Voll Zorn oder auch ohne, je nachdem, ob man dem Überschwang der Erinnerungen Einhalt gebieten oder der nüchternen Abrechnung den Vorrang gewähren wollte. Fast sechs Jahrzehnte sind nämlich seither über Mitteleuropa hinweggebraust, die Zahl der Zeitzeugen ist erheblich geschrumpft, und es ist längst nicht mehr allgemein bekannt, was sich dereinst innerhalb weniger Jahre an weltpolitischem Zündstoff angehäuft hatte. Was geschah im einzelnen, wer waren die Akteure, wie wirkte sich deren Handlungsweise aus – immer vor dem Hintergrund bester Absichten für die ihnen anvertrauten, ja ausgelieferten Völker? Vor allem: Warum hat sich dies oder jenes so abgespielt und nicht anders? Blättern wir ein wenig in den Annalen der Geschichte!

Im Herbst 1918 war zwar der Erste Weltkrieg zu Ende, doch die folgenden Friedensverhandlungen – eigentlich sei nur wenig verhandelt worden, es war mehr ein Diktieren, ein Diktat! – bargen bereits Keimzellen des Bösen für den nächsten Weltkrieg in sich. Die österreichisch-ungarische Monarchie als Vielvölkerstaat sollte zwar zerschlagen werden, aber die entstehenden neuen Staatengebilde waren durch die vorgegebenen Staatsgrenzen mit der Hypothek eines Mehrvölkerstaates belastet. Als krasseste Beispiele sind Jugoslawien und die Tschechoslowakische Republik zu nennen. Die Korrektur der politischen Fehler von damals ließ bei Jugoslawien bis zum Ende des 20. Jahrhunderts auf sich warten. Die Tschechoslowakei, die sogenannte Erste Republik, existierte nur 20 Jahre, von 1918 bis 1938, allerdings mit „Nachhilfe“. Man erinnert sich unwillkürlich an Schillers Freiheitsdrama vom

Wilhelm Tell, der eine sprichwörtliche Lebensweisheit zum Ausdruck brachte mit den Worten: „Es kann der Frömmste nicht in Frieden bleiben, wenn es dem bösen Nachbar nicht gefällt." Nun, der Frömmste war der Tschechoslowakische Staat gewiß nicht. Und der „böse Nachbar"? Ob er wohl ein Wolf im Schafspelz war? Zumindest war er nicht von Anfang an allen gegenüber „böse"!

Jedenfalls lebten innerhalb der Staatsgrenzen der Tschechoslowakei nur zu 46 Prozent Tschechen, zu 13 Prozent Slowaken, etliche Hunderttausend Madjaren, aber auch Ukrainer, Polen, vor allem jedoch 28 Prozent Deutsche.

Die Sudetendeutschen, wie man sie als nicht zu unterschätzenden politischen Faktor im Gefüge der Tschechoslowakei zu nennen begann, stellten für die neue staatliche Obrigkeit ein Problem dar. Denn diese bedeutende Minderheitengruppe – falls man sich nicht überhaupt scheut, diesen Ausdruck zu gebrauchen – fühlte sich durch vielerlei Maßnahmen der Regierung, von Fall zu Fall, mehr oder weniger unterdrückt. Es mag sein, daß die politischen Machthaber keinen anderen Weg sahen, ihre Völker zu einer Nation zusammenzuschweißen, und daher radikal gegen alles Streben nach Unabhängigkeit und Selbstbestimmung vorgingen. Unter diesen Umständen kam den Sudetendeutschen die Politik Hitlers entgegen, der alle Deutschen „heimholen", das heißt in einem Großdeutschen Reich vereinen wollte. In Realisierung dieser Pläne wurde im März 1938 Österreich eingegliedert, im September 1938 nach Verhandlungen mit Frankreich und England, bei Fürsprache des Duce, des italienischen Regierungschefs Mussolini, das sogenannte Münchener Abkommen unterzeichnet, und im Oktober, wie beschlossen, wurden die deutschen Randgebiete der Tschechoslowakei, das sogenannte Sudetenland, Hoheitsgebiete des Deutschen Reiches. Danach erklärte Hitler, als „Führer" Staatspräsident und als Reichskanzler im Sinne eines Ministerpräsidenten verant-

wortlich für Innen- und Außenpolitik, vor der Öffentlichkeit, er habe keine weiteren Gebietsansprüche. Doch bereits im Mai 1938 wurde die Wehrmachtsführung informiert, es sei sein unabänderlicher Entschluß, die Tschechoslowakei in absehbarer Zeit durch eine militärische Aktion zu zerschlagen.
Im Oktober 1938, also unmittelbar nach dem Münchener Abkommen, das ja den Frieden in Europa sichern sollte, befahl Hitler der Wehrmacht, die Vorbereitungen dazu zu treffen. Die Slowakei hatte sich – mit Billigung durch Deutschland – als autonom erklärt und präsentierte sich unter ihrem Präsidenten Tiso als selbständiger Staat, was die Slowaken eigentlich bereits 1918 angestrebt hatten. Der bisherige Präsident der Tschechoslowakei emigrierte in „westliche Gefilde", und sein Nachfolger Emil Hácha versuchte den Bestand der Rest-Tschechei zu sichern, indem er einen hitlerfreundlichen politischen Kurs steuerte, zumal die einstigen Bündnispartner Frankreich und England durch Akzeptieren des Münchener Abkommens „umgefallen" waren.
Hitler konnte nun in Ruhe die Liquidierung der Rest-Tschechei vorbereiten, ohne ein allzu großes außenpolitisches oder militärisches Risiko einzugehen. Die Regie hinter den Kulissen war angewiesen worden, gegenüber der Weltöffentlichkeit den Eindruck zu erwecken, als habe die tschechische Regierung darum gebeten, in Böhmen und Mähren wieder Ruhe und Ordnung herzustellen. So fuhren am 14. März 1939 Staatspräsident Hácha und sein Außenminister Chvalkovsky nach Berlin. Sie mußten stundenlang warten und wurden schließlich um 1 Uhr nachts von Hitler in der Neuen Reichskanzlei empfangen. Der Chefdolmetscher des Auswärtigen Amtes, Paul Schmidt, schildert in seinen Erinnerungen mit dem Titel „Statist auf diplomatischer Bühne", was sich dann abgespielt hat.
„Eine Aussprache im eigentlichen Sinne war es nicht. Es handelte sich mehr um eine einzige große Anklage gegen die

Tschechen von seiten Hitlers, der das ganze ‚Sündenregister', das er während der Sudetenkrise in den Besprechungen mit den Engländern und Franzosen bereits ausgiebig dargelegt hatte, hier wiederholte … Hácha und Chvalkovsky saßen wie versteinert in ihren Sesseln, während Hitler sprach. Es muß für beide ein außerordentlich schwerer Schlag gewesen sein, aus dem Munde Hitlers zu erfahren, daß das Ende für ihr Land gekommen war. Sie waren von Prag noch in der Hoffnung abgefahren, sie würden mit Hitler verhandeln können … ‚Der Einmarsch der deutschen Truppen ist unabwendbar', sagte Hitler. ‚Wenn Sie Blutvergießen verhindern wollen, dann telefonieren Sie am besten sofort mit Prag und geben Weisung an Ihren Kriegsminister, daß kein Widerstand von den tschechischen Truppen geleistet wird.' Mit diesen Worten beendete Hitler die sensationelle Unterredung."

Noch in der Nacht, um 4 Uhr, nachdem Hácha einen Herzanfall erlitten hatte und von Hitlers Leibarzt behandelt worden war, wurde eine gemeinsame Erklärung unterzeichnet. Bereits zwei Stunden später wurde sie vom Reichspropagandaminister Dr. Goebbels über alle Reichssender verlesen:

„Der Führer und Reichskanzler hat heute in Gegenwart des Reichsministers des Auswärtigen von Ribbentrop den tschechoslowakischen Staatspräsidenten Dr. Hácha und den tschechoslowakischen Außenminister Dr. Chvalkovsky auf deren Wunsch in Berlin empfangen. Bei der Zusammenkunft ist die durch die Vorgänge der letzten Wochen auf dem bisherigen tschechoslowakischen Staatsgebiet entstandene ernste Lage in voller Offenheit einer Prüfung unterzogen worden. Auf beiden Seiten ist übereinstimmend die Überzeugung zum Ausdruck gebracht worden, daß das Ziel aller Bemühungen die Sicherung von Ruhe, Ordnung und Frieden in diesem Teile Mitteleuropas sein müsse. Der tschechoslowakische Staatspräsident hat erklärt, daß er, um diesem Ziele zu dienen und um eine endgültige Befriedung zu erreichen, das Schicksal des

tschechischen Volkes und Landes vertrauensvoll in die Hände des Führers des Deutschen Reiches legt.“
Den Prager Repräsentanten gegenüber kam dies einer Erpressung gleich, zumal Hermann Göring als Oberbefehlshaber der deutschen Luftwaffe mit der Bombardierung Prags gedroht hatte, falls nicht sofort unterschrieben würde.
Nach der obigen „gemeinsamen Erklärung“ verlas Goebbels eine Proklamation Hitlers an das deutsche Volk, die von den Reichssendern stündlich wiederholt wurde und in der es hieß: „Nachdem erst vor wenigen Monaten Deutschland gezwungen war, seine in geschlossenen Siedlungsgebieten lebenden Volksgenossen gegenüber dem unerträglichen terroristischen Regime der Tschechoslowakei in Schutz zu nehmen, zeigten sich in den letzten Wochen steigend erneut gleiche Erscheinungen. Dies muß in einem Raume, in dem so viele Nationalitäten nebeneinander leben, zu unerträglichen Zuständen führen. Als Reaktion auf diese erneuten Angriffe gegen die Freiheit und das Leben der Volksgruppen haben sich diese nunmehr von Prag losgelöst. Die Tschechoslowakei hat damit aufgehört zu existieren ... Eine Fortdauer dieser Zustände muß zur Zerstörung der letzten Ordnung in einem Gebiet führen, an dem Deutschland lebenswichtig interessiert ist, ja, das selbst über tausend Jahre lang zum Deutschen Reiche gehörte. Um diese Friedensbedrohung nunmehr endgültig zu beseitigen und die Voraussetzungen für die erforderliche Neuordnung in diesem Lebensraume zu schaffen, habe ich mich daher entschlossen, mit dem heutigen Tage deutsche Truppen nach Böhmen und Mähren einmarschieren zu lassen.“
Noch vor der Rückkehr der tschechischen Politiker aus Berlin traf Hitler in Prag ein und verkündete von hier mit einem Erlaß die Errichtung des Protektorates Böhmen und Mähren, das sich zwar autonom verwalten sollte, aber in allen wesentlichen Entscheidungen vom Reich abhängig war, vertreten durch den Reichsprotektor Freiherrn Konstantin von Neu-

rath. Ihm zur Seite stand der Staatsminister und spätere SS-Gruppenführer Karl Hermann Frank, ein Sudetendeutscher. Als von Neurath, ein Diplomat alter Schule, aus „gesundheitlichen Gründen“ beurlaubt wurde, folgte ihm als stellvertretender Reichsprotektor der SS-Obergruppenführer Reinhard Heydrich.

Inzwischen hatte mit dem Überfall Deutschlands auf Polen der Zweite Weltkrieg begonnen, und das Verhängnis nahm seinen Lauf:

Attentat auf Heydrich, dem er erlag;

Vergeltungsaktion mit Liquidierung der Gemeinde Liditz;

Hinrichtung zahlreicher Regimegegner unter den Tschechen, vor allem der Juden;

allmähliches Erstarken des Widerstands im Protektorat in Anpassung an die Mißerfolge Deutschlands (Tragödie von Stalingrad, Rückzug aus Nordafrika, Invasion im Westen, Attentat auf Adolf Hitler am 20. Juli 1944 usw.);

bestialische Revanche der Tschechen bei Kriegsende mit Ermordung Tausender und Abertausender Deutscher, durch die sogenannten Beneš-Dekrete sanktioniert;

Enteignung des gesamten Besitzes der Deutschen in der Tschechoslowakei, die als Zweite Republik wie ein Phönix aus der Asche emporstieg;

Vertreibung aller Deutschen aus ihrer angestammten Heimat in Böhmen und Mähren-Schlesien, Rache an vielen Unschuldigen;

offizielle Vertreibung auf Grund des Potsdamer Abkommens, also mit Zustimmung der Siegermächte.

„Die vertauschte Braut“

Ilschen war damals zwei Jahre älter als ich – und das wäre sie auch heute noch, doch sie weilt leider nicht mehr unter den Lebenden, wie man in sanft euphemistischer Anwandlung sagen möchte. Ich will also zum Ausdruck bringen, daß sie bereits die Oktava, die Maturaklasse, besuchte, als ich die Sexta unsicher machte. Ins „Reichsdeutsche“ übersetzt: Ilschen war bereits Oberprimanerin und auf dem Wege zum Abitur. Ich dagegen agierte als Sextaner bzw. Obersekundaner, hielt also von der Matura bzw. vom Abitur noch einigen achtunggebietenden Abstand.

Ilschen durfte sich mancher hervorragenden Äußerlichkeiten rühmen, die ihrer ohnehin sympathischen Wesensart als zusätzliche Steigerung dienten, indem sie nämlich einigen in der Zweizahl auftretenden Merkmalen eine Hauptrolle zuwies. Dies gilt zunächst für ihre Äuglein und deren markantes Blinzeln, nicht weniger jedoch für den „Dualismus“ sozusagen in Brusthöhe, womit sie ihrer Verpflichtung nachkam, das Fassungsvermögen ihrer Dirndlbluse auszuloten und das Oberteil prall zu füllen. Kurzum, Ilschen war allgemein beliebt, zumal sie sich gern mit einem Reigen von Freundinnen umgab, die gewissermaßen als Korb dienten, in dem sich zwei Jünglinge wie zwei Hähne im Korb fühlen mußten. Einer von ihnen war bereits als Junglehrer im Schuldienst eingesetzt, erhielt jedoch bald seine Einberufung zur Wehrmacht und starb den Soldatentod. Der andere war ich. Mir obliegt es jetzt, die Erinnerung an meinen jungen Freund, erst recht aber an die aus dem damaligen Damenflor herausragende Ilse wachzuhalten.

Sie studierte in Prag, und es war ihr beschieden, auch in den Tagen des Zusammenbruchs bei Kriegsende dort zu verweilen und alles an Abscheulichkeiten über sich ergehen zu lassen, was die „goldene Stadt“ in jenen Tagen und Wochen zu bieten hatte. Sie wurde von den Akteuren der im Siegestaumel in Erscheinung tretenden neuen Exekutive und von allerlei Gelichter übelster Sorte mißhandelt, kahlgeschoren und zum Abtragen der Barrikaden gezwungen – um nur einige wenige Beispiele zu nennen. Doch auch diese Verbrechen reichten aus, ihren Verlobten auf den Plan zu rufen und mit äußerstem Nachdruck zu versuchen, seine Ilse den Klauen der Henker zu enreißen und in Sicherheit zu bringen. Mit Hilfe seines Freundes, eines Schweizers, fanden sie bald eine Lösung, und der Freund willigte sofort ein. Er heiratete die Braut „zweiten Grades", so daß sie die Schweizer Staatsbürgerschaft erlangte und als Angehörige eines neutralen Staates zusammen mit ihrem Pro-forma-Ehemann problemlos ausreisen durfte.

So weit, so gut. Doch was dann eintrat, war ganz und gar nicht geplant. Die „verkaufte Braut", nein: die „vertauschte Braut" und der Ersatz-Ehemann verliebten sich ineinander, und das mit derartiger Heftigkeit, daß an eine Scheidung „zum Zwecke des Rücktausches" samt Rückkehr zu ihrem ursprünglichen Verlobten nicht mehr zu denken war. Der Schweizer und die Heimatvertriebene lebten als eines der glücklichsten Ehepaare weiter, und wenn sie noch nicht gestorben sind …

Aber leider weilen sie nicht mehr unter uns. Allerdings: vergessen wollen wir sie nicht!

Wie das Leben eben so spielt!

Die Verlockungen der Beine von Dolores

Mehrere Jahrzehnte sind seither ins Land gezogen, und ich muß mich erst ein wenig besinnen. Wie war das damals?
Durch die Kriegsfolgen bedingt, hatte es mich nach dem Norden verschlagen, wo ich in Mecklenburg, nahe der Ostsee, eine Bleibe fand, unweit der Zonengrenze, noch in Sichtweite von Lübeck, jedoch östlich des Eisernen Vorhangs, der dazumal zwei Welten voneinander trennte, im besonderen jedoch die Werktätigen des Arbeiter-und-Bauern-Paradieses vor den aus dem kapitalistischen Westen drohenden Gefahren abschirmen sollte.
Beruflich hatte ich, vorübergehend, Fuß gefaßt, einigermaßen erfolgreich, und da wurde ich eines Tages, Anfang der fünfziger Jahre, nach Berlin delegiert. Dort sollte ich an dem Festakt zur Auszeichnung der „Verdienten Lehrer des Volkes" teilnehmen. Der Grund für eine Reise nach Berlin, selbst nach Ost-Berlin, konnte gar nicht seltsam genug sein, als daß man ihn nicht freudig willkommen geheißen hätte.
Im übrigen gab es eine Überraschung mit heimatlichem Anflug: Unter den Ehrenkandidaten entdeckte ich meinen einstigen Oberstudiendirektor, in dessen Obhut ich die Reifeprüfung bestanden hatte. Etwa zehn Jahre mochten danach vergangen sein, aber der Sküs, wie wir ihn zu titulieren pflegten, erkannte mich nicht. Wer weiß – vielleicht wollte er mich gar nicht erkennen. Doch Schwamm drüber!
Für mich war einzig und allein wichtig, daß ich einen Vorwand für eine Fahrt nach Berlin nutzen konnte, in jene geteilte Großstadt, deren Sektorengrenze zwischen Ost und West bis zu jenem Datum noch einige Schlupflöcher aufwies.
Der Applaus im Festsaal war noch nicht völlig verebbt, da steuerte ich bereits den Bahnhof Friedrichstraße an. Ich gelangte sogar, ohne daß mich das Auge des östlichen Gesetzes erspähte, auf den richtigen Bahnsteig, und ehe ich mich versah, fand ich

mich auf dem Kurfürstendamm wieder. Genaugenommen hätte ich mich beinahe nicht wiedergefunden in der Konfrontation mit jenem Straßenmoloch, in dem dichten Strom der Passanten, der mich vom Bahnhof Zoo in das pulsierende Verkehrsgeschehen eines Großstadtboulevards hinausspülte. Der Abend war bereits hereingebrochen, und ich hätte mich gern für ein Weilchen gedankenverloren dem bunten Flimmerspiel der Neonröhren hingegeben. Doch Ort und Zeit waren wohl nicht geeignet für besinnliches Betrachten. Jedenfalls stand ich plötzlich vor den pausenlos schwingenden glitzernden Flügeltüren eines Premierenkinos, eingekeilt in eine Menschenschlange ungeduldig Einlaß begehrender Filmenthusiasten.
Kein Wunder, daß dichtes Gedränge herrschte! Denn Leuchtreklame und verheißungsvolle Plakate lockten, und alle vor den Kinokassen Wartenden waren sich einig, man müsse sie unbedingt gesehen haben: „Die verschleierte Maja“.
Wie hätte ich, der Provinzler aus der Einsamkeit der Palinger Heide, mich diesem Rausch aus Temperament, Melodien und Rhythmus verweigern dürfen!
Gar kraß wirkte auf mich der Gegensatz zwischen den gewohnten Normen des sozialistischen Realismus und der überschäumenden Lebensfreude der „westlichen Dekadenz“, repräsentiert durch Hunderte von Berlinerinnen und Berlinern, die sich bewußt den Realitäten des Daseins entziehen und in die Sphären der filmischen Illusion entschweben wollten. Zumal der Nachholbedarf zweier Kriegsgenerationen unermeßlich groß war!
Ein wenig unschlüssig bangte ich dem Ende der Vorstellung entgegen, wohl wissend, daß dem Ausflug in eine Traumwelt ein nüchternes Erwachen und eine triste Rückfahrt nach Mecklenburg folgen würden. Noch klang mir allerdings der gutgemeinte Rat von Oskar Sima und Rudolf Platte in den Ohren: Fahrn Sie nicht zum Nordpol! Fahrn Sie da nicht hin!
Doch das hatte ich ohnehin nicht im Sinn! Das Klima jener

mecklenburgischen Landschaft, in die ich zurückkehren mußte, war mir durchaus frostig genug.
Etliche Monate später vertauschten wir definitiv die Errungenschaften des Sozialismus mit der Marktwirtschaft des dekadenten Westens. (Verstehen Sie Spaß?) Schlagartig wurde mir bewußt, daß ich damit eine bislang gewohnte Welt verlassen hatte, um neue Welten zu erstürmen. Fast erschien es mir, als hätte ich einer Region des Dauerfrostes den Rücken zugekehrt. Könnte es sein, daß die Sonne doch nicht gleichmäßig auf Gerechte und den Rest der Menschheit herniederstrahlt?
Und wieder dachte ich an die „Verschleierte Maja", deren Beine mich in Versuchung geführt hatten – damals am Kurfürstendamm –, auch wenn sie nicht dem Kunstideal des „sozialistischen Realismus" entsprachen. Oder etwa gerade deshalb?
Inzwischen hatte Géza von Cziffra den Revuefilm „Die Beine von Dolores" (1957) vorgestellt, und Michael Jary hatte den Beinen durch die Themamelodie den prickelnden Tanzrhythmus verliehen, um das Ballett an Broadwayformat heranzuführen. Maja und Dolores verschmolzen ineinander, Beine hier wie dort, damals als Intermezzo, jetzt als Auftakt und Präludium zur Melodie eines neuen Lebens.
Oft und oft stimmte seither der einst durch Maja und Dolores dekadent infizierte Gastgeber, wenn sich zu vorgerückter Stunde eine kleine Privatparty dem Höhepunkt näherte, den Hymnus an die Beine von Dolores an. Freunde und Bekannte wissen längst, woran es bei uns liegt, wenn Frohsinn und Stimmung den Raum erfüllen: Das machen nur die Beine von Dolores.
Möge es der Herr Pfarrer nicht mißverstehen, wenn dereinst an meinem Grab, vielleicht ein wenig moduliert, eine ungewöhnliche Abschiedsmelodie ertönen sollte – mit frappanten Anklängen an einige Takte mit den „Beinen von Dolores". Der Herrgott – und manche Freunde –, sie werden wissen, was es damit auf sich hat.

Das machen nur die Beine von Dolores,
daß die Señores nicht schlafen gehn.
Denn die Toreros und die Matadores,
die woll'n Dolores noch tanzen sehn.
Und jeder wünscht sich dann nur das eine –
sie möcht' alleine für ihn sich drehn.

Hör, wie zärtlich die Gitarre singt!
Wer weiß, wem sie ihr süßes Ständchen bringt?
Schau, wohin die Caballeros gehn,
bei wem sie heute Nacht um Liebe flehn.
Was erfüllt sie so mit Leidenschaft?
Wer hat die geheime Zauberkraft?
Was zieht die Männer so mächtig an wie ein Magnet?

Das machen nur die Beine von Dolores,
daß die Señores nicht schlafen gehn.
Denn die Toreros und die Matadores,
die woll'n Dolores noch tanzen sehn.
Und jeder wünscht sich dann nur das eine –
sie möcht' alleine für ihn sich drehn.

Das machen nur die Beine von Dolores,
daß die Señores nicht schlafen gehn.

Senta, die Kupplerin

Meine einzige Hundegeschichte

Als Kind und Lausbub pflegte ich die Sommerferien auf dem Bauernhof meines Onkels Rudolf zu verbringen. Da konnte es nicht ausbleiben, daß ich mich mit dem Hofhund anfreundete – schon im eigenen Interesse, denn es war ratsam, sich mit dem jeweiligen Zerberus gut zu stellen. Im Laufe der Jahre folgten aufeinander, als Opfer des Alterungsprozesses, verschiedene Rassen, deren Repräsentanten mich stets durch ihre Größe beeindruckten. Man legte anscheinend einigen Wert darauf, daß nicht irgendein kläffender Köter das lebende und tote Inventar bewachte, sondern daß ein vierbeiniger Hüne für die Sicherheit verantwortlich war, der schon durch seine stattliche Erscheinung Respekt einzuflößen und die Zigeuner vom Hof fernzuhalten vermochte. (Man verzeihe mir die Ungenauigkeit! Doch ich war damals – wie noch heute – nicht in der Lage, zwischen Sinti und Roma zu unterscheiden. Wenn sich hingegen der Alarmruf „Zigeuner kommen!" im Dorf verbreitete, gab es keinerlei Unklarheiten, und die Bäuerin brachte schnellstens Kinder, Hühner und Gänse in Sicherheit, während der Bauer den Aktionsradius des Wachhundes erweiterte, indem er durch Umstecken des Karabinerhakens die Kette an der Hundehütte verlängerte.)
Einer der Bewacher auf dem Anwesen dürfte ein Bernhardiner gewesen sein – wobei ich mich mit dem Prozentsatz der Reinrassigkeit nicht unbedingt festlegen möchte –. Vor allem erinnere ich mich an einen Vorstehhund, und das nicht zuletzt deshalb, weil mein Onkel Vorsteher seines Heimatdorfes war, was der Funktion eines Bürgermeisters entsprach. Diese sprachliche Assoziation bedrängt mich bis auf den heutigen Tag, obwohl ich nach wie vor davon überzeugt bin, daß die Schärfe in der Art und Weise des „Vorstehens" (das Tertium

comparationis, der Vergleichspunkt) dem Hund den Vorrang gewährt.
Zu Hause hatten wir eine Zeitlang einen Schäferhund, der meinen Vater, wenn er sich als Gendarmeriebeamter auf Patrouille befand, als Diensthund begleitete. Ich bedeutete dem Tier wohl nicht mehr als ein Fremder, denn in jenen Jahren galt das Gesetz des Krieges, und ich hielt mich nur gelegentlich als Urlauber daheim auf.
Doch schließlich fand auch der Zweite Weltkrieg ein Ende, und das vorausgesagte Ende mit Schrecken brachte mir zunächst Gefangenschaft und den Verlust der Heimat ein. Fast darf ich von glücklichen Umständen sprechen, die mich nach Norddeutschland geleiteten und dort auch beruflich Fuß fassen ließen. Als Junggeselle wohnte ich zur Untermiete im Obergeschoß eines Zweifamilienhauses in einer Dorfstraße mit jungen Alleebäumen und breiten Gehsteigen. Die Fenster meines Zimmers blickten zur Straße hin, und diese erfreute sich nicht nur der üblichen ländlichen Einsamkeit, sondern zusätzlich der Abgeschiedenheit einer Straße in Grenznähe.
In meiner einzigen Hundegeschichte spielt außer einem kleinen Schäferhund zweifelhafter Abstammung nämlich auch die meist beängstigend stille Dorfstraße eine gewisse Rolle. Inzwischen hatte ich mich sorgsam unter den Dorfschönen meines neuen Lebenskreises, also auch in den Nachbardörfern ein wenig umgesehen, ein paar Kostproben genommen und mich nunmehr entschlossen, mein auf Freiersfüßen nomadenhaftes Dasein aufzugeben und allmählich seßhaft zu werden.
Bei einer Tanzveranstaltung hatte ich sie kennengelernt und auf dem Heimweg, zu zweit auf meinem klapprigen Fahrrad – da sie im Nachbardorf wohnte –, auf dem Heimweg dorthin erfahren, daß dem Frauchen ein Hündchen namens Senta gehörte und im allgemeinen auch zu gehorchen pflegte.
„Wann können wir uns wiedersehen?“ fragte ich.
„Das läßt sich einrichten. Ich gehe oft in den Nachmittags-

stunden mit Senta spazieren, und wenn ich genügend Zeit oder etwas zu erledigen habe, komme ich sogar an Ihrer Wohnung vorbei." Das war zwar eine ermutigende, aber doch wiederum eine wenig präzise Antwort.

Die folgenden praktischen Erfahrungen stimmten mich allerdings zuversichtlich, denn sie hatte entweder Zeit oder etwas Wichtiges in meiner Nähe zu erledigen, und Senta war immer dabei. In den ersten Tagen schaute ich des öfteren zur kritischen Zeit aus dem Fenster, und da man die Straße weit einsehen konnte, hatte ich reichlich Spielraum. Entweder sah ich Freundin und Hund schon von der Ferne nahen, oder sie hatten mein Domizil bereits passiert und entschwanden vorübergehend meinen Blicken in Richtung Grenze, von wannen sie nach einigen Minuten zurückkehren mußten, alldieweil der Schlagbaum nur einige hundert Meter entfernt war. – Man beachte: „von wannen", „alldieweil" – schöööön! Bedauerlich, daß der Duden durch die Einschränkung „veraltet" unseren Wortschatz abbaut und uns Schreibende entmutigt, ein wenig sprachliche Nostalgie zu betreiben!

Also: Von der Grenze war die Rede, von wannen sie bald zurückkehren mußten, alldieweil ... Nun gut! Inzwischen waren einige Tage vergangen, meine Freundin hatte die gebotene Zurückhaltung geübt, keine festen Rendezvous vereinbart und mich nur en passant – im wahrsten Sinne des Wortes – getroffen. Da ergab es sich jedoch des öfteren, daß ich nicht zur gewohnten Stunde meine Lauerstellung am Fenster einnehmen konnte, sei es wegen irgendwelcher Beschäftigungen, sei es auch vielleicht deshalb, weil ich nun selbst damit begann, ein wenig Zurückhaltung zu üben. Damit erlebte die einsame Spaziergängerin samt Hund ihre erste Enttäuschung. Keine Reaktion am Fenster?! Doch spätestens auf dem Rückweg von der Grenze hätte sie mit meinem Erscheinen gerechnet. Das Spielchen wiederholte sich. Als aber auch die zweite Runde keinen Erfolg zeitigte, mußte der anfängliche weibliche Stolz einer raffinierten Attacke weichen. „Senta, komm sofort her!“ herrschte das Mädchen den Hund an, als sie unmittelbar an meinem Fenster vorbeipatrouillierten, und sie rief in einer Lautstärke, die das völlig zu Unrecht gemaßregelte Tier erzittern ließ, da es ohnehin brav neben seinem Frauchen einhertrottete. Diese energische Stimme konnte ich selbst bei geschlossenen Fenstern nicht überhören. Im Nu erschien ich auf der Straße – ohne auch nur im geringsten zu ahnen, daß es der berühmte „Trick siebzehn“ war, der die von meiner Freundin erhoffte Wirkung erzielt hatte.

Erst viel später legte sie ein Geständnis ab: „Ich konnte doch nicht zugeben, daß ich schon zum dritten Male vorbeispazierte. Und erst recht unschicklich wäre es gewesen, wenn ich zu deinem Fenster hinaufgerufen hätte: Walter, komm herunter! Dann schon lieber: Senta, komm sofort her! Das mußtest du hören und sinngemäß begreifen, denn wer konnte wohl eine Senta zur Ordnung rufen!“

Nach diesem ersten erfolgreichen Versuch wurde Senta noch gar oft unter meinem Fenster angerufen, ja angeschrien – mit wechselndem Vokabular, doch stets mit seltsam verblüffender Wirkung. So erfuhr ich in einem Teilgeständnis auch, daß meine Freundin ihr Spielchen jeweils erst dann einstellte, als sie zu befürchten begann, daß die Nachbarschaft aufmerksam werden und die Absicht der Spaziergängerin in Hundebegleitung durchschauen könnte. Ab und zu kehrte Senta sogar allein nach Hause zurück und signalisierte der Familie, daß sie als Anstandswauwau unerwünscht sei. Doch Tricks irgendwelcher Art waren bald nicht mehr nötig. Wir verabredeten uns offiziell, trafen uns auch inoffiziell, dann meist ohne Senta, und eines Tages wurde die einsame Spaziergängerin mit dem Hundetrick meine Frau.

Allerdings wenn wir jetzt in Erinnerungen kramen und uns an die bahnbrechenden Tendeleien erinnern, ist Senta immer dabei.

„Rosen aus dem Süden“ – zum Weiterdrehen

Hören Sie nun den Walzer „Rosen aus dem Süden“ von Johann Strauß, so lautete soeben die Ansage während eines Neujahrskonzerts der Wiener Philharmoniker, und wie so oft wurde es wieder ein duftig-heiterer Genuß ...
Der Ohrenschmaus weitete sich zum optischen Geschehen, als sich bei Einblendung der Tanzeinlage des Wiener Staatsopernballetts die Walzerklänge in den rhythmischen Ausdruck der Beschwingtheit einzufügen begannen.
Wohl dem, der es vermag, Musikalität und Phantasie zu bemühen, um im Geiste etwa die Koloraturkaskaden einer Erika Köth akustisch einzubinden; dann vereinen sich die „Rosen aus dem Süden“ mit dem „Frühling in San Remo“ zu unübertrefflicher Sinnenfreude. Selbst die Feinmotorik kommt bei mir zu ihrem Recht, denn ich kann nicht umhin, und sei es auch nur heimlich und zart, mit einer Hand mitzudirigieren.
Wer Sinne hat, sie zu höherem, um nicht zu sagen: erhabenerem Zweck – ad maiorem Dei gloriam! – zu gebrauchen, hat sicherlich im Geiste nachvollziehen können, was es bedeutet, wenn der Sprecher, wohlakzentuiert, ankündigt: Hören Sie nun den Walzer „Rosen aus dem Süden“ von Johann Strauß.
Doch für mich ist das nur „die halbe Wahrheit“. Wann immer die ersten Takte die „Rosen aus dem Süden“ einleiten, unverwechselbar, schon nach wenigen Akkorden zu erkennen, ergreift die Erinnerung von mir Besitz, und noch nach mehr als fünfzig Jahren läuft vor meinem geistigen Auge ein Film ab, in Verbindung mit der darin eingebundenen Musik geradezu ein Tonfilm, dem ich ein teilnahmsvolles Schmunzeln nicht verwehren kann.
Seit wenigen Jahren leitete ich als blutjunger Lehrer eine – allerdings voll ausgebaute – Volksschule. Zum Abschluß des Schuljahres hatte man sich geeinigt, eine öffentliche Schulfeier zu veranstalten. Ansprachen sollten gehalten werden,

Gedichte wurden einstudiert, und ich, der ich Klassenleiter der Abschlußklasse gewesen war, wollte dazu beitragen, die Feier ein wenig bunter zu gestalten und mit Helma D. einen Tanz einzuüben. Sie war groß und schlank, auch wohl musikalisch genug, und so war die Wahl auf sie gefallen. Gegenüber der Schule stand ein Gasthaus mit einem Saal und einer kleinen Bühne, und dorthin wurden die Eltern und die Dorfbewohner insgesamt eingeladen; denn dort wurde alles an „Kultur" dargeboten, was zu jener tristen Zeit „im Osten" überhaupt möglich war: öffentlicher Tanz, Filmvorführungen, Versammlungen usw.
Sogar ein altes Klavier stand zur Verfügung. Mag wohl sein, daß Franz Liszt es unter Protest abgelehnt hätte, an einer derartigen Drahtkommode überhaupt Platz zu nehmen, geschweige denn in die Tasten zu greifen, doch der war ja längst tot. Es gab überhaupt keinen „Mann am Klavier", sondern eine Bekannte unter den Dorfschönen, die sowohl mit weißen als auch mit schwarzen Tasten gleichzeitig umzugehen verstand; sie machte mit.
Nicht zuletzt wegen der tänzerischen Qualifikation der Schülerin, übrigens eine der besten des Jahrgangs, kam als Darbietung von Anfang an ein Walzer in Frage. Doch welchen sollte man bemühen, welchem Walzerkomponisten das antun?
Habe ich schon erwähnt, daß sich all das Bemühen in der damaligen Sowjetischen Besatzungszone abspielte? Zwar unweit der Westgrenze, aber eben doch bei den Sowjets, wie es damals hieß. Walzer von der Krim oder aus Sibirien waren mir nicht bekannt. Gewiß, auf Tschaikowsky hätte man immer noch zurückgreifen können. Aber mit dem Bolschoiballett konkurrieren, das kam nicht in Frage. Außerdem konnte Ingrid, unsere „Frau am Klavier", nicht improvisieren, sondern nur nach Noten spielen, also war das Repertoire schon stark eingeschränkt. Da außerdem etliche Notenalben der Entnazifizierung zum Opfer gefallen waren, blieb keine große

Auswahl. Ingrid blätterte einmal nach hinten durch und wieder zurück, und wie gebannt blieb ihr Blick auf jener Seite haften, die da einen Walzer von Johann Strauß darbot – mit dem Titel „Rosen aus dem Süden". Das war die Lösung!
Es wurde geübt und geprobt, die Frau am Klavier, der Choreograph, nämlich ich, und Helma gaben ihr Bestes. Der Tag des Schulfestes kam, das Programm lief „mit der Perfektion einer Schulaufführung" ab. Jetzt war Helma an der Reihe. Eine kurze Verbeugung zur Begrüßung, dann schepperte das Klavier los, daß es eine Freude war, und schon nach dem bekannten kurzen Vorspiel begann Helma, sich im Walzertakt zu drehen. Hier eine Tanzfigur, dort ein rhythmisches Wiegen, und immer wieder drehen, drehen, wie es bei einem Straußwalzer nicht anders sein kann.
Und das Drehen nahm schier kein Ende. Doch dann geschah es, völlig unplanmäßig! Hatte sich Helma doch noch nicht ganz an die melodiösen Klanggebilde der Musik gewöhnt, oder wurde sie in der Belastung der Premiere rascher müde? Ich konnte ihr aus meiner Position hinter den Kulissen gerade noch zurufen: „Weiterdrehen! Weiterdrehen!" Aber schon nach wenigen Runden schien ihr Blick zum Klavier zu schweifen, offenbar in der Meinung: Jetzt müßte die Angelegenheit zu Ende sein. „Weiterdrehen! Weiterdrehen!" rief ich ihr erneut entgegen. Als sie bald darauf aufs neue kapitulieren wollte, zischte ich sie nochmals an, und wie durch einen Stromstoß aufgeladen, setzte sie ihre Runden fort. Doch meine Ermunterung zum Weiterdrehen hatte wohl die für einen Souffleur zulässige Höchstphonzahl erheblich überschritten, so daß die Zuschauer im Saal sie vernommen hatten und meinten, meine Bemühungen unterstützen zu müssen. Sobald nämlich die Ballerina auch nur minimal langsamer zu werden drohte, hörte ich bereits aus dem Publikum die ermunternden Zurufe: „Weiterdrehen! Weiterdrehen!" Und als schließlich sogar die Pianistin durch ihre Gesten andeutete,

daß selbst die Partitur an dieser Stelle einen Schlußakkord vorgesehen habe, wurde der aufbrausende Beifall nur durch die Zwischenrufe „Weiterdrehen!“ und „Da capo!“ unterbrochen. Weil aber der ganze Saal im Rhythmus der Silben ein „Wei-ter-dre-hen“ forderte, rettete die „Frau am Klavier“ die Situation, indem sie der Tänzerin einen ermutigenden Blick zuwarf, gleichzeitig mit Wucht in die Tasten griff und an der Stelle mit dem Dakapo einsetzte, wo das „Weiterdrehen“ seinen Ursprung hat. Helma hatte längst ihr Lampenfieber überwunden, wirbelte über die Bühne und war kaum zu bremsen, obwohl der Vorhang inzwischen gefallen war und die Zugabe somit verspätet ihr Ende gefunden hatte.
Seither höre ich den Walzer „Rosen aus dem Süden“ immer wieder mit großem Vergnügen, doch nie ohne die Erinnerung an die Performance, wie man neudeutsch zu sagen pflegt, also an die Aufführung meiner Solotänzerin, und nie ohne die performative Ergänzung: „Weiterdrehen! Weiterdrehen!“

Das Thema für den „ewigen Studenten“

Wenn ich mich nicht sehr irre, so meine ich, daß sich im Schweriner Landestheater bereits im Herbst 1947 der Bühnenvorhang zur ersten Nachkriegsspielzeit hob. Und eine der ersten Inszenierungen war Lehárs „Lustige Witwe“ – das weiß ich bestimmt!

Der Not gehorchend, nahmen Schauspieler, Sänger, Musiker gern Wochenendengagements in kleineren Etablissements „auf dem Lande“ an, wo sie sich nicht nur sattessen konnten – jedenfalls leichter als in der Stadt –, sondern auch ein wenig Nachschub für die folgende Woche mitnehmen wollten, vor allem, wenn noch Kinder oder andere Familienangehörige zu versorgen waren. Bei einem solchen Engagement, das für mehrere Wochenenden abgeschlossen worden war, lernten wir einen Choristen kennen, der am Schweriner Theater tätig war.

Ausgehungert, wie wir waren, aufgrund des kulturellen Defizits fast noch mehr als durch die unzureichende und unzulängliche Verpflegung, erinnerten wir uns fast nur dürftig daran, daß es einst Theateraufführungen und so manches andere gegeben hat. Und das soll es in Zukunft auch wieder geben? Kaum zu glauben!

In dieser Situation lud uns das Ehepaar Heinrich nach Schwerin ein und im besonderen zu einer Aufführung der Operette „Die lustige Witwe“.

Die Operette selbst kannte ich seit meiner Gymnasiastenzeit – einschließlich aller Melodien. Doch der Besuch im Schweriner Landestheater wurde zu einem Höhepunkt. Wann immer jetzt bei irgendeiner Gelegenheit der Nechledil-Marsch mit dem berühmten „Weiber“-Trio aus der „Lustigen Witwe“ ertönt, sehe ich die Szene auf der Bühne des Schweriner Landestheaters und fühle mich zurückversetzt in eine Zeit, als bald nach der Stunde Null wieder Musik und Kunst allgemein begannen,

Bestandteile der Lebensfreude zu werden. So ist es längst zur Lebensweisheit von allgemeiner Gültigkeit geworden, was in der „Lustigen Witwe“ mit Text und Melodie im Marschrhythmus festgeschrieben wurde: Ja das Studium der Weiber ist schwer, nimmt uns Männer gar oft schrecklich her. Ein Geheimnis an Seele und Leib ist das Weib, Weib, Weib, Weib, Weib … Ich erinnere mich an den Begriff des „ewigen Studenten“, wie man ihn aus den ersten Jahrzehnten des vorigen Jahrhunderts kennt. Lag es vielleicht doch an der interessanten Thematik, daß er immer tiefer in die Materie eindringen wollte und nie zum Rigorosum antrat?

Flotte Rhythmen in der Klosterkirche

„Was höre ich da? Aus Donauwörth kommen Sie? Dort hat mein Vater vor langer Zeit ein Schülerinternat unsicher gemacht! Und er hat oft davon erzählt.“ So sprach mich in einer der Tagungspausen der Autor Hans Lindemann an, der aus Köln angereist war, um ebenfalls an der Frühjahrstagung des Exil-P. E. N.-Zentrums teilzunehmen, die auf Schloß Wendgräben in Sachsen-Anhalt stattfand. Bald wußte ich mehr!
Es konnte keinen Zweilel geben: Vater Lindemann war vor mehr als 90 Jahren dem Internat Heilig Kreuz zu Donauwörth anvertraut worden. Ja, „anvertraut“ ist wohl der richtige Ausdruck. Denn er muß ein rechter Haudegen gewesen sein und wurde bewußt nach Heilig Kreuz beordert, wo er nach dem Willen seiner Eltern zu einem anständigen Menschen herangebildet werden sollte – wenigstens teilweise.
Die Bemühungen der Internatserzieher verliefen offenbar nur eingeschränkt erfolgreich. Und schuld daran war weniger der Zögling Lindemann, als vielmehr der Operettenkomponist Franz Lehár, der sich anschickte, mit seiner Musik die Welt zu erobern. Zum Jahresende 1905 war gerade erst Lehárs „Lustige Witwe“ im Theater an der Wien uraufgeführt worden, wenige Wochen später folgte die deutsche Erstaufführung in Hamburg, und im Jahr darauf präsentierte sich „The Merry Widow“ in London und New York. In einem Siegeszug ohnegleichen eroberten Lehárs Operetten die Bühnen rund um den Erdball, und seine Melodien wurden zu Hits – ganz im Gegensatz zu den zunächst abwartenden seriösen Rezensionen.
Was Wunder, daß sich auch der junge Lindemann im Internat von Heilig Kreuz an der Lehárschen Musik berauschte! Das hätte man seitens der Obrigkeit gerade noch hingenommen. Doch als Lindemann jun. den Weiber-Marsch und den Cancan aus der „Lustigen Witwe“ auf der Orgel intonierte und die

flotten Rhythmen als Kirchenmusik erschallen, vielleicht sogar den Text dazu einfließen ließ, dürfte selbst der sonst recht großzügige und seinen Buben gegenüber verständnisvolle Onkel Ludwig als verantwortlicher Chef des Instituts aufgehorcht haben. Im Weiber-Marsch etwa ist zwar auch vom Studium die Rede, doch die Thematik stimmt nicht ganz mit den Prinzipien der christlichen Sittenlehre überein, schon gar nicht mit den Vorstellungen der Pädagogen zu Beginn des 20. Jahrhunderts.

Jedenfalls wurden die Eltern benachrichtigt. Ergänzung meines Gesprächspartners: „Zugegeben, es soll nicht sein erster Streich gewesen sein!“

Um es dezent auszudrücken: Man einigte sich, daß Lindemann jun. in die Obhut der Eltern zurückkehren werde. Er dürfte den Karriereknick bravourös gemeistert haben und Lehár-Fan geblieben sein. Meister Lehár hingegen hat nie erfahren, was er mit seiner „Lustigen Witwe“ im Internat von Heilig Kreuz zu Donauwörth angerichtet hat.

Es hat nicht sollen sein

Es waren schon recht verrückte Zeiten damals – als man noch nicht absehen konnte, wie sich die politische Entwicklung nach der Umwandlung der Sowjetischen Zone in die DDR vollziehen würde, als man zwar noch einen Funken Hoffnung auf Wiedervereinigung hegte, andererseits die Realitäten des DDR-Alltags völlig entgegengesetzte Perspektiven eröffneten. Hinter verschlossenen Türen, aber nicht ganz schalldichten Mauern wurden Pläne geschmiedet, deren Verwirklichung, und sei es auch nur zur Hälfte, die Existenz des Staates aufs äußerste gefährdet hätte, jedenfalls nach der Meinung der ostzonalen Obrigkeit. Möglicherweise würde die Genfer Außenministerkonferenz doch wieder keine konkreten Resultate zeitigen, und es bliebe alles beim alten. Man sollte also lieber gewisse Vorkehrungen treffen – für den Fall, daß man „nach drüben gehen", „Republikflucht begehen" würde. Daß ein Briefmarkensammler bei all diesen Überlegungen seine Briefmarken in die Kalkulation einbeziehen mußte, war selbstverständlich. Schließlich konnte eine Briefmarkensammlung unter „kapitalistischen Verhältnissen" auf der Basis der allmählich erstarkenden Währung der D-Mark-West gewisse Anfangsschwierigkeiten überwinden helfen. Zumindest mußte es möglich sein, die Spitzenwerte günstig zu verkaufen, sie zu opfern, um eine Existenzgrundlage zu schaffen, und eine solide Existenz würde sich beim erneuten Ausbauen der Sammlung ebenfalls auswirken und dazu führen, daß die so entstandenen Lücken wieder geschlossen werden.
Jedenfalls meinte ich, einen genialen Einfall in die Tat umzusetzen, als ich u. a. die 200-fr-Flugpostmarke Saar von 1950 verhältnismäßig preisgünstig (für Ostgeld) bei einem Händler kaufen konnte, um sie dann nach Westdeutschland zu senden, wo ich mir ein kleines Depot anlegen wollte. Um nicht mit den Devisenbestimmungen in Konflikt zu geraten, wandte ich eine

absolut unverfängliche Methode an. Ich schrieb meiner Mutter „im Westen“ ein paar nette Zeilen, beantwortete all die Fragen aus ihrem Brief, berichtete von meiner Arbeit, vom Urlaub und von Besuchen, ließ meine Frau einige Ergänzungen anbringen, aber vermied es peinlichst, die besagte Flugpostmarke auch nur mit einer einzigen Silbe zu erwähnen. Im Falle des Falles bliebe dann immer noch die Erklärung, daß die Marke aus Versehen in den Briefumschlag geraten sein müßte, daß ich ohne jede Absicht den Briefumschlag benützt hätte, ohne zu ahnen, daß eine Briefmarke darin liegt.
Ob diese Erklärung der Zensurbehörde gegenüber als Entschuldigung anerkannt worden wäre, das weiß ich nicht, das konnte ich nur hoffen. Meiner Mutter gegenüber ist die Täuschung allerdings perfekt gelungen. Sie öffnete den Briefumschlag, nahm den Brief heraus, las meine Zeilen mit großer Freude, legte den Brief in die Schrankschublade, um ihn später noch ein zweites oder drittes Mal lesen zu können – und den Briefumschlag warf sie in den Kücheneimer, wo er nach ihrer Meinung hingehörte, zum Abfall.
Viel, viel später ergab sich Gelegenheit zu einer Anfrage, denn die Saar-Flugpostmarke hatte inzwischen eine beachtliche Wertsteigerung erfahren. Von einer durch den Absender kommentarlos dem Brief beigelegten Marke war nichts bekannt, sie ward auch nie mehr gesehen. Nun ja, die neue Existenz wurde trotzdem aufgebaut, und längst ziert eine andere 200-fr-Flugpostmarke meine Sammlung. Geblieben sind aus jenen Tagen die Erinnerung an ein vermeintlich raffiniert geplantes Vorhaben und ein bißchen Wehmut ob seines Mißlingens.

Bert Brecht – ein Beinahezusammenstoß

Wieder einmal muß ich es einer durch den Zweiten Weltkrieg ausgelösten Schicksalsfügung zuschreiben, daß ich mich auf meinem bis dahin noch recht kurzen Lebensweg für einige Zeit, nämlich gut acht Jahre, in einem geradezu idyllischen Dorf namens Herrnburg häuslich einrichten sollte. Seiner Verkehrslage nach nennt man es am besten in einem Atemzug mit dem Osten von Lübeck, unmittelbat an dessen Randzone angrenzend, an der Straße von Schwerin oder an der Bahnstrecke von Bad Kleinen in die besagte Hansestadt. Die sog. Wiedervereinigung brachte es mit sich, daß Herrnburg, von alters ratzeburgisch-mecklenburgisch, in den Kreis Nordwestmecklenburg einbezogen wurde.
Doch bald nach Kriegsende zogen die Siegermächte durch die Region zwischen Lübeck und Herrnburg eine Grenzlinie, mit der es eine besondere Bewandtnis seit Mitte der fünfziger Jahre hatte: aufs strengste bewacht, bildete sie den nördlichsten Abschnitt des Eisernen Vorhangs. Doch noch ehe es dazu kam, Wachtürme und Grenzzäune aufzubauen, einen 10-Meter-Streifen anzulegen, eine 500-Meter- und 5-km-Zone einzurichten, wurden wir Augenzeugen eines Geschehens, durch das Herrnburg Aufnahme in die Literaturgeschichte fand, noch dazu in Verbindung mit Bert Brecht.
Worum ging es also?
Man schrieb das Jahr 1950. Die DDR, in Worten: Deutsche Demokratische Republik, war im Begriff, sich auf dem Territorium der bisherigen Sowjetischen Besatzungszone als selbständiger Staat zu etablieren, und rang um internationale Anerkennung. „Pfingsten, das liebliche Fest, war gekommen" und mit ihm „das große Friedenstreffen der Freien Deutschen Jugend (FDJ) aus Ost und West", zu dem, wohl ein wenig in Anlehnung an die Zielsetzung der Olympischen Spiele, „die Jugend der Welt" gerufen worden war. Und sie strömten her-

bei aus verschiedenen Himmelsrichtungen, vor allem aber aus jenen Ländern, die das Demokratische ihres Systems bewußt betonten, auch etwa aus den sogenannten Volksrepubliken, im besonderen also aus den kommunistischen Staaten. Etliche Länder außerhalb des Ostblocks entsandten Delegationen, zum Beispiel Repräsentanten kommunistischer oder „artverwandter“ Jugendorganisationen. Der propagandistische Aufwand war gigantisch und „die moralische Wirkung eine ungeheure“. Über mehrere Tage trat Berlin, nein: Ostberlin, als Gastgeber auf, auch wenn abseits der Hauptstraßen die Schaufenster mit Attrappen dekoriert waren.

„Das ging nun so, solang es ging“ (Lessing), man hatte vor aller Welt die freiheitlich-demokratische Gesinnung demonstriert und die Welt von der Friedensliebe des Sozialismus überzeugt, und man mußte Abschied nehmen.

Die Besucher aus den Reihen der damals auch noch in Westdeutschland agierenden Freien Deutschen Jugend traten ebenfalls ihre Heimreise an, seltsamerweise alle über die Grenzstation Herrnburg in Richtung Lübeck oder über die „grüne Grenze“. 10 000 sollen es gewesen sein, doch hier stockt des Sängers Höflichkeit, weil der sogenannte „Herrnburger Bericht“, mit dem sich die „Neue Ruhr-Zeitung“ in Essen auseinanderzusetzen hatte, vermutlich einen Tippfehler enthielt. Ob Tausende oder tausend, die Augenzeugen neigen zu der Aussage, man habe sich am Rande der Palinger Heide versammlet, weil von der zuständigen Landesregierung im Westen die Weisung an die Exekutive ergangen war, den Heimkehrern den Grenzübertritt nur zu gestatten, wenn sie sich registrieren und ärztlich untersuchen lassen; aus Berlin seien Typhusfälle gemeldet worden.

Schikanen oder verantwortungsbewußtes Handeln, das entscheide, wer mag, je nach grundsätzlicher Position.

Ostberlin sah sich geradezu verpflichtet, gegen den kapitalistischen Westen Stellung zu nehmen, und da trat Bert Brecht auf

den Plan. Erst kürzlich von seinem letzten exilbedingten Aufenthalt in der Schweiz, wo er Demokratie und freiheitliche Gesinnung aus dem vollen geschöpft hatte, nach Ostberlin zurückgekehrt, wurde er von der Staatsobrigkeit dafür ausersehen, als „vorgeschobener Beobachter" die Ereignisse von Herrnburg zu protokollieren und unter sozialistischen Aspekten literarisch zu gestalten. So entstand der „Herrnburger Bericht" – mit einem „Tanzlied", so daß Hanne Hiob, Brechts Tochter, die Dichtung als „Friedenskantate" einstufte. Im Mittelpunkt stand für Brecht nämlich die „innerdeutsche Grenze", der die nach Westdeutschland zurückströmenden Jugendlichen ihre Mißachtung zollen und über die sie als Ausdruck ihrer Friedfertigkeit „hinwegtanzen" wollten.
So weit, so gut, möchte man meinen. Aber schon bald stellten sich erhebliche Komplikationen in der Deutung des Brechtschen Originaltextes ein, als etwa zwei Jahre später die Führungsspitze der DDR im Einvernehmen mit den Bruderstaaten (sich selbst?) und der Bevölkerung einzureden versuchte, man müsse die besagte Grenze abwehrmäßig so sichern, daß die westlichen Kriegstreiber, Kapitalisten, Spione, Diversanten und das sonstige klassenfeindliche Geschmeiß den Ostblock nicht behelligen konnten.
Die in den grenznahen Dörfern wohnende Bevölkerung wurde aufgerufen, mitzuhelfen und damit die Errungenschaften des Sozialismus zu verteidigen. Am Grenzverlauf entlang wurde ein zehn Meter breiter Streifen planiert und der Sand darauf glattgerecht, um Spuren lesen zu können. Parallel dazu lief eine 500 Meter breite Zone, die manchmal ein Dorf in zwei Teile trennte und nur mit einer Sondergenehmigung betreten werden durfte. Auch für die sich landeinwärts anschließende 5-Kilometer-Sperrzone brauchte man einen Passierschein. Wachtürme und Patrouillen der Volksarmee bewirkten ein übriges. Seither war es ein waghalsiges Unterfangen, aus dem Landesinneren bis an die Westgrenze vorzudringen und

sich einer Verurteilung wegen „Republikflucht“ auszusetzen. Ob wohl Bert Brecht unter den nunmehr gegebenen Umständen seinen „Herrnburger Bericht“ umgeschrieben hätte? Immerhin war die Grenze, die man einst „drüber hinwegtanzend“ überwinden wollte, für manchen DDR-Bürger zum Totentanz geworden!
Seit der Vereinigung von West und Ost der deutschen Lande ist Herrnburg kein Grenzort mehr und hat längst damit begonnen, sich zu einem Lübecker Nobelvorort zu mausern.
Geblieben aus der jüngsten politischen Entwicklung ist jedoch Bert Brechts literarische Beteiligung, zwar nur marginal, aber immerhin …

Von Ost nach West

Die Entscheidung war gefallen. Zum Ende des Schuljahres sollten die Zelte „in der Ostzone“ endgültig abgebrochen werden. Nach einem letzten Besuch in Bayern während der Osterferien 1954 hatten sich allerlei Verdachtsmomente ergeben, die es ratsam erscheinen ließen, nicht länger zu zögern. Da nach unserem Ermessen keine akute Gefahr bestand, mußte es möglich sein, den „geordneten Rückzug“ systematisch vorzubereiten. Tausend Kleinigkeiten waren zu bedenken, und äußerste Vorsicht war angezeigt. Arbeit und Freizeit sollten ablaufen wie gewohnt, und doch erfolgte jeder Handgriff unter dem Aspekt der bevorstehenden Radikalkur. Noch waren in Wismar Lehramtsprüfungen abzunehmen, an denen ich als Prüfer für das Fach Deutsch teilnehmen mußte und auch teilnehmen wollte, um „meine Kandidaten“, die ich bis dahin im Rahmen eines Fernstudiums als Mentor betreut hatte, nicht im Stich zu lassen. Außerdem hatte ich für die Absolventen meiner Schule eine Abiturientenfahrt vorbereitet, und diese stand nunmehr unmittelbar bevor. Sie sollte uns ins Elbsandsteingebirge und Erzgebirge führen, und auf dem Weg nach Dresden wollten wir Berlin besuchen, Ostberlin, versteht sich, mit seiner damals noch obligatorischen Stalinallee.
Schon ein Jahr zuvor hatte ich mit zwei elften Klassen und ihren Klassenleitern eine einwöchige Fahrt nach Weimar und in den Thüringer Wald unternommen, und dabei hatte sich mein Fahrrad bestens bewährt. Oft galt es auf unseren Wanderungen den richtigen Weg auszukundschaften, Raststätten festzulegen, Quartiere zu besichtigen, und das alles konnte geschehen, ehe die Marschierer eintrafen. Entweder fuhr ich mit meinem Rad voraus, oder einer der Schüler übernahm diese organisatorischen Aufträge. Deshalb wunderte sich niemand, als ich wiederum mit meinem Fahrrad auf dem Bahnhof ankam und es dem Gepäckwagen anvertraute, damit es uns bei

Bedarf während unserer Reise zur Verfügung stehe. Im Gegenteil, man kannte diese meine Vorliebe und hatte sich daran gewöhnt. In Abwandlung des Begriffes „Pädagogischer Rat“ (anstelle von „Lehrerkonferenz“ neu eingeführt) fungierte es als „pädagogisches Rad“, für dessen Betreuung sich gern eine Schülerin oder ein Schüler zur Verfügung stellte, weil sie es etappenweise fahren und zwei oder drei Rucksäcke zum Transport übernehmen durften.

Wir gelangten also wohlbehalten nach Berlin, und meine Abiturientinnen und Abiturienten erhielten „freien Ausgang“. Sie sollten ihre Quartiere aufsuchen und sich je nach Belieben ein wenig orientieren. Zum Abend waren wir verabredet, um ins Theater zu gehen.

Auch ich wollte den Nachmittag nutzen, denn ich hatte große Pläne. Mein Gepäck hatte ich im Quartier deponiert, und nun stand mir mein „pädagogisches Rad“ für eine kleine Rundfahrt zur Verfügung. Hätte mich jemand heimlich beobachtet, wäre er zu der Überzeugung gelangt, daß ich als Tourist mit dem Fahrrad unterwegs sei, um in Eile einige Sehenswürdigkeiten im Raum zwischen Alexanderplatz und dem Brandenburger Tor kennenzulernen. Soeben hatte ich die Humboldt-Universität in Augenschein genommen, radelte scheinbar völlig unbefangen die Prachtstraße „Unter den Linden“ entlang und näherte mich dem Kontrollpunkt an der Sektorengrenze, jederzeit gewärtig, angehalten zu werden. Doch wozu hätte man einen so harmlos dreinschauenden Radfahrer wohl kontrollieren sollen? Konsequenterweise blickte ich interessiert nach links und nach rechts, natürlich auch geradeaus – zum Brandenburger Tor, passierte dieses, warf zwischendurch einen Blick in den Stadtplan, als wollte ich mich orientieren, und fuhr weiter. Wäre ich am Kontrollpunkt angehalten worden, hätte ich das Sowjetische Ehrenmal, das bekanntlich auf Westberliner Hoheitsgebiet steht, als Ziel meiner Radtour genannt. So hatte ich zumindest mein

Vorhaben geplant. Ob es gelingen würde, konnte ich natürlich vorher nicht wissen! Aber was gelingt schon, wenn nicht ein Quentchen Glück mitschwingt? Ich hatte wieder einmal Glück, gelangte unbehelligt bis zum Sowjetischen Ehrenmal und setzte nach kurzer Pause die Fahrt fort. Hätte mich immer noch jemand beobachtet, so wäre er spätestens jetzt stutzig geworden, denn ich machte nicht kehrt, um zum Kontrollpunkt zurückzufahren, sondern setzte meine Tour in westlicher Richtung, also in Richtung Großer Stern fort – zunächst in bedächtigem Tempo, doch bald trat ich mit voller Kraft in die Pedale und steuerte zielstrebig den Bahnhof Zoo an. Eine wichtige KleinigkeIt hätte jedoch inzwischen dem heimlichen Beobachter auffallen müssen: nämlich das Bündel auf meinem Gepäckträger. Äußerlich völlig unscheinbar, ein alter Wehrmachtswäschebeutel, aus dem eine billige Schlafdecke hervorquoll, die etwas zu umhüllen schien. Was aber war des Pudels Kern, will sagen: des Bündels Inhalt? Ein Briefmarkenalbum mit dem wertvollsten Teil meiner Sammlung.
Kaum war mein Herzklopfen abgeklungen, hatte ich bereits den Bahnhof Zoo erreicht. Am Frachtschalter wurde das Fahrrad und auf dem Postamt das Album zur Weiterbeförderung aufgegeben, beide an die Adresse meiner Mutter in Bayern, wo auch wir, meine Frau und ich, zwei Wochen später eintrafen, nachdem uns selbst bei diesem Unternehmen das Glück treu geblieben war.
Doch zurück zum Programmablauf nach Ostberlin! Als wir in den frühen Morgenstunden des nächsten Tages in Berlin die Weiterfahrt nach Dresden antraten, fehlte das „pädagogische Rad“. Aber dafür hatte ich eine einfache Erklärung vorbereitet. Auf dem Weg vom Quartier zum Bahnhof mußte ich die S-Bahn benützen, und es wurde auch in meinem Ausnahmefall nicht gestattet, das Fahrrad mitzunehmen. Ich ließ es also im Quartier zurück und beeilte mich, um den Zug doch noch zu erreichen. Das nahmen meine Abiturienten zur Kenntnis –

bis auf Irene, der ich mich anvertraut hatte; sie aber schwieg und verriet sich nicht einmal mit einem Wimperzucken! Die anderen jedoch wissen vermutlich bis heute nicht, welchem Umstand sie ihre Abschlußfahrt zu verdanken hatten: daß nämlich meine Briefmarkensammlung „in westlichen Gewahrsam“ gebracht werden sollte.
Allerdings gab es damals in Berlin noch keine „Mauer“.

Der Sang von der heilen Welt

Es geschieht nicht oft im Zeitalter des dröhnenden und melodienlosen Rap, daß sich eines der Lieder der Großvatergeneration in eine Fernsehsendung mit Evergreens verirrt, aus der Zeit, als zwar die Bilder bereits laufen gelernt hatten, sich jetzt aber auch akustisch bemerkbar machten. Doch es kommt vor! Wie neulich, als da plötzlich ein Nostalgiesänger mit Bezug auf „Die drei von der Tankstelle“ (1930) verkündete: „Wir zahlen keine Miete mehr, wir sind im Grünen zu Haus. Wenn unser Nest noch kleiner wär’, das macht uns wirklich nichts aus. Drei Meter fünfzig im Quadrat, wir haben wenig Gepäck. |: Wenn es hinten nur ein Gärtchen hat, mit Spinat und Kopfsalat, dann gehn wir nie wieder weg.:|“
Melodie und Text wirkten wie eine Zauberformel. Ich sehe mich als wohl zwölfjährigen Knirps in unserer Wohnküche. Mein Bruder war bereits „aus dem Haus“, beanspruchte also kein Zimmer mehr, und so wohnte für einige Monate – weil es sich so ergeben hatte – ein junger Mann namens Edi bei uns in Untermiete, nämlich der Sohn der Quartierwirtin meines Bruders. Und da kam es vor, daß Edi nach dem Abendessen zu uns in die Wohnküche kam, sich mit seiner Klampfe in Positur setzte und sich sowie seine Gitarre vernehmen ließ: „Wir zahlen keine Miete mehr ...“ Ein paar Kronen Miete zahlte er sicherlich, doch das war ohne Belang, denn er entlohnte uns durch sein Musizieren.
Dankbar denke ich zurück an meine kleine heile Welt von damals mit allem Drum und Dran, wann immer – auch nach vielen Jahrzehnten – die Melodie an die Mieter erinnert, die keine Miete zahlen wollen ...
Zwanzig Jahre später – der große Krieg hatte uns zwangsweise als Treibgut der Weltgeschichte über Grenzen und Eisernen Vorhang nach Westen geschwemmt – wollten wir uns „umständehalber“ als Mieter verändern, doch die Erteilung einer

sogenannten Zuzugsgenehmigung setzte den Nachweis eines Wohnraums voraus. Wohnraum aber war bewirtschaftet und für „Neuzugänge“ undiskutabel – in einer Zeit, als eine fünfköpfige Familie mit einem einzigen Raum auskommen mußte. Wir hätten ja widerspruchslos Miete gezahlt, doch man konnte uns nichts Bewohnbares vermieten. Zunächst! Und dann ergab sich doch eine Lösung. Eine mitleidige Kleinbäuerin machte es möglich, und der Herr Bürgermeister akzeptierte die Notlösung als vollwertigen Wohnraum, der vor allem als Schlafgelegenheit dienen sollte. Es waren nur „drei Meter fünfzig im Quadrat“, und wir hatten als „Huraflichtling’“ bayerischer Prägung „nur wenig Gepäck“, doch wir empfanden es als eine Erlösung, als hätte uns der Flügelschlag eines Glücksengels gestreift. Kopfsalat durften wir im Gemüsegärtchen holen, und wir blieben mehrere Monate. Dann war uns das Schicksal aufs neue hold, und wir zogen weg, vom Dorf in die benachbarte Stadt, in eine durchaus ansprechende Wohnung. Es folgte eine größere Wohnung und schließlich das eigene Häuschen. Doch geblieben ist die Erinnerung an die Kammer, für die schon die „drei von der Tankstelle“ (im Film) keine Miete zahlen wollten – und der entsprechende Singsang.

„Alte Kameraden“ – ein Bekenntnis?

Anfang Dezember 1941 erlangten zwei Ereignisse geradezu weltgeschichtliche Bedeutung, und das Schlag auf Schlag: Der Überfall der japanischen Luftwaffe auf den US-Marinestützpunkt Pearl Harbor und im Gefolge davon die Kriegserklärung Deutschlands und Italiens, die im Gefüge der politischen Achse Berlin-Rom-Tokio „Waffenbrüder“ der Japaner waren, an die Vereinigten Staaten von Amerika. Etwa ein halbes Jahr zuvor hatte Adolf Hitler als oberster Kriegsherr seiner Generalität den Befehl erteilt, den Plan „Barbarossa“ in die Tat umzusetzen, nämlich die Sowjetunion anzugreifen. Die Erfolge der deutschen Wehrmacht im sogenannten Blitzkrieg gegen Polen und die Kapitulation der französischen Truppen hatten Wasser auf die Mühlen der Hurrapatrioten strömen lassen und die Ahnungslosen weitgehend beschwichtigt.

Doch den USA den Krieg zu erklären, das war ein Wagnis höchster Dimension! Ich erinnere mich sehr wohl an erste Reaktionen im privaten Bereich. „Wenn das nur gutgeht! Hoffentlich hat er sich das gründlich überlegt.“ So etwa ließ sich mein Vater vernehmen, als wir bald danach zusammentrafen und in der Familie die Lage besprachen. Ein Onkel, der den Ersten Weltkrieg an der russischen Front mitgemacht hatte und gern ein wenig mit mir, dem damals immerhin Achtzehnjährigen, politisierte, meinte: „Ich sag’ dir ehrlich, das gefällt mir ganz und gar nicht. Wir können doch nicht gegen die ganze Welt Krieg führen!“

Und wie recht er doch hatte, mein Onkel, der einfache Gebirgsbauer. Doch der „einfache Gefreite aus dem Ersten Weltkrieg“, wie sich Adolf gern apostrophieren ließ, und die Herren des Generalstabs wollten es besser wissen.

So kam es denn, wie es nicht anders kommen konnte: uneingeschränkte Vernichtung an Bruttoregistertonnen auf den Weltmeeren, massivste Bomberangriffe mit Umwandlung

deutscher Großstädte in Ruinenfelder – und schließlich Eisenhowers legendäres Kommando zum Beginn der Invasion im Westen: „Let's go!" Es war kein geringer Blutzoll, der den US-amerikanischen Verbänden in Westeuropa abverlangt wurde.
Am 8. Mai 1945 mit der bedingungslosen Kapitulation fand der Zweite Weltkrieg in Europa sein Ende. Der grauenvolle Spuk war vorbei.
Nur für ganz kurze Zeit, nach der von Ort zu Ort gestaffelt ertönenden Ankündigung „Die Amerikaner sind da!" hielten die Einwohner den Atem an. Doch bald holten sie tief Luft und atmeten kräftig weiter. Eine neue Epoche hatte begonnen, gekennzeichnet von erstaunlichen Änderungen und fast unbekannten Maßnahmen und Begriffen, wie Demokratisierung, Entnazifizierung, Marshallplan, Carepakete, Kontrollrat, Besatzungszonen, aber auch Kalter Krieg, Eiserner Vorhang, Währungsreform, Luftbrücke und vieles andere mehr.
Und dann auch dieses: Die Spuren des 12jährigen Wirkens eines Regimes in einem „tausendjährigen Reich" und des Zweiten Weltkriegs waren noch längst nicht beseitigt, da kündigte eine Kapelle der US-Army ein Militärkonzert an und lud die Bevölkerung dazu ein. So geschehen in Meitingen, etwa auf halbem Wege von Donauwörth nach Augsburg, was für mich damals noch keinesfalls geläufige Fakten waren. Für den Auftritt hatte man, soweit ich mich erinnere, einen größeren Saal ausgewählt, oder war es gar eine Turnhalle – ich weiß es nicht mehr genau. Als Freund guter Marschmusik wollte ich mir eine solche – damals noch recht seltene – Gelegenheit nicht entgehen lassen, und so fuhren wir, meine Frau und ich, nach Meitingen. Das Repertoire fand durchaus unseren Beifall, doch das wäre kein Grund, daß ich mich auch noch nach fünfzig Jahren an jene Präsentation erinnere.
Das Programm schien sein Ende zu erreichen, und der Marsch „Unter dem Sternenbanner" wurde denn auch mit freneti-

schem Beifall bedacht. Doch der Dirigent schien noch etwas in petto zu haben, vielleicht eine Zugabe.
Ja, ist es denn die Möglichkeit? Schon nach wenigen Takten … Es ist nicht zu fassen! Da steht man sich noch vor wenigen Jahren in der Haltung von Todfeinden gegenüber, führt einen erbarmungslosen Krieg, bekämpft sich an den Fronten bis aufs Messer – und dann – sollte es vielleicht sogar eine versöhnliche Geste sein? –, dann ertönt, von einer Kapelle der US-Army gespielt, der altösterreichische Militärmarsch „Alte Kameraden“ von Karl Teike! Als wäre nichts gewesen – und schon gar nicht etwas Böses.
Erster Kommentar eines Freundes, dem ich von den mich bestürmenden Gedanken und Überlegungen berichtete: „Habe ich nicht immer schon behauptet, die Welt sei verrückt?“

„Straßburg bleibt unvergessen“

Um die Mitte des 20. Jahrhunderts war es in aller Ohren, oder je nach Begabung sang, trällerte oder pfiff man es nach Herzenslust, das Chanson zur Würdigung von Paris mit seiner prickelnden Atmosphäre voll Amouren und Pikanterie: „Das ist Paris, mit seinen Frau'n! Ganz im Vertrau'n: Nimm dich in acht!“

Inzwischen hat die Menschheit die Jahrtausendwende gefeiert, und doch habe ich bis heute nicht vergessen, durch welche amüsante Episode sich mir Melodie und Text für alle Zeiten eingeprägt haben. Zugegeben, Mireille Mattieu hat über Jahrzehnte hinweg durch ihre unvergleichlich sympathische Art ihrer Darbietung nicht unwesentlich dazu beigetragen, die Erinnerungen wachzuhalten.

Was also war geschehen?

Es ergab sich in den mageren Nachkriegsjahren, irgendwann in den Fünfzigern, daß wir, meine Frau und ich, von einem befreundeten Paar zu einer Ausfahrt eingeladen wurden, und man höre und staune: wir hatten uns auf Straßburg festgelegt. Janina und ich mußten vor gar nicht langer Zeit das Gelobte Land, nein, ein von den dortigen Machthabern gelobtes Land verlassen, um den ständigen Wohnsitz „im Westen“ zu nehmen. Unser Nachholbedarf, sich einigermaßen frei in Mitteleuropa bewegen zu können, also auch einmal eine Staatsgrenze zu überqueren, war unbeschreiblich groß. Die jungen Leute hatten sich bei uns kennengelernt: er war einer meiner Berufskollegen, sie eine unternehmungslustige Frau, die wir bei einem Hausball miteinander bekanntgemacht hatten. Und sie verfügte damals bereits über ungewöhnliche Kräfte, nämlich über 55 PS – oder so ähnlich –, denn sie durfte den VW ihres Vaters benützen, wenn es sie danach gelüstete. Da man dazumal noch nicht ohne Ehering Ausfahrten mit Übernachtung zu unternehmen pflegte, wir jedoch als PS-loses Ehepaar

das junge Pärchen des öfteren zur Belebung des Tourismus ermunterten, fanden wir sofort auch Gegenliebe bei unserem Vorschlag, gemeinsam durch den Schwarzwald zu fahren und unsere Tour mit einer Stippvisite in Straßburg zu krönen. Die österreichische Grenze hatten wir bereits bei früherer Gelegenheit überschritten, und nun auch noch gar den Rhein bei Straßburg zu passieren und bis zum Straßburger Münster vorzudringen, das ließ uns fast schon von den Entdeckungsreisen eines Globetrotters träumen.
Obwohl wir ein verlängertes Wochenende nutzen durften, blieb uns für Straßburg kaum ein voller Tag, und wir widmeten uns vor allem dem Stadtzentrum rund um das Münster, das wir in Goethescher Begeisterung bewunderten. Wir nahmen in uns auf, was „die Wimper zu halten ermochte“ – um an Gottfried Keller zu erinnern, und die Eindrücke schienen uns fast zu überwältigen, als sich plötzlich – wer weiß schon zu erklären, wer solches bewirkt! – ein lasterhafter Gedanke in meinem Hinterkopf einzunisten begann. Da hätte selbst ernsthafter Widerstand – der ohnehin nicht vorhanden war – scheitern müssen, und ich fiel den Einflüsterungen Beelzebubs zum Opfer und verkündete: „Hört mal, ihr Lieben, mich beschäftigt seit einigen Minuten eine verwegene Idee. Was haltet ihr davon, unseren ohnehin insgesamt kurzen Aufenthalt in Straßburg um einige Stunden zu verlängern und erst in der Nacht über die Grenze zurückzufahren. Unser Quartier auf deutscher Seite haben wir uns ja bereits gesichert, und den Schlüssel für den Hoteleingang habe ich ohnehin. Jetzt sind wir schon mal in Straßburg, wer weiß, wann sich wieder eine solche Gelegenheit ergibt. Wollen wir nicht der Verruchtheit des hiesigen Nachtlebens unseren Tribut zollen und unsere Exkursion mit einem zünftigen Besuch in einem Nachtlokal beenden? Der Grenzübergang ist auch nachts geöffnet.“
Und die Reaktion auf meine Suada? Die beiden Frauen zögerten keinen Augenblick mit ihrer Zustimmung. Sie griffen

lediglich spontan zu ihren Handtaschen, um zu prüfen, ob die Finanzen ausreichen. Reinhold schien erst noch zu überlegen, wollte dann aber kein Spielverderber sein.
Wir fragten uns durch und fanden schließlich eben jenes Etablissement, das mich bereits am Nachmittag durch seine Plakate verführerisch angelockt hatte. Es wurde ein recht netter Abend mit allerlei Darbietungen, ganz und gar ohne sündige Erotik, aber immerhin recht unterhaltsam. Schon bereiteten wir uns darauf vor, die gastliche Stätte zu verlassen, und wir wollten nur noch in Gemütsruhe austrinken, als der Oberkellner an unseren Tisch trat und uns ermunterte, doch noch zu bleiben und die eigentliche Nachtvorstellung abzuwarten, die wir nicht versäumen sollten. Vielleicht war er mit uns auch nicht ganz zufrieden, weil sich unsere Zeche sehr wohl in Grenzen hielt – der Not gehorchend, nicht dem eigenen Triebe. Eigentlich saßen wir recht bequem und angenehm, hatten uns durch den Rotwein wohl auch ein wenig anregen und durch die Gesamtatmosphäre auch erregen lassen. Was also tun? Blitzschnell überdachte jeder für sich verantwortungsbewußt die neue Situation, und schon waren wir uns einig, daß die eingetauschten Francs sowohl für eine weitere Flasche Rotwein als auch für das erwartete Trinkgeld ausreichen würden. So genossen wir zu später Abendstunde zum Rotwein auch die Darbietungen: eine Prise Artistik, ein bißchen Varieté, Musik konzertant oder belustigend, Couplets und Chansons, und das alles Schlag auf Schlag, stimulierend, ja fast mitreißend, wie zum Beispiel die gesangliche Interpretation jener Chansonnette, die am Ende des ersten Teiles noch, vor der Pause, auftrat. „Das ist Paris, mit seinen Frau'n! Ganz im Vertrau'n: Nimm dich in acht!" erscholl es durch den Raum, im Wohlklang der französischen Sprache und mit Temperament dargeboten, dazu die Sängerin bei ihrem Auftritt in Mimik, Gestik, erst recht aber in ihrem von der Kostümierung geprägten Erscheinungsbild ihrer Rolle angepaßt, selbstver-

ständlich während ihres Gesanges, elegant bis verführerisch mit ihrer zigarettenbestückten spannenlangen Zigarettenspitze gestikulierend. Und damit begann das Verhängnis.
Noch ehe wir uns zum Pausenbeginn erholsam in unserem Klubsessel zurücklehnen konnten, trat sie von ihrem Podest herab, um im Gastraum ein wenig Kontakt mit den Zuschauern herzustellen. Man hatte ihr längst signalisiert, daß wir Deutsche sind, an jenem Abend die einzigen Ausländer, und so wollte sie und sollte wohl auch Sympathie für sich und das Lokal erwirken, im Sinne von Reklame und Werbung ganz und gar legal. Schnurstracks kam sie auf mich zu, beugte sich vor, und ich war sofort im Begriff, mich mit beiden Händen in Auffangposition zu begeben, weil ihre rhythmisch hin und her wogenden Brüste beim Vorbeugen in meiner Richtung schwangen und herauszuhüpfen drohten. Längst hatte ich nämlich erkannt, daß ihr Mieder zwar an der Taille stramm geschnürt war, an der Oberweite jedoch reichlich Bewegungsfreiheit ließ und daher tiefgründige Einblicke gewährte. Madam hielt mir mit gewinnendem Lächeln ihre Zigarette hin …
Quo me vertam? Wohin sollte ich mich mit meinen Blicken wenden in meiner Qual der Wahl zwischen schwingenden Glocken und der nüchternen Sachlichkeit der Raucherin, die da erwartete, daß ich ihr Feuer anbieten würde? Ich entschied mich – als Kavalier – für die Geste der Hilfsbereitschaft und tastete sofort meine Taschen nach Streichhölzern ab, wohl wissend, daß ich als leidenschaftlicher Nichtraucher mit dem Ausdruck des Bedauerns würde passen müssen. An innerem Feuer mangelte es nicht, doch damit läßt sich keine Zigarette entzünden. Resignierend wandte sich Madam dem zweiten Herrn an unserem Tisch zu – mit dem gleichen Mißerfolg, denn auch Reinhold war konsequenter Nichtraucher und seit Wochen engagiert, seiner Freundin das Rauchen abzugewöhnen.

Was dann folgte, empfinde ich selbst noch nach Jahrzehnten als eine Lehrstunde par excellence. Als wollte die Dame von Welt den Boches eine Lektion erteilen, machte sie eine halbe Wendung zu einem der Nachbartische, an dem, wie es schien, Stammgäste saßen, zumindest aber kannte man sich; sofort erhob sich ein junger Mann und bot Madam seinen Klubsessel an. Mit ungekünstelter Grazie ließ sie sich nieder, schlug ein Bein über das andere, so daß die Netzstrümpfe erst recht die Länge der Beine zur Geltung brachten, und schon beugte sich der vor ihr sitzende Grandseigneur vor, hob mit einer Hand das in eleganten Riemenschühchen steckende Füßchen leicht an, neigte sich vor und hauchte einen Kuß auf den Rist. Sodann zog er ein Streichholzmäppchen aus einer Westentasche, brach ein Streichholz heraus, strich einmal gekonnt über die Reibfläche, das alles geradezu theatralisch zelebrierend, und hielt seiner Angebeteten – so wirkte es auf den Zuschauer – die Flamme an die Zigarette. Die gesamte Prozedur wirkte bühnenreif, wie einstudiert, und hätte ins Programm der Darbietungen aufgenommen werden können, zumal das leibliche Angebot der Aktrice der männlichen Phantasie reichlich Freiraum gewährte.
Was uns hier vorgeführt worden war, das konnte nichts anderes bedeuten, als daß uns Madam zu verstehen gab: Habt ihr's gesehen, ihr Gimpel? So macht man das!
Das alles lief jedoch so elegant ab, daß es in keinem Augenblick zur Peinlichkeit Anlaß gegeben hätte, zumal man sich zwischendurch – mangels sprachlicher Verständigung – wenigstens verständnisvoll zugenickt hatte. Für mich allerdings war die Lehrstunde in Straßburg Anlaß genug, daraus Konsequenzen zu ziehen. Ich küsse zwar nach wie vor keiner Chansonnette das Füßchen, doch trage ich leidenschaftlicher Nichtraucher seit damals – und es sind über vierzig Jahre vergangen – außer Kamm, Spiegel und Taschenmesser ganz selbstverständlich Streichhölzer bei mir. Das wiederum hat

zur Folge, daß ich, wenn ich beflissen Feuer anbiete, mit der Frage rechnen muß: „Was? Du hast Streichhölzer dabei?“ – Und dann muß ich ab und zu erzählen, was sich dereinst in dem Straßburger Nachtlokal zugetragen hat.

Aber es gibt noch einen anderen Anlaß für mich, daß meine Gedanken nach Straßburg eilen, seltsamerweise nicht nach Paris! Dann nämlich, wenn der Evergreen erklingt und wieder einmal beteuert: Das ist Paris, mit seinen Frau'n …

Doch die eigentliche Begegnung in einer Straßburger Bar, das alles geschah lange bevor Konrad Adenauer und Charles de Gaulle den Vertrag über die deutsch-französische Zusammenarbeit unterzeichneten.

Willkommen in Norwegen!

Wir haben das schwedische Zollamt passiert und genießen auf der Fahrt zur norwegischen Grenzstation von der 420 m langen und 60 m hohen Bogenbrücke aus Stahlbeton den herrlichen Blick auf den schmalen Svinesund, der die eigentliche schwedisch-norwegische Grenze bildet. Als uns von den Schildern der Grenzpfähle herab als Wappentier ein Löwe im „Kongeriket Norge“ (Königreich Norwegen) willkommen heißt, wissen wir, daß wir am Ausgangspunkt unserer eigentlichen Erkundungsfahrt angelangt sind. Aufs neue wird uns bewußt, daß sich das Land in seiner herben Schönheit als variabler Gebirgsstreifen am Westrand der skandinavischen Halbinsel über 1750 km (von Lindesnes, dem südlichsten Punkt des norwegischen Festlandes, bis zum Nordkap auf der Insel Magerøy) erstreckt und daß wir weit über 2000 km zurücklegen müssen, wenn wir auch den äußersten Norden Europas in unser Reiseprogramm einbeziehen wollen. Wir nehmen zur Kenntnis, daß wir nach den norwegischen Straßenverkehrsbestimmungen nur mit einer Geschwindigkeit von 80 km/h werden fahren dürfen, u. zw. auf den Hauptstraßen; auf Nebenstraßen und in den Städten wollen wir uns mit 50 Stundenkilometern begnügen.

Auf der „Reichsstraße“ (riksvei) Nr.1, einem der wenigen Verkehrswege mit einer Asphaltdecke, halten wir Einzug. Schon nach wenigen Kilometern überqueren wir unweit ihrer Mündung in den Skagerrak die Glåma, den längsten Fluß Norwegens. Und schon bietet sich Gelegenheit zu einer orographischen Betrachtung, denn nur mit Rücksicht auf die besondere Oberflächengestalt des Landes konnte sich der Fluß, dank der Laufrichtung von Nord nach Süd, zu einer Länge von etwa 600 km entwickeln. Nicht viel, gemessen mit mitteleuropäischen Maßstäben (Elbe etwa 1200 km), aber eine wahre Rekordlänge angesichts der geringen Westostausdehnung Norwegens!

Zu einem ersten großen Erlebnis unserer Nordlandfahrt wird der Besuch der norwegischen Hauptstadt Oslo am Nordende des etwa 100 km langen Oslofjords. Mit 500 000 Einwohnern kaum halb so groß wie München, zählt Oslo der Fläche nach zu den größten Städten der Erde, weil auch die zahlreichen vorgelagerten größeren und kleineren Inseln zum Verwaltungsbereich der Stadt gehören. Oslo hieß übrigens bis 1924 Kristiania. Sollte der Name den Schiläufern nicht bekannt vorkommen? Den scharfen Querschwung beim Schilauf nennt man bekanntlich heute noch einen Kristiania. Schließlich ist vor etwa hundert Jahren das Schilaufen von Norwegen nach Mitteleuropa gebracht worden, und als eigentliche Heimat des modernen Schilaufs gilt jenes waldreiche Hügelland westlich von Oslo, das im wesentlichen den Verwaltungsbezirk Telemark bildet. Und wieder müßten die Freunde des Wintersports aufhorchen: ein Telemark, das ist doch der Fachausdruck für einen Bremsschwung! Und wo steht die berühmteste Sprungschanze der Welt, der Holmenkollen? Am Stadtrand von Oslo, eben in einem Vorort namens Holmenkollen. Dort trifft sich alljährlich die Springerelite der Welt, dort war das Zentrum der Olympischen Winterspiele von 1952, und dort begründeten die bedeutendsten norwegischen Sprungläufer und Vertreter der nordischen Kombination die große Tradition und die jahrelange Vormachtstellung der norwegischen Schiläufer. Während uns diese Gedanken durch den Sinn gehen, fahren wir bereits in Oslo ein und halten sodann auf dem geräumigen Platz unmittelbar am Fjord. Hier erhebt sich das monumentale moderne Rathaus mit seinen beiden wuchtigen Quadertürmen, aus roten Ziegelsteinen gefügt, das Wahrzeichen der Stadt. Die Einfahrt in die Bucht beherrscht die mächtige Festung Akershus; in entgegengesetzter Richtung, stadteinwärts, liegt auf einer Anhöhe inmitten eines schönen Parkes das Königliche Schloß, wo der norwegische Monarch Olaf V. mit seiner Familie wohnt. Für Freunde der Kunst lohnt sich ein Besuch des Kunstmuseums, wo u. a. in einem eigenen Saal Werke des wohl größten norwegischen Malers Edvard Munch (1863–1944) gezeigt werden, der als einer der Begründer des Expressionismus Berühmtheit erlangt hat, u. a. durch sein Gemälde „Der Schrei". Im Frognerpark kann man das Lebenswerk des Bildhauers Gustav Vigeland (1869–1943) bewundern, der als Sehenswürdigkeit besonderer Art die sog. Vigeland-Anlage schuf, eine etwa 600 m lange Zusammenstellung von Skulpturen, die dem Ablauf des menschlichen Lebens gewidmet sind.

Oslo ist das bedeutendste Kulturzentrum des Landes. Hier lebte und starb der hervorragende norwegische Dramatiker Henrik Ibsen (1826–1906), dessen Drama „Peer Gynt" gelegentlich mit Goethes „Faust" verglichen wird; hier wirkte als Theaterdirektor und Journalist der andere große Norweger, Björnstjerne Björnson (1832–1910). Die literarischen Werke der beiden Dichter hatten bemerkenswerte Auswirkungen auf die gesamte europäische Literatur, wie andererseits das Schaffen aller großen norwegischen Künstler aus den ergiebigen Quellen norwegischer Folklore (Volksüberlieferungen) gespeist wurde.

Einer der interessantesten Stadtteile von Oslo liegt auf der Halbinsel Bygdøy. Dort kann man Wikingerschiffe aus dem 9. Jahrhundert im Original besichtigen, und der Gedanke, daß in einem Wikingerschiff unter Leif Eriksson vor nahezu tausend Jahren der Atlantische Ozean überquert und Amerika zum ersten Male entdeckt wurde, zwingt uns zu höchster Anerkennung solcher Pioniertaten. Eine neuzeitliche Pioniertat vollbrachte Fridtjof Nansen (1861–1930), der sich von 1893 bis 1896 mit seiner „Fram" durch das Packeis des Nordpolarmeeres driften ließ und dabei wertvolle Forschungsergebnisse einbrachte. Nansen war jedoch nicht nur einer der namhaftesten Polarforscher, sondern auch Philanthrop, denn er setzte sich nach dem Ersten Weltkrieg mit Nachdruck für die Kriegsgefangenen und Flüchtlinge ein und erzielte Erfolge, die kaum einem Politiker je beschieden waren. Die „Fram", dieses weltweit bekannte Polarexpeditionsschiff, hat im „Fram-Haus" auf Bygdøy einen nationalen Ehrenplatz bekommen. Norweger war übrigens auch Roald Amundsen (1872–1928), der mit der „Fram" in die Antarktis vordrang und am 16. Dezember 1911 als erster den Südpol erreichte.

Waghalsiger Forschergeist beseelte den norwegischen Zoologen Thor Heyerdahl (geb. 1914), der im Sommer 1947 für Schlagzeilen in der Weltpresse sorgte, als er mit dem Floß „Kon-Tiki" vom peruanischen Hafen Callao über den südlichen Pazifik zu den östlichen Inseln Polynesiens segelte, um zu beweisen, daß die Inselwelt Polynesiens von Südamerika aus besiedelt worden sein könnte. Wie die „Fram" ist auch das Floß „Kon-Tiki" in einem eigenen Museumsgebäude auf Bygdøy ausgestellt. Dem Besucher wird bewußt, daß die Norweger zu den großen Seefahrernationen gehören. Wen der Forscherdrang erfaßt hat, den läßt er nicht mehr los. Erst vor wenigen Wochen war nämlich derselbe Thor Heyerdahl wieder unterwegs, um in einem Schilfboot den Atlantischen Ozean zu überqueren und damit seine Überzeugung zu erhärten, daß schon vor Jahrtausenden Ägypter und Phönizier nach Südamerika gelangten.

Empfehlenswert ist schließlich noch ein Rundgang durch das Norwegische Volksmuseum, vor allem durch das Gelände des Freilandmuseums. Einer Vorliebe der skandinavischen Länder folgend, hat man in einem großen Park u. a. die für die einzelnen norwegischen Landschaften typischen Gebäude, vor allem Holzbauten, Bauernhäuser, Mühlen, Getreide- und Fruchtspeicher, aufgebaut, so daß man dort z. B. landschaftliche Eigentümlichkeiten der bäuerlichen Bauweise auch jener Gegenden kennenlernen kann, die man während der Urlaubsreise nicht zu besuchen gedenkt. Als beachtliche Sehenswürdigkeit zeigt man die hierher übertragene Stabkirche von Gol (nordwestlich von Oslo). Eine Stabkirche (norwegisch „stavekirke“) ist ein imposantes Holzbauwerk, das von mächtigen Masten getragen wird. Um einen hohen quadratischen Innenraum gruppieren sich gewöhnlich zwei durch Arkaden verbundene Umgänge. Die wertvollsten dieser Stabkirchen stammen aus normannischer Zeit aus dem 11., 12. und 13. Jahrhundert, aus einer Zeit also, in der die großartigsten gotischen Dome Mitteleuropas entstanden. Aber das wichtigste Baumaterial der Germanen – die Norweger sind Nachkommen der Nordgermanen – war das Holz, und so begegnen uns in Norwegen immer wieder jahrhundertealte Kunstwerke der Architektur aus Holz.

In Oslo suchen wir in Gesprächen erste Kontakte mit den „Einheimischen“. Immer wieder erhält man Auskunft in deutscher Sprache, oder man behilft sich mit Englisch. Oft genug bekommen wir auch zu hören: „Jeg forstår ikke!“ („Ich verstehe nicht!“), und dann bleibt nichts anderes übrig, als mit einer der wenigen norwegischen Vokabeln, die wir uns eingeprägt haben, zu danken: „Takk!“. Das Norwegische gehört zwar wie das Englische oder Deutsche der germanischen Sprachfamilie an, und doch sind die Unterschiede so erheblich, daß man sich gegenseitig nicht ohne weiteres versteht. Dem Dänischen ist die norwegische Sprache allerdings sehr ähnlich. In den Städten spricht man das sog. Bokmål, die eigentliche norwegische Schriftsprache, im Süden und Westen des Landes das sog. Nynorsk, eine Einheitssprache, die auf den verschiedenen Dialekten (Mundarten) beruht. Es ist immer recht aufschlußreich, ein bißchen die Sprachen miteinander zu vergleichen. Daß z. B. „bensinstasjon" (Benzinstation) Tankstelle und „parkeringsplass" Parkplatz heißen muß, begreifen wir sofort. Mit der zusätzlichen Aufschrift „Veiarbeide" (Wegarbeiten) kündigt man eine Baustelle an, und mit „Sakte!" fordert man die Verkehrsteilnehmer auf, langsam zu fahren, was uns ein wenig belustigt, weil wir an das deutsche Wort „sachte" denken müssen. Daß „vann" mit Wasser zu übersetzen ist, erkennen wir erst, als in einer Getränkekarte „mineralvann" angeboten wird. Auch „øl" kann man zum Trinken bestellen, wenn man auf Bier Appetit hat, denn auch in Norwegen trinkt man kein „Öl", wie man meinen könnte!

Wohl oder übel muß man sich mit norwegischen Wörtern auseinandersetzen, wenn man die Speisekarte („spiseseddel") studiert. Da gibt es in den ersten Tagen mancherlei Schwierigkeiten, bis wir schließlich auskundschaften, daß sich die Norweger mittags mit einem Imbiß begnügen und die Hauptmahlzeit am Spätnachmittag bzw. in den Abendstunden einnehmen. Es sei denn, man besucht ein „restaurant" in einer größeren Stadt; dort ist man auf Touristen aus Mitteleuropa vorbereitet, und man wird entsprechend bedient. Viel interessanter ist es allerdings, sich den landesüblichen Gepflogenheiten anzupassen und in einer „cafeteria", einer Art Imbißstube mit Selbstbedienung (in Skandinavien sehr häufig!), um die Mittagszeit ein „smørbrød" zu essen, ein „Butterbrot". Sehr bescheiden, meint ihr?! Keinesfalls, denn ein „smørbrød" – sie werden in unzähligen Variationen, gewissermaßen als skandinavische Spezialitäten, angeboten – ist ein „belegtes" Weißbrot, dessen Belag die üppigsten Formen und Farben annehmen kann (Wurst, Schinken, Fisch in allen Geschmacksrichtungen, Ei, Käse in reicher Auswahl, Majonäse usw. usw.). In einem Gartenlokal lasse ich mich von einer jungen Serviererin beraten, die kein Wort Deutsch spricht. Es wird eine recht lebhafte Unterhaltung in der international verständlichen Zeichensprache, also mit vielen Handbewegungen und sonstigen Gesten. Schließlich hat sie begriffen: ich will ein „smørbrød“ nach ihrer Wahl, mit einem Belag, den man ortsüblicherweise als lukullischen Genuß empfinden würde. Und was bringt sie? Eine Weißbrotscheibe, so üppig mit Krabben belegt, daß der Teller die rosigen Tierchen kaum noch fassen kann. Nichts gegen Krabben! Sie gelten als Delikatesse – wenn man sie mag! Aber ich mag sie leider nicht! Ein Glas „melk“ (Milch), eisgekühlt, versöhnt mich rasch wieder mit meinem Schicksal, wie ich überhaupt einen sympathischen Zug nordischer Gastronomie darin erkenne, daß man selbst in einem vornehmen Speiselokal jederzeit Milch zum Trinken bestellen kann. Es wäre nicht auszudenken, wenn man etwa im Münchner Hofbräuhaus zu den Weißwürsten ein Glas Milch trinken wollte!

Beliebt ist in Norwegen übrigens das „kalte Büfett“ („koldbord“), wo man sich an einer üppig ausgestatteten Tafel vor allem beim Frühstück und beim „Abendessen“ in einem „Turisthotel“ oder einer „Fjellstue“ (Bergstube) selbst bedienen darf.

Wer ein Stückchen Torte oder Kuchen essen möchte, muß sich bemühen, eine „konditori“ zu finden, und das wird in kleineren Orten nicht ganz leicht sein; das heißt mit anderen Worten, daß man in Norwegen mit Süßigkeiten bzw. süßem Gebäck unseren Kaffeehäusern und Konditoreien keine Konkurrenz zu machen beabsichtigt.

Vergnüglich nehmen wir es zur Kenntnis, wenn die Norweger behaupten: Im Bach ist eine Insel. – Ja, na und? – Gemach, gemach! Oder bringt das noch jemand fertig, einen Satz mit sieben einzelnen Buchstaben zu bilden? I å-a ä e ö. (= Im Bach ist eine Insel.)

Nachdem wir uns ein wenig akklimatisiert, d. h. an die Verhältnisse in dem Gastland gewöhnt haben, verlassen wir Oslo auf der norwegischen Reichsstraße Nr. 50, die bis Kirkenes in der Nähe der sowjetrussischen Grenze führt und der wir fast bis Hammerfest folgen wollen. Wir machen zum erstenmal halt, um in Eidsvollverk, einem ehemaligen Eisenwerk mit herrschaftlichem Hof, das sog. Eidsvollbygning zu besichtigen, jenes Gebäude, in dem am 17. Mai 1814 die Verfassung Norwegens beschlossen wurde. Bis zu jenem Tage hatte nämlich über mehr als 450 Jahre eine Personalunion mit dem Königreich Dänemark bestanden, d. h. daß der jeweilige König von Dänemark gleichzeitig der Herrscher Norwegens war. Nach der Ausschaltung Napoleons muß Dänemark, da es mit Frankreich verbündet war, Norwegen an Schweden abtreten. Die Norweger erklären ihre Selbständigkeit, nehmen eine freiheitliche Verfassung an, werden aber von dem neuen Herrscher des Nachbarlandes Schweden gezwungen, die Personalunion mit Schweden anzuerkennen, die übrigens bis 1905 bestehen bleibt. Der 17. Mai aber wird gewissermaßen als Geburtstag zum Nationalfeiertag erhoben. Alljährlich werden an diesem Tage im ganzen Lande Kinderumzüge veranstaltet und großartige Feiern abgehalten, um die Erinnerung an den historisch bedeutsamen Beschluß von Eidsvollverk wachzuhalten.

Die Straße folgt dem Ostufer des Mjøsensees, der als größter See Norwegens etwa die Fläche des Gardasees erreicht und inmitten einer fruchtbaren Landschaft liegt. Das ist schon deshalb bemerkenswert, weil nur 4 Prozent der Gesamtfläche Norwegens als ackerbaulich genutztes Land ausgewiesen werden, während der Anteil des Waldes mit 24 Prozent angegeben wird und 72 Prozent auf Gebirgs- und Ödland entfallen. Auf fast Dreiviertel der Fläche Felsen, Geröll, Hochmoore, das ist der größte Ödlandanteil unter allen Staaten Europas.
Wir durchfahren Lillehammer und erinnern uns, daß hier die Nobelpreisträgerin Sigrid Undset (1882–1949) die letzten

dreißig Jahre ihres Lebens verbracht hat. Ihre Romantrilogie „Kristin Lavranstochter", eine der bedeutendsten historischen Dichtungen der norwegischen Literatur, ist in Deutschland allgemein bekannt.
Auch nördlich des Mjøsensees bleibt die Landschaft zunächst noch lieblich und freundlich, vor allem aber fruchtbar und landwirtschaftlich nutzbar, denn wir fahren in das „Tal der Täler", das Gudbrandsdal, ein, dessen Bewohner wohlhabende Bauern sind, auch wenn die stattlichen Holzhäuser, deren mehrere das Wohnhaus flankieren, mit Soden gedeckt sind, wie es den dortigen Gepflogenheiten entspricht. Die „Gudbrandsdøler" achten auch sonst noch Sitte und Brauchtum.

Von der „Straße der Mitternachtssonne", wie die Nationalstraße 50 gern genannt wird, nach Westen abzweigend, besuchen wir Lom, den Geburtsort des größten norwegischen Romanschriftstellers, Knut Hamsun (1859-1952), und besichtigen eine der ältesten Stabkirchen Norwegens. Dann nähern wir uns der Landschaft Jotunheim und einem der ersten Höhepunkte unserer Nordlandfahrt, einem Höhepunkt im wahrsten Sinne des Wortes, dem Galdhøpigg, dem höchsten Gipfel Norwegens (etwa 2470 m). Wir befahren jetzt eine der großartigsten Bergstraßen Norwegens, stellenweise recht schmal, kurvenreich, an Abhängen, Schluchten oder Ufern kaum gesichert. Immer wieder wird man durch ein in Deutschland unbekanntes Verkehrszeichen, ein weißes M auf blauem Grund, auf eine Ausweichstelle aufmerksam gemacht; das ist manchmal nicht mehr als eine bescheidene Straßenausbuchtung, wo die in der Umgebung zusammengesammelten Steine ein bißchen geordnet hingeschichtet wurden – das genügt! Das bergauffahrende Fahrzeug hat Vorfahrt, und so kommen wir gut aneinander vorbei. Wie waren wir doch verdutzt wegen der Zumutung, nur mit 50 Stundenkilometern zu fahren! Und jetzt bleiben wir bereitwillig unter dem Limit, schleichen sehr bedächtig dahin und sind empört, wenn die Einheimischen die obere Grenze der Beschränkung in Anspruch nehmen. Gute Bereifung ist sehr zu empfehlen, wie überhaupt der Wagen in einwandfreiem Zustand sein sollte, denn Reparaturwerkstätten mitteleuropäischen Formats sind abseits der Hauptstraßen äußerst rar. Die Bergstraßen haben bestenfalls eine Schotter- oder Rollkiesauflage. Die Längsrillen der Fahrspuren werden durch Planiermaschinen, sog. Straßenkratzen, von Zeit zu Zeit ein wenig eingeebnet, wobei sich ganz schmale Querrillen bilden, so daß sich beim Fahren der Vergleich mit dem Waschbrett, der Rumpel aus Großmutters Zeiten, aufdrängt. Wie auf einem Knüppeldamm poltert der Wagen dahin und scheppert zum Erbarmen – ein weiterer Grund, sich mit 30 Stundenkilometern zu begnügen! Der Staubentwicklung versucht man übrigens mit chemischen Mitteln entgegenzutreten, die hygroskopisch wirken, d.h. Feuchtigkeit anziehen, so daß die Straßendecke auch bei Trockenheit aussieht, als wäre ein Sprengwagen entlanggefahren. Daß in den abgelegenen Tälern ab und zu eine Ziegenherde die Straße blockiert oder hinter einer Spitzkehre, durch einen Felsenvorsprung gegen Sicht geschützt, eine Kuh mitten auf der Straße liegt, daran gewöhnt man sich, und bald ist man so entzückt, daß man anhält und zum Fotoapparat greift. „So ein Rindvieh!" ruft man aus und freut sich, wenn es sich in absehbarer Zeit dazu bequemt, die Straße zu räumen.

Endlich ist jene Stelle erreicht, wo man sich vorkommt wie Herkules am Scheidewege und die Entscheidung zu fällen hat: Wagen wir es, dem Galdhøpigg einen Besuch abzustatten, oder bleiben wir lieber unten. Wir wagen es, und schon nach wenigen Minuten kommt jede Reue zu spät – eine Umkehr ist nicht mehr möglich. Auf einem Gebirgsweg, wie ihn der Alpenverein eventuell für Fußwanderer freigeben würde,

schrauben wir uns, 14 km im ersten Gang, von einer Kurve zur anderen – es gibt ihrer 21 –, und wenn uns ein Trumm Stein mitten im Weg doch zu gefährlich erscheint, als daß man hochbeinig drüberfahren könnte, dann gibt's nur eins: anhalten, den Brocken mit vereinten Kräften aus dem Weg räumen, und weiter geht's. Gottlob herrscht kaum Gegenverkehr, und der Jeep, der eine Art öffentliches Verkehrsmittel darstellt, kann es sich leisten, ins Gelände auszuweichen und die Trümmer, die immer wieder aufs neue auf den Weg rollen, zu umfahren. Durch eine baumlose Felsregion mit Hochgebirgscharakter nähern wir uns langsam, aber unsicher der höchsten Stelle, die man in Norwegen mit dem Auto erreichen kann, der Juvvasshytta (über 1800 m), am Fuße des Gipfels, der nunmehr als höchste Erhebung Norwegens gelten kann, nachdem sich herausgestellt hat, daß der benachbarte Glittertind nur dank seiner mächtigen Firnhaube den Galdhøpigg um einige Meter überragt.
Dann ist es endlich geschafft! Die halsbrecherische Auffahrt hat sich gelohnt, denn wir genießen den unvergeßlichen Rundblick über jene charakteristische norwegische Hochfläche weit oberhalb der Baumgrenze, die von den Norwegern das Fjeld genannt wird. Das Auge gleitet über schier endlose öde Gebirgsflächen und -hänge, über ein ruheloses Auf und Ab von Hügeln und Senken. Zwischen den von den Gletschern der Eiszeit glattgehobelten Felsenrücken dehnen sich breite Mulden, die von glitzernden Seen oder dunklen Mooren ausgefüllt sind. Unzählige Gebirgsbäche streben den Tälern zu, und die Gischt der tosenden Wasserfälle am Rande des Fjelds zieht eine Spur zu den Urgewalten der Natur. Trotz der geringen Höhe von etwa 1000 m ü. d. M. liegen in manchen Felsenrinnen Schnee und Eis das ganze Jahr hindurch, und einzelne kleinere Seen tragen selbst im Hochsommer stellenweise den winterlichen Eispanzer.
Majestätisch einsam liegt das Fjeld in der Landschaft. Ein-

zelne schroffe Felsspitzen ragen hoch über das Fjeld hinaus, Bergspitzen, die sich ihre Schroffheit bewahren konnten, weil sie sich dem Gletscherschliff des Inlandeises zu entziehen vermochten: die Nunataks. Auch Galdhøpigg und Glittertind sind solche Nunataks. Da, wo sich in größeren Höhen gewaltige Eis- und Schneemassen erhalten haben, ruhen die Felsmassen des Skandinavischen Gebirges auch heute noch unter der Last der Gletscher.
Weit im Westen grüßt der größten einer herüber, der Jostedalsbre, ein Plateaugletscher mit einer Ausdehnung von etwa 1300 km^2.
(Text und Daten von 1969.)
Die üblichen Westwinde vom Atlantik her bringen ergiebige Niederschläge ins Land, besonders im Herbst und Winter; davon profitiert auch der Jostedalsbre, dessen Eis- und Schneefelder die Jahrtausende überdauern werden, wie sie auch die letzten 10000 Jahre seit dem Ende der Eiszeit in Skandinavien überdauert haben. Von den Niederschlägen der maritimen Luftmassen ist nämlich die gesamte norwegische Westküste betroffen, und zwar in einem solchen Ausmaß, daß in Bergen die Kinder mit dem Regenschirm zur Welt kommen sollen, wie die Norweger zu sagen pflegen.

Mit 1430 m erreicht die Straße, der wir weiter folgen, ihren höchsten Punkt. Das ist an sich nicht hoch, und doch ist die Straße nur in den Sommermonaten befahrbar. Am Rande des Sognefjelds können wir es uns nicht versagen, eine übermütige Schneeballschlacht zu veranstalten, denn im Wagen ist es hochsommerlich warm, und der Schnee reicht fast bis an die Straße heran.

Dann stehen wir schließlich mit angehaltenem Atem an einem der reizvollsten Seitenarme des Sognefjords, mit 180 km der längste norwegische Fjord und einer der längsten überhaupt.

Wie ein Tor öffnet sich vor uns der Eingang in eine tief ins felsige Bergland eingeschnittene Bucht. Steil ragen die Felsen zu beiden Seiten auf, und voller Erwartung harren wir der neuen Bilder, die sich uns hinter jeder einzelnen Felswand bieten. Eine heroische Bergwelt scheint in den Fluten des Meeres zu versinken. Doch die Gefahr ist längst gebannt. Einst, vor Zehn-, ja Hunderttausenden von Jahren, hatten Eismassen von etwa 2000 m Mächtigkeit durch ihr Gewicht das Untertauchen der Landschaft bewirkt. Mit dem Abschmelzen der Eismassen schwand die Belastung, und das Land begann sich zu heben. Noch ist das „Gleichgewicht“ nicht wieder hergestellt, noch ruhen die von der schürfenden Kraft der Eiszeitgletscher geschaffenen U-Täler mit ihrer Talsohle tief unter der spiegelglatten Wasseroberfläche des in die Gebirgstäler eingedrungenen Meeres. Was wäre wohl Norwegen ohne die überwältigende Schönheit seiner Fjorde!

Als beredte Zeugen der grandiosen tektonischen Ausgleichsbewegung sind auch die Schären erhalten geblieben, etwa 150 000 Inseln und Inselchen entlang der 2650 km langen Küstenlinie Norwegens, felsige Rundhöcker, die aus dem Wasser emporragen und als Wellenbrecher gigantischen Ausmaßes den Wogen des Meeres Einhalt gebieten.

Als geschlossene Schärengruppe treten uns die Lofoten entgegen, eine Inselgruppe, deren umliegende Gewässer mit ihrem Fischreichtum den 50000 Bewohnern ihren Lebensunterhalt sichern. Dort haben die Hochseedorsche (Kabeljaue) ihre Laichplätze, und dort wimmelt es in der Hauptfangzeit (Januar bis April) von Fischereifahrzeugen aller Art. Norwegen verfügt eben als „der größte Frachtfuhrmann der Welt“ nicht nur über die zweitgrößte Handelsschiffstonnage Europas, sondern auch über eine der größten Fischfangflotten, die Wal- und Robbenfangflotte eingeschlossen. Die

Dorsche werden u. a. an Fichtenspieren drei Monate lang an der Luft getrocknet, bis sie sich allmählich in Stockfische verwandeln. Die zum Trocknen verwendeten Gestelle verleihen endlosen Küstenabschnitten ein so charakteristisches Aussehen, daß z. B. die neue Kirche in Hammerfest einem solchen zeltartigen Gestell nachgebaut wurde. Im Gegensatz zu den Stockfischen werden die Klippfische einfach an den „Klippen", den Felsen der Küste, getrocknet.

Ein zweites großes Fischfanggebiet haben die Norweger in dem Raum zwischen Bergen und Stavanger, wo man sich im Fang und in der industriellen Verarbeitung auf Heringe spezialisiert hat. (Bergen ist übrigens auch eine Stadt von kultureller Bedeutung und die Heimat des Komponisten Edvard Grieg, 1843–1907, der u. a. die Musik zu Ibsens „Peer Gynt" schrieb.)

Von entscheidendem Einfluß auf den Fischreichtum, aber auch auf die Vegetation und die landwirtschaftlichen Möglichkeiten, ja auf die Lebensbedingungen in Norwegen überhaupt, ist der Golfstrom, die Warmwasserheizung Europas. Er ermöglicht es, daß selbst nördlich des Polarkreises auf dem kärglichen Boden der schmalen Uferstreifen in den Fjorden Getreide und Kartoffeln angebaut werden und in der Gegend von Narvik noch Erdbeeren gedeihen, und die führende Rolle Norwegens im Seehandel verdankt das Land ebenfalls dem Golfstrom, der alle norwegischen Häfen eisfrei hält. Der Golfstrom bewirkt eine derartige Verschiebung der Wintertemperaturen, etwa der Januar-Isothermen, nach Norden, daß die Lofoten Januartemperaturwerte aufweisen wie manche Beckenlandschaften des Balkans, die 30 Breitengrade weiter südlich liegen. Hinzu kommt noch der Einfluß des ozeanischen Klimas allgemein, das einen gewissen Ausgleich zwischen den Winter- und den Sommertemperaturen herbeiführt.

Die natürlichen Vegetationszonen orientieren sich hingegen stark nach der geographischen Breite, also nach der Entfernung vom Äquator. So sinkt beispielsweise die obere Grenze der Nadelhölzer von 900 m am Hardangerfjord und in Telemark auf 450 m in Finnmark im Norden des Landes. Eine Eigenart Skandinaviens ist die Birkenzone, die oberhalb des Nadelwalds den Übergang zu den Almenmatten und den anderen baumlosen Regionen vermittelt.

Wir setzen unsere Fahrt fort, passieren mit dem Schiff den großartigen Geirangerfjord, vorbei an den „Sieben Schwestern", einem siebensträhnigen, nicht minder großartigen Wasserfall, durchqueren eine Landschaft, die jedem Sportangler das Herz höher schlagen läßt, vor allem wenn er es auf Forellen abgesehen hat, zumal er sich inmitten dieser Bergeinsamkeit häuslich niederlassen kann. Wahllos in der Landschaft verstreut stehen die Zelte, da man ohne weiteres „wild" zelten darf. Es gibt allerdings da und dort einen „teltplass", einen Campingplatz, aber der hat vielleicht schon acht oder zehn Gäste aufgenommen und gilt als überlaufen, und wozu sollte man sich diesem Trubel aussetzen? Daß sich im Herbst auch die Jäger einfinden, leuchtet ein, wenn man weiß, daß bestimmte norwegische Landschaften dem Weidmann einige Attraktionen zu bieten haben: das Waldhuhn, das Schneehuhn, das Wildren und den Elch.

Dann winden wir uns durch die Serpentinen des landschaftlich und straßenbaulich großartigen „Trollstigvei" bei Åndalsnes und steuern den Wagen im Zickzackkurs durch die zum Teil überhängenden Spitzkehren an dem felsigen Steilhang talwärts. Auf dem Wege landeinwärts, zurück zur Straße der Mitternachtssonne, stellen wir fest, daß eine Wolljacke fehlt. Sie muß irgendwo am Nordflord, vermutlich in der kleinen Cafeteria gegenüber der Tankstelle, liegengeblieben sein. Genauer können wir die Adresse leider nicht angeben, als wir mit Hilfe einer Postkarte den Versuch unternehmen, die Strickjacke zu beschaffen. Etwa sechs Wochen mochten nach unserer Heimkehr vergangen sein – die Jacke hatten wir bereits vergessen –, da brachte der Briefträger ein Paket aus Norwegen, und siehe da, als wir es öffneten, kam die verschwundene Wolljacke zum Vorschein. Wie weit man eine solche Episode verallgemeinern darf, bleibe dahingestellt! Fest steht jedoch, daß dem Norweger das persönliche Eigentum als unantastbar gilt.

Der Kehrreim eines alten norwegischen Gedichtes, „Es ist so schön, in Drontheim zu weilen“, veranlaßt uns, in dieser von den Norwegern Trondheim genannten Stadt Station zu machen und vor allem den Dom zu besichtigen, dessen älteste Teile aus der romanischen Zeit stammen, der aber bereits im Mittelalter im gotischen Stil umgebaut wurde und als die architektonisch bedeutsamste Kirche Skandinaviens gilt. Die Landschaft Drontheim, später Nidaros genannt, war die eigentliche Wiege des norwegischen Reiches. Schon vor 1000 Jahren wurden dort die Könige gewählt, und einen von ihnen, König Olaf, hält man für den eigentlichen Gründer dieser Stadt. Derselbe Herrscher war es auch, der das Land für das Christentum gewann, im Kampf gegen die Heiden bei Stiklestad, nördlich von Drontheim, fiel und jetzt als Märtyrer und Nationalheiliger Norwegens verehrt wird. Am 27. Juli, dem Fest des heiligen Olaf, brennen in ganz Norwegen Freudenfeuer wie zur Sommersonnenwende am 23. Juni, und besonders eindrucksvoll gedenkt man seiner in Stiklestad selbst.

Die Fahrt nach Norden sollte man nur fortsetzen, wenn genügend Zeit zur Verfügung steht. Nur nicht rasen! Abstand halten! Denn immer wieder kann man an zersplitterten Windschutzscheiben feststellen, daß die hochschnellenden Schottersteine dieser Hauptverbindungsstraße zum Nordkap die Durchschlagskraft eines Projektils haben. Außerdem wird der Zusammenhang in der Straßenführung mehrmals durch kleinere und größere Fjordarme unterbrochen, so daß man mit Fähren übersetzen muß. Wir betreten am Polarkreis das Reich der Mitternachtssonne, erreichen die Stadt Narvik, um die nicht zuletzt wegen ihrer Bedeutung als Exporthafen für das nordschwedische Eisenerz im Zweiten Weltkrieg erbittert gerungen wurde, kommen an der Stelle vorbei, wo das norwegische Festland bis hin zur Grenze nur eine Breite von 7 km aufweist, überqueren die Mündung des Alteelv, dessen Lachse weltberühmt sind, und befinden uns bereits in Finnmark, der Heimat der norwegischen Lappen, der letzten europäischen Nomaden, die zwar größtenteils bereits feste Wohnsitze haben, aber doch ihre Rentierherden Hunderte von Kilometern begleiten und ihre Kinder von Wanderlehrern unterrichten lassen müssen.

Von der Hauptstraße abzweigend, müssen wir noch ein letztes Mal eine Fähre in Anspruch nehmen, um Kvaløy und die auf dieser Insel gelegene Stadt Hammerfest, die nördlichste Stadt der Erde, zu erreichen. Die Stadt war gegen Ende des Zweiten Weltkriegs von der damaligen deutschen Wehrmacht, die 1940 Norwegen überfallartig besetzt hatte, völlig zerstört worden, so daß die inzwischen wiederaufgebaute Stadt ein modernes Aussehen angenommen hat. In Hammerfest geht die Sonne am 16. Mai auf und erst am 29. Juli unter. Sie scheint also auch um Mitternacht, und zwar so hell, daß man ohne weiteres wieder einmal eine Postkarte nach Hause schreiben oder den Schiffsfahrplan für eine Fahrt zum Nordkap studieren kann. Das Stadtbild von Hammerfest beherrschen die Touristen, und die malerischen Trachten der Lappen ergänzen recht wirkungsvoll das farbenfreudige Panorama. Rentierherden auf den baum- und strauchlosen, von spärlichem Graswuchs und von Rentierflechten überzogenen Hochflächen, die man Tundra nennt, sind keine Seltenheit.

Im Rathaus von Hammerfest lassen wir uns von Seiner Majestät, dem Eisbären – wie es in der Urkunde heißt –, in den Eisbärverein aufnehmen, der es sich zur Aufgabe gemacht hat, den Gedanken des Naturschutzes auch auf die arktischen Regionen, z. B. die Inselgruppe Spitzbergen sowie die anderen Inseln des norwegischen Inselgebietes Svalbard und den in zunehmendem Maße gefährdeten König der Arktis, den Eisbären, auszudehnen.

Den absoluten Höhepunkt der Nordlandreise bringt die allerletzte Etappe. In mehrstündiger Fahrt mit einem sog. Fjordbus, einer Art Schnellboot für Passagiere, gelangen wir nach Honningsvåg auf Magerøy und von dort in einem lebensgefährlichen Spurt – so will es uns scheinen – mit dem Omnibus zum Nordkap, das wir gegen Mitternacht erreichen. Es wird als der nördlichste Punkt Europas besucht, obwohl das benachbarte Kap Knivskjelodden noch ein wenig weiter nach Norden vorspringt. Mit dem sog. Nordkap-Diplom, das man in dem Restaurant auf dem berühmten Plateau erwerben kann, wird dem Nordlandfahrer bescheinigt, daß er den nördlichsten Punkt Europas erreicht hat. Der Poststempel trägt die Inschrift: Nordkapp (d. i. die norwegische Schreibung), N. Lat. (d. h. nördliche Breite) 71° 10' 2". Knapp vor dem Abgrund, wo die Steilwand des grauschwarzen, von tiefen Rissen durchfurchten Schieferfelsens zum Meer abfällt, zeigt ein Richtungspfeil nach Norden. Unsere Gedanken versuchen die vorgelagerten Dunstschichten zu durchdringen, durchmessen 1000 km in Richtung Spitzbergen und verweilen dort einige Augenblicke in Ny-Ålesund, der wohl nördlichsten Siedlung der Menschheit überhaupt, ebenfalls auf norwegischem Territorium gelegen, wo man, nur 1000 km vom Nordpol entfernt, nichts Besseres zu tun weiß, als inmitten endloser Schneefelder Kohle zu fördern.

Wir werden uns der Erhabenheit des Augenblicks bewußt, in einer grandios ursprünglichen Landschaft, fern aller kleinlichen menschlichen Unzulänglichkeiten, das erregende Geschehen des Umlaufs der Mitternachtssonne zu erleben. Und wir sind geneigt, einem der besten Söhne des norwegischen Volkes, Björnstjerne Björnson, im Geiste zu folgen und einzustimmen in das Bekenntnis der norwegischen Nationalhymne: „Ja, vi elsker dette landet!“ („Ja, wir lieben dieses Land!“).

Heimatgedanken im Land der Mitternachtssonne

Eigentlich hatte ich ja beabsichtigt, das Grab Emil Enders aus Altstadt bei Freudenthal zu suchen, der 1941 im Raum von Salla in Finnisch-Karelien gefallen war. In einem Touristenbüro in Helsinki erfuhr ich von der Existenz der Deutschen Kriegsgräberstätte Norvajärvi bei Rovaniemi, dem Verwaltungszentrum Lapplands, hoch im Norden von Finnland. Wenige Tage später, nachdem man mir in Rovaniemi ein Merkblatt des Volksbunds Deutsche Kriegsgräberfürsorge E.V. (Bundesgeschäftsstelle Kassel) ausgehändigt hatte, folgte ich den deutlich sichtbaren deutschsprachigen Wegweisern mit dem markanten Abzeichen des Volksbunds und stand bald an der Eingangspforte, neben der auf einer Schrifttafel zu lesen ist: Deutscher Soldatenfriedhof – Saksalaisten Sotilaiden Hautausmaa – Rovaniemi-Norvajärvi – 1939/1945. Von einer massiven Steinmauer umgeben, in einer Landschaft, die – wenn man von dem für das Altvatergebirge untypischen Norvajärvi, dem Norvasee, absieht – mit ihrem allerdings von zarten Birken durchsetzten Nadelwald, den dichten Heidelbeersträuchern und mannigfachem Unterholz unserer Heimat gar nicht so unähnlich ist, unmittelbar am Ufer eines idyllischen Sees, fernab vom Lärm der Städte und überhaupt in paradiesischer Abgeschiedenheit – liegt diese Kriegsgräberstätte, die man auf einem etwa 400 Meter langen Fußweg vom Autoparkplatz erreicht. Innerhalb des eingefriedeten Geländes erhebt sich eine aus wuchtigen Steinquadern erbaute Gedenkhalle, die man betritt, nachdem man die Vorhalle, vorbei an der modernen Bronzeplastik „Mutter und Sohn", durchschritten hat.
Unter den steinernen Grabplatten, die dem düsteren Innenraum den Charakter einer Gruft verleihen, ruhen 2495 deutsche Soldaten, von denen 690 unbekannt blieben, während die Namen der anderen in die Steinplatten eingemeißelt wurden. Den Namen unseres Landsmannes Emil Ender suchte ich

vergeblich, mußte dann allerdings erfahren, daß nur eine verhältnismäßig kleine Zahl von Einzelgräbern aus dem karelischen Raum, soweit das Territorium nicht an die Sowjetunion abgetreten werden mußte, bei der Schaffung dieser Kriegsgräberstätte jenseits des nördlichen Polarkreises erfaßt werden konnte. Und doch wurde mir bewußt, daß ich, tausende Kilometer von der Heimat entfernt, im Land der Mitternachtssonne von Finnisch-Lappland, Gräber der Heimat gefunden hatte. Im Gedenkbuch las ich u. a. die Namen Erich Beutel, Max Michalke, und dabei gewann ich die Überzeugung, daß um die Toten mit diesen Namen sicherlich Angehörige trauern, deren Heimat im Ostsudetenland liegt. Es war erfreulich festzustellen, daß doch so mancher Deutsche, wie aus dem Besucherbuch ersichtlich, den Umweg zum Norvajärvi, der ganz und gar nicht „an der Strekke“ liegt, auf sich nimmt. In dieses Gästebuch hatte sich kurz vor mir im Namen einer kleinen Besuchergruppe, der evangelischen Gemeindejugend aus Schönaich bei Stuttgart, ein Erwin Jauernig eingetragen, und wieder einmal hatte ein typischer Familienname den Träger „überführt“; ich sprach ihn an, und, wie konnte es anders sein, er stammte aus – Würbenthal. Nomen est omen – hatten ja schon die alten Römer behauptet.
Unmittelbar am Ufer des Norvajärvi ragt ein schlichtes Kreuz empor und mahnt zu ehrfurchtsvollem Verweilen. Die Inschrift am Sockel gab mir schließlich die Gewißheit, daß mein Besuch nicht umsonst gewesen war, obwohl ich gesucht hatte, ohne zu finden. Und wie ich werden immer wieder Besucher aus der fernen deutschen Heimat, aber auch unzählige sympathisierende Finnen die trostreichen Worte lesen:
Wir gedenken aller Kriegsgräber, die unserer Liebe unerreichbar sind, und befehlen sie in Gottes Frieden.
Den Angehörigen jener Gefallenen am nördlichen Polarkreis aber mag es ein ehrlicher Trost sein zu wissen, daß die Toten am Norvajärvi eine würdigere Ruhestätte gefunden haben als

manche Verstorbenen, die noch in Heimaterde gebettet werden konnten. Am Norvajärvi weht der Hauch des ewigen Friedens!
Schon am Vorabend hatten wir es im neueröffneten Hotel „Lapinportti“ zu Rovaniemi als nette Geste freundschaftlichen Entgegenkommens empfunden, als unser Tisch zunächst mit der finnischen und der deutschen Nationalflagge (in der Ausführung eines Tischstanders) dekoriert wurde, ehe man das Rentiersteak auftrug und den Mesimarja, einen Likör aus Sumpfbeeren, kredenzte. Als dann gar das elegante Tanzorchester in ein Potpourri moderner Tanzrhythmen Karl Zellers Walzerlied „Wie mei' Ahndl zwanzig Johr“ einflocht, da waren wir geneigt, den anheimelnd wirkenden Zufall als liebenswürdige Absicht zu werten.
Auch an den folgenden Tagen bot sich oft genug Gelegenheit, die Gastfreundschaft der Menschen jenseits des Polarkreises zu genießen oder sich ihrer wohltuenden Herzlichkeit zu erfreuen. Ein besonders eindrucksvolles Erlebnis aus der Vielzahl der Reiseimpressionen mag als Beispiel dienen.
Auf dem Weg von Inari nach Utsjoki, einer der einsamsten Strecken Lapplands, besuchten wir die „Hütte der vier Winde“ (finn. „Neljän tuulen tupa“) just zur selben Stunde, da der unter dem klangvollen Namen „Ylioppilaskunnan Laulajat“ bekannte Studentenchor aus Helsinki auf seiner Konzerttournee dort Station gemacht hatte, um den Mitgliedern die Wohltat eines Bades in einer Rauchsauna alten Stils zu gönnen, was selbst von einem Finnen als seltener Genuß empfunden wird. Wir bedauerten es sehr, von den Liedern, die sie der Wirtin zum Dank für ihre Einladung dargebracht hatten, nur noch die Schlußtakte mitgehört zu haben, bekundeten unser Interesse für den Fall einer Wiederholung, etwa beim Abschiednehmen, und richteten uns alsdann in der originellen Blockhütte, die wir gemietet hatten, häuslich ein. Bald hatte der Reiseleiter des Studentenchores über die Wirtin von unse-

rer Anwesenheit – wir waren bis dahin die einzigen Logisgäste in dieser Waldeinsamkeit – erfahren, die genossenen Saunafreuden hatten ihre Wirkung nicht verfehlt, und so kam es, daß wir nach etwa zwei Stunden in den Gastraum von „Neljän tuulen tupa“ geleitet wurden, Ehrenplätze angewiesen bekamen und einem Chorkonzert finnischer Studenten beiwohnen konnten, das sie den Gästen aus dem fernen „Saksa“ (Deutschland) zuliebe veranstalteten, aus Lust am Singen, aber auch als Dokumentation der Verbundenheit und aus dem Bedürfnis, Freude zu bereiten. Der Reiseleiter der Truppe, der recht gut Deutsch sprach, hatte die Ansage übernommen und erläuterte uns den Inhalt der einzelnen Lieder ihres Repertoires, das vom alten finnischen Volkslied bis zu den Gesängen des „Kalewala“, ihres Nationalepos, alles enthielt, was finnische Volkskunst in der Musik zu bieten vermag.

Doch zum Abschluß ihrer chorischen Darbietungen hatten sich die Sänger eine besondere Überraschung ausgedacht, den Touristen aus Deutschland, uns zuliebe, die wir Mühe hatten uns zu fassen. Denn es dürfte sich wohl nicht allzu oft ereignen, daß finnische Studenten für zwei deutsche Besucher das Volkslied „Ännchen von Tharau“ singen, und das in der geographischen Breite jenseits des Polarkreises. Wir waren gerührt und die Sänger ob unserer Rührung auch. Als ihnen dann meine Frau gestand, daß sie sich an unseren Hochzeitstag erinnere, als uns ebenfalls das „Ännchen von Tharau“ als Ständchen dargebracht wurde, geriet die Veranstaltung zu einem kleinen Volksfest.

Heikki Peltola, der künstlerische Leiter und Chordirigent, ahnte damals wohl nicht, daß es ihm mit seinen Kommilitonen gelungen war, eine geistige Brücke zu schlagen, die in Tragfähigkeit und Stabilität der besten Stahlbetonkonstruktion gleichkommt.

Vom Reiz der glücklichen Worte

Gegen Ende der vierziger Jahre hatten sich in der Manuskriptenmappe der damals vielseitig tätigen Schweizer Journalistin Betty Knobel wieder etliche druckreife Gedichte angesammelt, und so konnte im Verlag „Die Ausfahrt“ alsbald ihr Bändchen „Neue Gedichte“ erscheinen. Am 29. Oktober 1948 brachte die Züricher Wochenzeitung „Die Weltwoche“ eine von der Schriftstellerin Aline Valangin verfaßte Rezension dazu und veröffentlichte daraus, gewissermaßen als Kostprobe, das Gedicht „Malven“, eine Sprachschöpfung aus farbenfroher, zarter Bildhaftigkeit und melancholisch-poetischer Besinnlichkeit. Welch eine schicksalhafte Auswahl!
In jenen Herbsttagen hielt sich Richard Strauss am Genfer See auf und wohnte in dem renommierten Hotel „Le Montreux Palace“ an der Grande Rue des beliebten Kurortes. Eines Tages – es soll am 23. November 1948 gewesen sein – saß er in der Hotelhalle und gab sich der Zeitungslektüre hin, als beim Durchblättern der „Weltwoche“ jene lyrisch verklärten „Malven“ seine Aufmerksamkeit erregten und seine Musikalität in Schwingungen versetzten.

Malven
Aus Rosen, Phlox und Zinnienflor
ragen im Garten
Malven empor,
duftlos und ohne
des Purpurs Glut,
wie eine Hand,
die müde ruht,
wie ein verweintes,
blasses Gesicht
unter dem goldnen
himmlischen Licht.
Und dann verwehen
leis sie im Wind,
zärtliche Blüten,
Sommers Gesind’ …

„Ich reagiere sehr stark auf glückliche Worte“ hatte er einmal als Achtzigjähriger bekannt. „Glückliche Worte“ der poetischen Verdichtung müssen es gewesen sein, die den greisen

Künstler zu einem Klanggebilde der Notensprache in Es-Dur, für Sopran und Klavier, inspirierten, und so entstand seine letzte Liedvertonung und wohl sein letztes Opus überhaupt. Er widmete dieses innige Liedchen zu Beginn des Jahres 1949 der Sängerin Maria Jeritza, die mit ihm in den zwanziger und dreißiger Jahren als Primadonna der Wiener Staatsoper und der New Yorker Metropolitan Opera in Uraufführungen wie in anderen Premieren sensationelle Triumphe gefeiert hatte, mit Einstudierungen, die ebenso in die Musikgeschichte eingingen wie Richard Strauss und seine Assoluta. Das zweiseitig beschriebene Notenblatt versah er mit der Widmung „Der geliebten Maria diese letzte Rose ..." und sandte es im März 1949 der verehrten Sängerin, der er seit den Tagen der gemeinsamen Erfolge in Freundschaft voll Wertschätzung zugetan war.
Maria Jeritza war sich der Intimität dieses Geständnisses sehr wohl bewußt, und sie hielt das kostbare Notenmanuskript mit der zärtlichen Widmung zusammen mit unzähligen Schätzen zur Erinnerung an ihre glanzvolle Karriere in ihrem Luxuspalais unter Verschluß, so daß es der musikalischen Fachwelt jahrzehntelang verborgen blieb und kaum einer der Richard-Strauss-Experten von seiner Existenz Kenntnis nehmen konnte.

Als Maria Jeritza (geboren am 6. Oktober 1887 in Brünn, damals zu Österreich gehörig) am 11. Juli 1982 in Orange im US-Staat New Jersey im Alter von 94 Jahren gestorben war, lösten ihre Erben den Nachlaß auf und überließen ihn zum Teil der Firma Sotheby's in New York zur Versteigerung. Jetzt erst kam das Notenautograph mit der kostbaren Widmung von Richard Strauss und dem Liedtext von Betty Knobel zum Vorschein und fand seinen Käufer. Für sage und schreibe 60500 Dollar erwarb es die philanthropische Stiftung Frederick R. Koch, und seither wird es von der New Yorker Morgan

Library verwaltet. Ganz nebenbei sei erwähnt, daß sich die Lyrikerin Betty Knobel als Verfasserin der Verszeilen von den „Malven“ mit der Ehre begnügen mußte, den genialen Richard Strauss zum letzten musikalischen Opus seines Daseins angeregt zu haben.

Der 10. Januar 1985 brachte schließlich jenes Ereignis mit sich, durch welches das jahrzehntelang von Maria Jeritza gehütete Geheimnis gelüftet und das Lied von den „Malven“ der Öffentlichkeit präsentiert wurde, also 36 Jahre nach dem Tode von Richard Strauss seine Welturaufführung erlebte. Nachdem in einem Konzert der New Yorker Philharmoniker in der Avery-Fisher-Hall die „Vier letzten Lieder“ für Sopran und Orchester von Richard Strauss verklungen waren, sang die weltberühmte, aus Neuseeland stammende Opernsängerin Kiri Te Kanawa, am Flügel voll Verve begleitet von Martin Katz, das neuentdeckte, in der Öffentlichkeit bisher unbekannte Lied von den „Malven“, das Richard Strauss wenige Monate vor seinem Tode komponiert hatte. Die Sensation war perfekt. Das „allerletzte“ Lied von Richard Strauss mit dem Text von Betty Knobel bescherte dem verwöhnten New Yorker Konzertpublikum ein unvergeßliches Erlebnis und der Musikliteratur eine Weltattraktion.
Als Reinhold Schlötterer 1988 „Die Texte der Lieder von Richard Strauss“ in Buchform publizierte, wählte er für deren Anordnung die zeitliche Reihenfolge ihrer Vertonung. Deshalb bildet das Lied mit dem Titel „Malven“ den Abschluß, gedichtet von der Schweizer Schriftstellerin Betty Knobel, verh. Wehrli, geboren am 13. Juli 1904 in dem Weiler Zusingen bei Haslen im Kanton Glarus. Sie lebte zusammen mit ihrer Schwester, der Malerin Verena Knobel, einer Kokoschka-Schülerin, in dem Brissagoer Ortsteil Cadogno oberhalb des Lago Maggiore, in der Casa Antica, einem jener urigen, aus Bruchsteinen gefügten, idyllisch anmutenden Häuser, die von

den Geschehnissen der letzten fünfhundert Jahre kaum Notiz genommen haben und nunmehr unter Denkmalschutz stehen. Babetta (Betty) Wehrli, geb. Knobel, literarisch tätig vor allem als Betty Knobel, starb am 13. Februar 1998; ihr Urnengrab befindet sich auf dem Friedhof oberhalb der Straße zur Grenze.

Im Nachtrag zu der Episode mit den „Malven" noch eine klitzekleine Randbemerkung. In dem Gedicht werden neben anderen Blumen auch Zinnien erwähnt. Diese Korbblütler verdanken ihren Namen dem deutschen Botaniker G. Zinn, wie Dahlien an den Schweden Dahl bzw. Georginen an den Petersburger Botaniker Georgi erinnern. Wohl in Unkenntnis dieser sprachlichen Handhabung hat Betty Knobel von einem Zinienflor geschwärmt, und Richard Strauss ebenso wie Reinhold Schlötterer haben die Schreibung der Autorin übernommen. Gemeint waren im Original wie in den Bearbeitungen die Zinnien. Ehre eben, wem Ehre gebührt! Außerdem meinte ich, das zweite n in die ursprüngliche Fassung einfügen zu müssen, um keinen Linguisten zu provozieren.

Im Banne der „Maske in Blau“

Die „Maske in Blau“ begeisterte mich schon in den Tagen meiner Jugend. Ich hatte bald nach der Uraufführung im Berliner Metropoltheater am 27. September 1937 Gelegenheit, die Operette in einer Vorstellung im Deutschen Haus zu Brünn kennenzulernen, besuchte die Veranstaltung gleich noch dreimal, sah später mehrmals den Film und sodann die Fernsehfassung.

Die Textvorlage stammt von Heinz Hentschke, die Musik von Fred Raymond, einem Wiener, der eigentlich Friedrich Vesely hieß; er starb 1954 in Überlingen, wo er auch bestattet wurde. Wer kennt nicht sein Geständnis: „Ich hab' mein Herz in Heidelberg verloren“! Er träumte auch gern vor sich hin bei dem Lied „In einer kleinen Konditorei …“, dessen Stimmungsgehalt wir Gymnasiasten entweihten mit der profanen Fortsetzung: „da saßen wir zwei und fraßen für drei.“ – Daß sich Fred Raymond in das Unsterblichkeitsbuch der Operetten eintragen durfte, verdankt er vor allem seiner „Maske in Blau“ mit dem überschwenglichen Melodienreigen. – Im Film wurde die Musik übrigens ergänzt, gewissermaßen dem Genre angepaßt von Michael Jary.

Von der Handlung her geht es wie so oft um die Geschichte einer schönen Unbekannten. Der Maler Armando Cellini bannt sie als die „Maske in Blau“ in einem faszinierenden Gemälde auf die Leinwand, ohne zu erfahren, wer sich dahinter verbirgt. Schauplatz der Handlung: San Remo an der Riviera dei fiori. Es ist nämlich „Frühling in San Remo“, wo wieder das Narzissenfest gefeiert wird. Wie üblich, ergeben sich allerlei Verwicklungen, zu deren Entwirrung sogar der Besuch auf einer argentinischen Hazienda erforderlich wird – für den Komponisten eine geradezu verführerische Möglichkeit, südamerikanische Rhythmen erklingen zu lassen, gipfelnd in einem der hinreißendsten ekstatisch vibrierenden lateinamerikanischen Tänze mit „Sassa“: Sassa! Sassa! Mein Lied – dein Lied! Es lockt dich und mich, ja, dich und mich ins Blau der Nacht! Sassa! Sassa! Mein Tanz – dein Tanz! Er hat dir und mir, ja, dir und mir das Blut entfacht! Sassa! Sassa! Mein Herz – dein Herz! Ich fühle mit dir, und du bist bei mir! Sassa! Sassa! Wir tanzen heut hier im nächtlichen Schein in den Himmel hinein! Sassa!

Ein musikalischer Höhepunkt folgt dem anderen! Was Wunder also, daß fast alle Lieder über Nacht und wie im Fluge von Kontinent zu Kontinent eilten. Doch es singt sich besser, wenn man den Melodien einen Text unterlegt – es sei denn, ein vorhandener Text würde vertont, das ganze also in umgekehrter Reihenfolge. Für die Musik ist bekanntlich der Komponist zuständig, für das Libretto ein Dichter oder Schriftsteller, für die Gesangstexte sodann der Texter, der nicht selten zur Popularisierung des Werkes beiträgt.

Die „Maske in Blau“ war alles in allem eine Gemeinschaftsleistung, an der viele beteiligt waren, aber eben die drei Hauptgestalter ihren gewichtigen Anteil hatten. Es kann jedoch auch an der Darbietung auf den Brettern, die die Welt bedeuten, liegen, daß eine Aufführung zum unvergeßlichen Erlebnis wird. So geschehen im Herbst 1965 im Deutschen Theater München in der Schwanthalerstraße – und das mit Marika Rökk als Juliska. Ihr glaubt man nämlich jedes Wort, wenn sie über die Bühne wirbelt und bekennt: Ja, das Temp’rament! Ja, das Temp’rament, das liegt mir so im Blut! Wenn’s in mir so brennt, heiß wie Feuer brennt, ach, wie tut mir das gut! In der Minute ist mir zumute, als gäb’ es heut noch ein Happy-End!

Da war Marika in ihrem Element, und sie riß nicht nur alle Darsteller mit zu voller Entfaltung ihres Könnens, sondern erst recht das Publikum zu Salven an Beifallsstürmen.

Soweit es die „Maske in Blau“ betrifft, war ich von den modernen Rhythmen dieser Operette so gefesselt, daß ich auch das

„Umfeld“ zu erforschen begann. So stieß ich auf den Verfasser der Gesangstexte. Doch der Name Günther Schwenn war mir längst vertraut, auch im Zusammenhang mit den beiden Kinofilmen, einmal mit Clara Tabody und einmal mit Marika Rökk als Juliska, sodann bei der Operette „Hochzeitsnacht im Paradies“ mit der Musik von Friedrich Schröder.

Aber ich wollte mehr erfahren. Als ich Günther Schwenn in den achtziger Jahren in Montreux kennenlernte, hatte er sich als Autor bereits zur Ruhe gesetzt. Seine geräumige Wohnung mit unzähligen Fotos, Plakaten, Büchern und Alben sowie vielerlei Erinnerungsstücken glich einem Künstlermuseum, und einen Abend lang – agierte der prominente Texter als Kustos, sachkundig unterstützt von seiner Ehefrau und Mitarbeiterin Erika Lanz. Nur zu gern erinnere ich mich an jene Begegnung in Montreux und an den dortigen Urlaub im Hotel „Eden au Lac“. Aber noch eine weitere Gelegenheit ergibt sich alljährlich, Günther Schwenns zu gedenken, wenn nämlich am rußigen Freitag zum Ende der Karnevalssitzung „Määnz bleibt Määnz“ die „Mänzer Hofsänger“ ihr Finale krönen mit dem unübertrefflichen „Sassa“. Er war eben ein Tausendsassa, der Günther Schwenn.

Die zehn Tage im November oder: Ranken um den 9. November 1989

Wie so viele Geschichten, so hat auch diese ihre Vorgeschichte. Christa war in der DDR als ausgebildete Fachkraft im Gesundheitswesen tätig und hatte dort als Opfer der Umstände ihr Berufsleben gefristet. Ihre Eltern durften als Rentnerehepaar irgendwann „in den Westen“ ausreisen, und sie selbst erhielt wohl zwei- oder dreimal im Laufe der Jahre die Genehmigung für einen Besuch. Wäre sie nicht zurückgekehrt, hätte sie sich der Republikflucht schuldig gemacht, wie es im Parteijargon der SED hieß. Die Schwere des Delikts erklärte sich aus der Tatsache, daß Christa ihre berufliche Ausbildung in dem Arbeiter-und-Bauern-Staat erhalten hatte und ihre Flucht einem Verrat gleichgesetzt worden wäre.
Christa war einst meine Schülerin, und ab und zu kam mir die Frage in den Sinn, wie es ihr wohl in den letzten Jahrzehnten ergangen sein mochte. Ein Zipfelchen an Erinnerung hatte sich in meinem Gedächtnis verheddert, und so schlug ich eines Tages im Telefonbuch des Postamtes unter H wie Hameln nach in der Hoffnung, ihren für westdeutsche Verhältnisse recht seltsamen Familiennamen und damit irgendeinen Verwandten zu entdecken.
Volltreffer! Nach meiner schriftlichen Anfrage erreichte mich postwendend die Antwort, meine Korrespondenzpartner seien die Eltern meiner einstigen Abiturientin Christa. Ich erfuhr ihre Adresse, nahm behutsam mit ihr Verbindung auf, und damit beginnen meine Erinnerungen an die „zehn Tage im November“, beginnt die eigentliche Geschichte.
Christa hatte nicht die Absicht, ihren Lebensabend den Errungenschaften des Sozialismus zu überantworten, und traf vorsichtig Vorbereitungen, sich abzusetzen. Die noch verbleibenden Jährchen ihrer Arbeit wollte sie dazu nutzen, sich im Westen zu akklimatisieren, vielleicht in einem Krankenhaus

Fuß zu fassen und die Zeit bis zum Erreichen des Rentenalters zu überbrücken. Ich sollte dabei helfen.
Reger Briefverkehr setzte ein, bei direktem Kontakt mit dem Osten sorgsam „verschlüsselt“, sonst über den elterlichen Stützpunkt in H., wo umgekehrt so manche Mitteilung an mich dechiffriert wurde.
Um an verschiedenen Stellen „bei uns im Westen“ für Christa vorsprechen zu können und die Möglichkeiten zu sondieren, wurden mir Ablichtungen von diversen Dokumenten zugeleitet. Außerdem versuchten wir einen Weg zu finden, die Originale in westlichen Gewahrsam zu bringen. Diese Betriebsamkeit nahm uns voll in Anspruch, so daß wir nur ganz nebenbei die politischen Turbulenzen ringsum beachteten. Einer gewichtigen Entscheidung zufolge sollte Christa alle Anstrengungen aufbieten, um unter einem für die DDR-Behörden akzeptablen Vorwand „besuchsweise“ ausreisen zu können. Sie sollte nämlich in Bayern bei ihrem Arbeitgeber in spe persönlich anklopfen …

In all diese äußere und innere Hektik platzte wie eine Bombe die sensationelle Meldung – sinngemäß: Der Eiserne Vorhang zwischen der DDR und der Bundesrepublik Deutschland hat sich gehoben, die Mauer ist gefallen …
Wenige Tage danach machte Christa die Probe aufs Exempel. Ohne Hintertürchen und Ängste trat sie eine Besuchsfahrt nach dem Westen an – zu ihren Eltern und zu uns nach Bayern, wo keinerlei Originalurkunden mehr vorzulegen waren, vielmehr die Duplikate eingesammelt werden mußten. Für Christa gab es ab sofort keine Veranlassung, ihre mecklenburgische Bleibe aufzukündigen und adieu zu sagen. Die spontan einsetzende Differenzierung nach Ossis und Wessis nahm sie gelassen hin, und über die urplötzlich aufkeimenden Witze lachte sie herzhaft mit; sie gehören inzwischen der Vergangenheit an. Einen amüsanten Nachschlag servierte uns

Christa aber doch noch, als sie sich bei späterer Gelegenheit an ihren Besuch bei uns „vor der Wende“ erinnerte.
Wohlig warm strömte das Wasser aus dem Haupthahn an der Dusche, und Christa hatte sich gerade behaglich von oben bis unten mit einem flüssigen Reinigungsmittel eingeseift, das als Lotion beschriftet war, als sie Anstalten traf, ihre Schaumhülle hinwegzuspülen, nunmehr aber mit der richtigen Brause. Entschlossen betätigte sie einen Hebel nach dem anderen, drehte an allen Stellschrauben nach links und nach rechts, doch der Duschrosette ließ sich kein Tröpfchen Wasser entlocken. Der Zauberlehrling weiland konnte in seiner Not immerhin den Hexenmeister zu Hilfe rufen.
Christalein in ihrer Not wußte keinen Rat; sie mußte letztlich auf das Duschen und den Genuß des Prickelns auf der nackten Haut verzichten und begnügte sich mit dem weiterhin aus dem Wasserhahn herausströmenden Leitungswasser.
Wenn schon nicht den Hexenmeister, aber ihren alten Schulmeister hätte sie doch wirklich herbeirufen können! Als hilfsbereiter Mensch hätte ich ganz selbstverständlich geholfen, die dem Schaum entstiegene Christa zu „enthüllen“. Mit vollem Einsatz hätte ich Hand angelegt und den Mechanismus der hochentwickelten Apparaturen gar nicht zur Sprache gebracht, um mit der Überlegenheit der Wessis in der Technik nicht ebenso aufdringlich zu erscheinen, wie in der DDR geschehen mit der vielgepriesenen Überlegenheit des sozialistischen Sports.
Ja, so war das damals, als „die zehn Tage im November“ die Welt aufhorchen ließen, zehn Tage, die längst dem Schredder der Zeitgeschichte geopfert wurden.

Köhlerberg – Abschied und Wiedersehen

Auf den Ortsschildern wurde es als Bruntál angekündigt, doch ich müßte mich eines Sakrilegs schuldig machen, wenn ich nicht den altvertrauten Namen Freudenthal beibehalten wollte. Wir näherten uns also auf der Straße von Sternberg jenen heimatlichen Gefilden, von denen ich vor fast fünfzig Jahren – in böser Vorahnung – wehmütig Abschied genommen hatte. Damals besuchte ich als Soldat während meines letzten „regulären" Erholungsurlaubs für ein paar Tage auch Freudenthal, die Stadt, die mir so recht zur Heimat geworden war. Ich kannte sie seit meiner Kindheit, hatte später mehrere Jahre dort gewohnt, das Gymnasium besucht und – meine Sturm- und Drangzeit verlebt. Bis der Tag kam, an dem ich mich verabschieden mußte.

Heute weiß ich, daß es kein „Abschied für immer" war, doch immerhin ein Abschied vor dem Inferno. Der Zug verließ ruckend den Bahnhof, und als der Takt ins Rattern übergegangen war, glitten bereits die letzten Bilder des Stadtpanoramas an mir vorüber. Am Abteilfenster stehend, blickte ich über die Dächer der Stadt hinweg, und schon schob sich der Köhlerberg mit seiner schmucken Wallfahrtskirche in mein Blickfeld: eine Momentaufnahme, die sich unauslöschlich einprägen sollte.

Jetzt näherten wir uns also mit dem Auto der Heimat, und es bedürfte einer psychoanalytischen Hilfestellung, wenn ich schildern sollte, was mich bewegte, als er am Horizont auftauchte und ich meiner Frau zurufen konnte: „Da, schau, der Köhlerberg, unser Köhlerberg!" Am liebsten wäre ich noch einmal zurückgefahren bis zu jenem Straßenabschnitt vor Kriegsdorf, noch ehe man die Mohra überquert, von dem aus die Kirchturmspitze erkennbar wird und der Turm allmählich hinter einem der vorgelagerten Hügel aufzutauchen beginnt. Wie der Altvater – einst mit dem unverkennbaren Altvater-

turm, der früheren Habsburgwarte – für jeden Schlesier, so symbolisiert der Köhlerberg mit seiner Wallfahrtskirche für jeden Freudenthaler das Land der Väter, die Heimat.
Meine Frau kannte den Köhlerberg, wie viele andere Stätten im Umland des Altvaters, bisher nur aus der Lektüre. Oft und oft las sie die Endkorrektur der Umbruchabzüge meiner Bücher oder die Fahnenabzüge unzähliger Abhandlungen, und so waren ihr viele Namen vertraut. Nun trat an die Stelle der theoretischen Kenntnis die Praxis des Erlebens. Und sie ließ es geduldig über sich ergehen, wenn ich pausenlos und fast atemlos Erläuterungen hervorsprudelte. Als wir Mährisch-Kotzendorf passierten, erzählte ich von einigen kurzen Ferienaufenthalten auf dem Bauernhof eines Onkels. Und vom Kirchturm wußte ich noch, daß ihm vor Jahrzehnten eine Windhose die Kirchturmspitze zur Seite geschoben hatte.
Unmittelbar danach überfuhren wir eine dereinst wichtige Grenze, nämlich die zwischen Mährisch- und Schlesisch-Kotzendorf, die gleichzeitig die Bezirke bzw. Kreise Römerstadt und Freudenthal voneinander abgrenzte und sogar die habsburgische Markgrafschaft Mähren von dem einstigen Kronland Schlesien. Nach wenigen Minuten erreichten wir Freudenthal.
Die Suche nach einem Hotel brachte allerlei Schwierigkeiten mit sich. Wann immer wir mit dem Mercedes am Straßenrand anhielten und die Seitenfenster herunterließen, um einen Passanten anzusprechen, schien er zu erschrecken. Sie hatten ja soeben erst damit begonnen, sich frei zu bewegen und zu benehmen. Im übrigen: Was hätten sie den deutschen Touristen schon sagen können, da sie doch nicht deutsch sprachen?
Gern hätte ich der Oma mit der Einkaufstasche in der linken, dem Enkel an der rechten Hand zugerufen: „Paní sousedko, nebojte se! Nikoho se nemusíte bát, ani nacistických gestapáků ani tajné policie minulých desetiletí. Chtěl bych jenom vědět, jak se dostanu do Karlovy Studánky!“ („Frau Nachba-

rin, haben Sie keine Angst! Sie brauchen niemand zu fürchten, weder Nazi-Gestapoleute noch Geheimpolizei vergangener Jahrzehnte. Ich möchte nur wissen, wie ich nach Karlsbrunn komme!")

So aber genügte schon ein tschechischer Gruß: „Dobrý den! Prosím Vás, hledám cestu do Malé Morávky nebo do Karlovy Studánky. Pomůžete mi?" („Guten Tag! Bitte, ich suche den Weg nach Klein-Mohrau oder Karlsbrunn. Können Sie mir helfen?") – Da machte die biedere Hausfrau, die ich angesprochen hatte, sofort kehrt, ihr Gesicht hellte sich auf, und der Bann war gebrochen. Wir bekamen sogar „Geheimtips" und fanden eine zumutbare Unterkunft.

Nach wenigen Tagen stand der Besuch des Köhlerbergs auf userem Programm. Wir fuhren bewußt langsam den Hang hinan, um nach links und rechts Ausschau halten zu können, und gelangten schließlich an ein Verbotsschild. In der damaligen Phase der Einarbeitung war das Stehlen von Pkws noch nicht an der Tagesordnng, so daß ich keine Bedenken zu haben brauchte, den Wagen hier zu parken. Doch mit dem „Bergsteigen" habe ich so meine asthmatischen Probleme, und Zeit sparen wollten wir außerdem. Obwohl es nachts geregnet hatte, gingen wir das Risiko ein und fuhren weiter, ganz vorsichtig, wegen der Fahrrinnen im Waldweg, der zwischen den Baumreihen der berühmten, 200 Jahre alten, vierreihigen Köhlerbergallee emporführte. Der Sage nach soll sie auf Veranlassung jenes hochmögenden Herrn, der damals die Obrigkeit repräsentierte, gepflanzt worden sein, um damit Dank zu sagen. Dank dafür, daß es gelungen war, einen gefürchteten Räuberhauptmann zu fassen und auf gräßlichste Weise vom Leben zum Tode zu befördern.

Ein wenig abseits wurde gebaut, und die dabei eingesetzten Lastkraftwagen hatten ein übriges dazu beigetragen, den Fahrweg ab jener Stelle, wo er bekanntlich einen Knick bildet, fast unpassierbar zu machen. Die Räder meines Wagens be-

gannen sich durchzudrehen, und da ich in dieser Einsamkeit nicht steckenbleiben wollte, stellte ich das Auto an der Seite ab. Auf eine Hilfe der Bauarbeiter, die mir vielleicht gewährt, vielleicht verweigert worden wäre, wollte ich mich nicht verlassen. Von hier machten wir uns also zu Fuß auf den Weg.
Es wäre uns allerdings etwas entgangen, wenn wir uns den Fußmarsch geschenkt hätten. Es war ein Genuß, die mächtigen Linden von der Nähe zu betrachten und zu bewundern, urwüchsige Bäume, von denen jeder zweite unter Naturschutz stehen müßte. Die Sonnenstrahlen blinzelten durch das Frühlingsgrün der Baumkronen, und die Spechte hämmerten, als wollten sie die Bauarbeiter dazu anspornen, das Arbeitstempo ihrem Klopfrhythmus anzupassen. Was wußten schon die emsigen Spechte von Ideologie und einer Gesellschaftsform ohne Ausbeutung sowie dem langwierigen Prozeß einer Neuorientierung auf leistungsbetonte Arbeit! Es waren doch gerade erst ein paar Monate ins Land gezogen nach gut vierzig Jahren in jenem Arbeiterparadies!
Inzwischen hatten wir den Gipfel erreicht und standen vor der Kirche. Aber das war nicht die Köhlerbergkirche meiner Kindheit! Ein Bild des Jammers bot sich uns dar. „Chráněné území“ stand da zu lesen. Man hatte also die Höhe zum Schutzgebiet erklärt. Doch was wollte man da noch schützen, bewahren? Etwa die Kirche samt Umfeld als Beispiel für den Wandalismus vergangener Jahre? Dessen bedurfte es nicht, denn Beispiele solcher Art gab es in großer Zahl. Die einstige Wallfahrtskirche bot einen Anblick zum Erbarmen. Nachdem wir sie umrundet hatten und uns von der Verwilderung und Verwahrlosung der Umgebung überzeugt hatten, wandten wir uns dem so gründlich entweihten Heiligtum unmittelbar zu. Das Hauptportal war kreuz und quer mit Brettern und Latten zugenagelt. Bei eingehender Inspektion entdeckten wir ein „Guckloch“, das Heimwehtouristen schon vor uns in die mit Blech beschlagenen Bohlen gebohrt hatten. Wir wollten unse-

ren Augen nicht trauen: Im Kircheninneren war alles kurz und klein geschlagen, alles zertrümmert, ein einziges infernalisches Chaos. Doch das war nicht auf Kampfhandlungen in den letzten Kriegstagenn zurückzuführen, auch nicht auf den danach einsetzenden Hussitensturm, der möglichst alle Spuren einer deutschen Vergangenheit tilgen sollte! Fast unvorstellbar, daß die Innenausstattung erst Jahrzehnte später zerstört worden sein soll, in einer Zeit, als Menschen guten Wilens zu hoffen begannen, daß die Zeit der Desperados endgültig der Vergangenheit angehören und das Gute im Menschen obsiegen könnte. Das jedenfalls ergaben spätere Erkundigungen. Darf man den Beteuerungen Glauben schenken? Si saxa loquantur! Wenn die Steine reden könnten, wäre gar manche Wahrheit leichter zu ermitteln!

Doch um der Wahrheit die Ehre zu geben, sei nicht verschwiegen, daß die Mosaiken zu beiden Seiten des Kirchenportals die Verwüstungsorgien überstanden haben: Sanctus Petrus und Sanctus Paulus. Aber das sind ja lateinische Inschriften, keine deutschen, die dereinst der Künstler den beiden Heiligen zugeordnet hat. Ja sogar ein Deutschordenskreuz oberhalb des Kircheneingangs hat sich erhalten und macht uns bewußt, daß die Wallfahrtskirche „Mariahilf" auf dem Köhlerberg dem Deutschen Orden gehört. Immerhin war das Freudenthaler Schloß einige Zeit lang Sitz des Hoch- und Deutschmeisters.

Vom Gnadenbild der Köhlerbergkirche aus glanzvollen Zeiten keine Spur. Dieses Gnadenbild, Maria mit dem Jesuskinde, wurde leider zerstört und nur in einigen Resten „gerettet". Es war ein getreues Abbild des Marienbildes, das sich in der Kiche auf dem Passauer Mariahilfberge befindet. Mit diesem Bild in Passau hat es eine besondere Bewandtnis; es ist nämlich auch eine Kopie. Fürstbischof Leopold V. von Passau hatte das Original vom sächsischen Kurfürsten Johann Georg I. geschenkt bekommen. Marquart von Schwendi, der

Passauer Domdekan und Bistumsverweser, war von dem Bild so begeistert, daß er für sich eine Kopie anfertigen ließ. Um es auch den Gläubigen zeigen zu können und zugänglich zu machen, ließ er auf dem Passauer Mariahilfberge eine Kapelle erbauen. Die Passauer Kopie diente sodann dem Kopisten des Freudenthaler Bildes als Vorlage.
Dem Passauer Hofmaler Pius stand jedoch für das Kopieren das Original zur Verfügung, das sich im Besitz des Kürfürsten von Sachsen befunden hatte, von wo es in den Besitz des Passauer Fürstbischofs gelangt war. Heute befindet sich das Kunstwerk in der Innsbrucker Stadtpfarrkirche zu St. Jakob auf dem Hochaltar. Das Gnadenbild „Maria Hilf" ist ein Werk von Lukas Cranach d. Ä. (1472–1553), der sich auf Madonnenbilder spezialisiert hatte.
Es ergab sich, daß wir ein wenig zur Seite getreten waren, und mein Blick schweifte über Flur und Wald in Richtung jenes Dorfes, aus dem meine Mutter stammte.
Urplötzlich war er wieder da, der Feiertag, das Fest Mariä Himmelfahrt. Unwillkürlich sah ich sie durch die Felder herannahen, die schier endlose Prozession der Wallfahrer auf ihrem Bittgang zur Gottesmutter auf dem Köhlerberg. Tante Marie war „schlecht zu Fuß", daher durften die temperamentvollen Rösser, für den seltenen Anlaß festlich herausgeputzt, den Pflug, den schweren Futterwagen, den Getreidemäher oder das Getreidefuder mit der eleganten, hochbeinig-grazilen, sympatisch schwingenden und sich wiegenden Kalesche vertauschen. Man hätte meinen können, sie seien sich ihrer Festtagsrolle bewußt, so aufrecht stolzierten sie einher. „Schau nur, wie sie steigen", sagte dann Onkel Rudolf nicht ohne den berechtigten Stolz des tüchtigen Bauern, wenn er den Pferden über die Kreuzzügel die nötige Bewegungsfreiheit ließ.
Natürlich war auch ich mit von der Partie, der ich mich auf das bunte Markttreiben zwischen den Fierantenbuden freute und

zum eigenen Taschengeld einen „Zuschuß“ von den Eltern und von Großmama erwarten durfte. 5 Kronen extra pflegte Tante Marie beizusteuern, vorausgesetzt, ich hatte vorher brav an der heiligen Messe teilgenommen.
Daß die hölzernen Verkaufsstände längst das Zeitliche gesegnet hatten, vermutlich noch während des Krieges abgebaut worden waren, das erschien mir als normal und selbstverständlich. Aber da hatten doch auch massive Gebäude gestanden, unter anderem das Gasthaus eines Herrn Mihatsch, wo nach der seelischen gottedienstlichen Entlastung die Erwachsenen für ihr leibliches Wohl sorgten. Weit und breit von all dem nichts zu sehen, „die Stätte wüst und leer“. Hatten hier die Schatzgräber und Goldsucher der ersten Nachkriegszeit ganze Arbeit geleistet? Man hatte ihnen ja von Staats wegen die Häuser der deutschen Besitzer zur Nutzung übertragen, und sofern die neuen „Eigentümer“ nicht darin seßhaft wurden, holten sie von dort, und zwar alles, was nicht niet- und nagelfest war, alles, was sich demontieren ließ: Türen einschließlich Türstock und -schwelle, Fenster, die verlegten Elektroleitungen, Holz- wie Steinfußböden, Holz- und Steintreppen und schließlich die Dachschieferplatten und die Ziegel. Was dann noch an ruinenhaftem Gemäuer übriggeblieben war, fiel der natürlichen Rekultivierung durch Brennesseln und Disteln anheim. Die Deutschen müßten raus, und wenn dann nur Brennesseln wachsen, hatte der aus dem Asyl heimgekehrte Präsident Beneš gefordert. Welch ein prophetisches Wort! Ganze Brennesselplantagen – oder eher: -kolchosen? – sind entstanden!
Man holte und holte, mit amtlicher Genehmigung oder ohne, und verspürte keine Gewissensbisse. Denn die tschechische Sprache kennt kein eigenes Wort für „holen“. Man „geht um jemanden“, man „geht um etwas“, und das tat man ausgiebig. Man ging, je nach Vorhandensein, um Holzverkleidungen, um Rohrleitungen, um Ziegel- und Bruchsteine. Gelegentlich

kamen dann beim Abtragen des Mauerwerks jene Schätze und Kostbarkeiten zum Vorschein, die die bösen Deutschen vor ihrer Vertreibung eingemauert hatten – in der Hoffnung auf ein Wiedersehen nach der Rückkehr. „Was meinst du, wann kommen wir wieder heim?“ fragte in den ersten Jahren nach der Vertreibung Onkel Rudolf oft und oft, wenn ich ihn auf „seinem Bauernhof“ in Bayern besuchte.

Doch im Augenblick stehe ich neben meiner Frau Hunderte von Kilometern weiter östlich auf jener berühmten Anhöhe aus Basalt, die man den Köhlerberg nennt, westlich von Freudenthal. In der Tat, es ist vulkanisches Gestein, das den Untergrund bildet, und für alle, die in den vergangenen Jahrzehnten auf dem Köhlerberg nicht willkommen waren, gestalteten sich die Umstände zu einem Tanz auf dem Vulkan.

Dagegen wurden in der Zeit davor die Wallfahrer stets freudig begrüßt, wenn in der lichtdurchfluteten Barockkirche ein Jubilate erklang oder wenn sich die Gläubigen anschließend auf dem Vorgelände tummelten, als wollten sie dokumentieren: Hier ist des Volkes wahrer Himmel.

Und so sehe ich sie jetzt in der Rückblende wieder, die Pilgerscharen von dazumal, auf der Suche nach einem Sitzplatz im Saal des Gasthauses. Wenn meine Eltern bereits „bei Mihatschen“ Platz gefunden hatten, konnte es geschehen, daß sie mich in die Gastwirtschaft zu sich heranwinkten, weil ich „a wos Gescheits“ essen sollte, nicht nur Schaumrollen, Schokolade, Kokosplätzchen und Eis. „A setts Rimgefraß“ – ein mundartlicher Ausdruck für: dieses Durcheinanderessen – konnte nicht gutgeheißen werden.

Janina hatte wohl beobachtet, daß mich die Erinnerung an die Tage meiner Kindheit in zeitliche Fernen gerückt hatte, und sie unterbrach mich nicht einmal durch eine Frage, so sehr es sie auch danach drängte. Erst als ich selbst ins Diesseits zurückgefunden hatte, versuchte ich in Worte zu kleiden, was soeben noch als Erinnerungstraum mein Gemüt aufgewühlt hatte.

Wir befanden uns bereits auf dem Weg abwärts, in Richtung Auto, das wir auf halber Höhe abgestellt hatten. Mit Genugtuung nahmen wir wahr, daß es sich nicht selbständig gemacht hatte. So verließen wir die Allee und suchten den freien Blick zum Altvater. Dann wandten wir uns dem Stadtpanorama zu. „Schau, ziemlcih in der Stadtmitte, hinter dem Hauptplatz, das ist die Stadtpfarrkirche, und links, daneben, dicht beieinander, der Schloßturm und die Piaristenkirche. Unmittelbar vor der Piaristenkirche mußt du dir meine frühere Schule denken, das Realgymnasium, wo ich vor vielen Jahren maturiert habe. Nach dem gestrigen Rundgang durch die Innenstadt kannst du dich so besser orientieren. Und da unten, wo wir vorhin vorbeigefahren sind, das ist die evangelische Kirche, links davon der sogenannte Stutenteich." Janina hatte Mühe, meinen hervorquellenden Erläuterungen zu folgen. Außerdem war das Städtchen zu Füßen des Köhlerbergs für sie nur insofern interessant, als daß ich „ein langes Eheleben lang" – immerhin auf dem Wege zur goldenen Hochzeit – davon erzählt und sie fast ebensolang in meinen Publikationen davon gelesen hatte. „Das stattliche Gebäude mehr links" – Janinas Blick folgte meinem ausgestreckten Arm –, „das stand früher fast an der westlichen Peripherie, und das ist das einstige Priesterseminar. Denk an Viktor Heegers Bühnenspiel von der Seminar-Lotterie! Zu meiner Zeit kamen von dort die Einberufungsbefehle; denn dort war u. a. das Wehrbezirkskommando untergebracht."

Janinas Mahnung, wir sollten allmählich zum Auto zurückkehren und nach Karlsbrunn ins Hotel zurückfahren, mag ich wohl überhört haben. Denn ich sprudelte weiter: „Und rechts von hier, dicht neben dem Seminargebäude, das ist Gretchens Elternhaus. Du weißt doch: die Gespielin meiner Jugend!" Und wieder tat Janina gut daran, mich dem Sinnieren zu überlassen ... Gretchen, Gretchen!

Gedankenverloren war ich schlendernd meiner Frau gefolgt,

die an unseren Rückstart dachte und auf das Auto zusteuerte. Der durch Bäume und Sträucher abgeschirmte Erdboden war noch immer feucht, und in den Fahrrinnen zwischen den Baumreihen der Allee und erst recht in den Wendespuren der schweren Lkws stand noch das Regenwasser. Als ich an einer der glitschigen Furchen in eine Pfütze hineinrutschte und mich in einer formvollendeten Pirouette drehte, holte mich Janinas Lachen auf den Boden der Tatsachen zurück. Das war eben im wahrsten Sinne des Wortes der Boden der Tatsachen, der Realität! Durchgeweicht, glitschig, instabil, wenig tragfähig!

Damit fand mein erster Besuch nach der Wende sein Ende; der vorherige lag eine halbe Ewigkeit zurück!

Und wo bleibt das Happy-End? Gemach, gemach, lieber Leser, es folgt sogleich! Tempora muntantur – die Zeiten ändern sich, fast eine Lebensweisheit!

Im Herbst des übernächsten Jahres fand bereits auf freiem Gelände vor der Mariahilfkirche ein feierlicher Gottesdienst statt, und die einst so martialisch geschändete Wallfahrtskirche wurde – samt Freigelände ringsum, Köhlerbergallee und -auffahrt – in einen Zustand versetzt, daß man der Gottesmutter zumuten konnte, erneut Einzug zu halten und Wallfahrer zu empfangen. Die Pilger kommen allerdings weniger aus der Stadt zu ihren Füßen und aus den umliegenden Dörfern; das braucht noch seine Zeit! … nos et mutamur in illis – heißt es in obiger lateinischer Sentenz weiter. … und wir ändern uns mit ihnen. Zunächst aber besuchen Touristen und Wallfahrer den Köhlerberg, die von weither dorthin wallen, von jenseits der Grenzen, aus Süddeutschland und aus Österreich, allmählich auch aus den neuen Bundesländern. Die Zeiten ändern sich, und wir ändern uns mit ihnen …

Kaum zu glauben, aber wahr

Im Angebot: eine Piece mit Anklang an eine Lokalposse, nur teilweise dialogisch.
Schauplatz des Geschehens: verkehrsreicher Platz im Zentrum einer Großstadt des benachbarten deutschsprachigen Auslands, zum Beispiel der Stephansplatz in Wien.
Zeit des Geschehens: ein sonniger Nachmittag in der touristischen Hochsaison.
Handelnde Personen: zwei Ehepaare in einem Pkw mit dem Nationalitätskennzeichen D; als dramaturgischer Gegenspieler ein Wiener Polizist, uniformiert, im Bewußtsein seiner Überlegenheit.
Verteilung der Sitzplätze im Pkw: Fahrer, Beifahrer (mit dem Erfahrungsschatz von etwa 50 Wien-Besuchen), die Damen auf den Rücksitzen.
Vorhang auf!

Uniformierter: Hier dürfen Sie nicht halten!
Beifahrer: Wir wollen zu dem Hotel hier und laden nur unsere Koffer aus.
U: Hier nicht!
B: Uns wurde mitgeteilt, wir dürften hier kurz halten.
U: Hier nicht!
B: Wir wollen ja nur das Gepäck ausladen!
U: Hier nicht! Hier ist eine Bushaltestelle!
B: Dann fahren wir ein paar Meter vor und halten dort rechts am Rande des Stephansplatzes.
U: Dort nicht, dort fährt der Bus eine Kurve und muß ausholen!
B: Ja, wo sollen wir dann halten?
U: Vor dem Hotel!
B: Da ist doch das Hotel, da wollen wir hinein!
U: Ja hier geht es nicht!

Regieanweisung: Dem Beifahrer wird bewußt, daß sie inzwischen dreimal die Koffer hätten aus- und wieder einladen können. Entgeistert richtet er den Blick himmelwärts, wartet diszipliniert die Wirkung des Adrenalinstoßes ab und schluckt trotz völlig ausgetrockneter Kehle alles hinunter, was der Uniformierte vielleicht hören wollte, um amtshandelnd wegen Beamtenbeleidigung einschreiten zu können.

Die obige Szene stammt nicht aus einem Sketsch der „Lach- und Schießgesellschaft" oder dem Programm eines anderen Kabaretts. Es war vielmehr bitterer Ernst und kann von den anderen ebenfalls volljährigen und wohlbeleumundeten Fahrzeuginsassen bezeugt werden. Welch ein Glück, daß anstelle biederer Schwaben nicht urwüchsige Münchner im Auto saßen, die schon in der Halbzeit des Diskurses erst einmal ein befreiendes „Jo Himmikruzitürken!" von sich gegeben hätten. Was anschließend noch hätte geschehen können, möchte ich im Interesse der gutnachbarschaftlichen Beziehungen gar nicht wörtlich wiedergeben. Nur so viel sei bemerkt, daß ein bayerischer Amtsrichter bereits zugeben mußte, das ominöse Götz-Zitat erfülle im bayerischen Sinne *nicht* den Tatbestand einer Ehrenbeleidigung.
„Jo mi leckst… Sakradi, samma denn im Irrenhaus?" hätte sich der wackere Vertreter der Wiener Exekutive schon fragen lassen müssen. Nun ja, wäre die ohnehin bedrohliche Situation eskaliert, hätte der Uniformierte immer noch von der Schußwaffe Gebrauch machen, Verstärkung anfordern und bei einem Fluchtversuch der Täter den „Kommissar Rex" einsetzen können.
Doch um nicht gleich bei unserer Ankunft in der geliebten Wienerstadt, von der wir unserem befreundeten Ehepaar viel vorgeschwärmt hatten, einen mittelprächtigen Skandal zu riskieren, bogen wir in die Rotenturmstraße ein, fuhren um ein Dutzend Häuserblocks herum, kehrten an die Stelle zurück,

die der Ordnungshüter so energisch verteidigt, aber inzwischen verlassen hatte, luden das Gepäck aus und fuhren das Auto in die nächste Tiefgarage.
Kommentar überflüssig? Wir erwogen den Sachverhalt. War der vom Streifendienst ermüdete, von Haus aus nicht mit einem Hauch an Charme ausgestattete Polizist an jenem Nachmittag überfordert? Oder waren wir Fremdlinge aus Deutschland lediglich zur falschen Zeit am falschen Ort?
Jedenfalls war mit der Abfertigung an der Hotelrezeption die Welt wieder in Ordnung. Unzählige liebenswürdige Wienerinnen und humorige Wiener bestätigten während unseres 14tägigen Aufenthalts unseren Anfangsverdacht: Der Uniformierte sollte bei unserer Ankunft lediglich ein Kontrastprogramm vorstellen.

Magie im Reiche des Titlis

Es ist nicht ganz einfach, den amöboid auseinanderstrebenden Vierwaldstätter See zu gliedern. Doch es dürfte genügen, auf den Südrand zu verweisen und den berühmten Bürgenstock zu fixieren, um so die Orientierung zu finden und ins Engelberger Tal zu gelangen. Die 28 km lange Stichstraße überwindet, parallel zur Engelberger Aa, etwa 600 Höhenmeter und führt bis zum Talboden von Engelberg auf etwa 1000 m hinauf. Von hier gelangt der Wanderer schließlich – über Harbis – ans „Ende der Welt", oder er wandert, vorbei am Herrenrüti, an dem idyllischen Gasthaus "Alpenrösli", am Stäfeli, am Stierenbachfall, bis zu einem Talkessel mit ausgedehnten Weiden, wo man ein zweites Mal wähnt, das Ende der Welt erreicht zu haben.
Doch auch eine Bergwanderung zum Brunni und zum Bergli hat ihre Reize, denn von der Brunnihütte bietet sich ein einzigartiges Hochgebirgspanorama dar. Nicht zu versäumen einen Streifzug durch die Enzianmatten auf der Gerschnialp, die im August zur Attraktion gedeihen.
Was wäre aber ein Urlaub in Engelberg ohne Titlis! Mit der Gondel der Luftseilbahn schwebten wir hinauf zum Kleinen Titlis und stapften dann durch Matsch und Schnee hinauf zum Gipfel des Titlis (3239 m).
Die meisten touristischen Angebote kannten wir bereits von einem früheren Urlaubsaufenthalt. Deshalb hatten wir diesmal eine Tour zusammengestellt, deren Etappen wir nicht kannten und die uns neues Naturerleben vermitteln sollte: Vom Trübsee mit der Sesselbahn zum Jochpaß, Abstieg zum Engstlensee, nach gebührender Rast zurück zum Jochpaß, Pause zur Kräftigung mit Speise und Trank; dann stand der an den Beinmuskeln zehrende Marsch hinab zum Trübsee bevor, die Rückkehr zum Ausgangspunkt, wo wir das Auto geparkt hatten.

Bald wanderten wir munter drauflos – bei günstigster Wetterlage und bester stimmungsmäßiger Verfassung. Es war zwar kein dorniger, doch ein steiniger Weg, den wir entlangstolperten. In der Tat – immer wieder stolperten wir über den ein oder anderen glitzernden Stein, und zwangsläufig hefteten sich unsere Blicke gebannt auf den Weg, um sicher auftreten zu können, aber auch, um die Eigenart einzelner Steine zu beurteilen.

„Der glitzert aber besonders kräftig“, ließ sich nach einer Weile meine Frau vernehmen. „Meinst du nicht, daß es ein schönes Erinnerungsstück für unseren Terrassenhang zu Hause wäre?“ –

„Das schon“, erwiderte ich, „aber wer soll sich denn damit abschleppen! Vielleicht finden wir weiter unten ja ein noch schöneres Exemplar!“

Um Einwände nie verlegen, wenn sie etwas nach ihrem Willen erreichen will, meldete Janina ihre Bedenken an: „Ja, wenn wir weiter unten einen schöneren finden! Wenn aber nicht? Was dann? Willst du dann kehrtmachen und noch einmal zum Jochpaß hinaufkeuchen?“

Das wollte ich nicht, und schon hatte ich weitere Argumente zur Abwehr des Vorhabens meiner Holden bereit: „Es ist doch wohl nicht allzu wichtig, einen solchen Brocken zu besitzen! Oder doch? Stell dir vor, jeder hätte diesen Wunsch! Dann wäre das Titlismassiv bald abgetragen.“

Wir waren inzwischen ein paar hundert Meter weitergestolpert.

„So ein Schmarren“, schallte es zurück, doch sie kam mir mit einem Kompromißvorschlag entgegen, den sie für großartig hielt und den ich nicht parieren konnte. „Weißt du was? Wir suchen uns einen besonders schön glitzernden, interessant gemaserten Stein, nicht zu groß und nicht zu klein, möglichst handlich, daß er sich gut transportieren läßt, und dann tragen wir ihn abwechselnd. Einverstanden?“

Ich war einverstanden, und schon nach kurzem Suchen hatten wir den Stein der Weisen, will sagen: den Stein unserer Wünsche gefunden. Der würde an unserem Terrassenhang unbedingt auffallen, und jeder Gast müßte aufmerksam werden, würde nach seinem Ursprung fragen und eine recht sonderbare Geschichte zu hören bekommen.
Glitzernd, gemasert, nicht zu groß und nicht zu klein, ein massives kantiges Etwas, so richtig geeignet, den geologischen Raubbau an den Alpen einzuleiten. Ich weiß nicht, wie viele Pfund er gewogen hat, bin jedoch noch heute davon überzeugt, daß es ein Stein von magischen Qualitäten war. Er besaß nämlich die Eigenschaft, von Minute zu Minute, von einem Stolperer zum anderen immer schwerer zu werden. Mir fiel das Riesengebirge ein, wo sich sofort für jede Art von Magie eine Erklärung ergeben hätte. Sollte etwa Rübezahl in den Zentralalpen zu Gast weilen?
Wir wechselten uns mit dem Transport ab, wir trugen den Stein zu zweit, wir kämpften gegen eine mögliche Kapitulation an und ermutigten uns gegenseitig („Wo wir ihn doch jetzt schon so weit geschleppt haben …“), es half alles nichts. Das Trumm wurde immer schwerer und schwerer.
Wir hatten bereits die Baumgrenze erreicht, und der bisher felsige, geröllhaltige, furchige Pfad tauchte allmählich ins Grün der Matten ein. Allen Widrigkeiten zum Trotz wankten wir weiter den Hang hinab und büßten dabei alle Sünden ab; vermutlich die unseres sündigen Lebens in der Stadt, denn „auf der Alm gibt's keine Sünd'“. Schon näherten wir uns dem Ausgangsunkt unserer Tagestour, wo wir unser Beutestück im Kofferraum verstauen wollten. Da durchzuckte mich ein genialer Gedanke.
„Paß auf, was ich jetzt mache“, sagte ich zu meiner Frau, um sie aus der Lethargie zu befreien, die in der letzten Viertelstunde von ihr Besitz ergriffen hatte. Vielleicht hätte sie in der augenblicklichen Situation sofort zugestimmt, wenn ich mit

dem Vorschlag gekommen wäre, unsere Schnapsidee aufzugeben. Aber schließlich hatte sie selbst ja die ganze Prozedur in Szene gesetzt. Da platzte ich mit einem neuen Einfall dazwischen.

Mit Anlauf und kräftigem Schwung schleuderte ich den Stein den Hang hinab, und siehe da, er schnellte mehrmals hoch, flatterte ein wenig und rollte zwanzig, dreißig Meter vor mir her. Phantastisch! Das war die Lösung! Der Stein würde mit Hilfe dieser soeben ausprobierten Technik doch noch unseren Terrassenhang erreichen.

„Da muß man's haben, nicht da", triumphierte ich, indem ich zunächst mit dem rechten Zeigefinger an die Stirn tippte und dann an den Bizeps des linken Arms.

Es funktionierte wie nach Plan. Immer aufs neue nahm ich Anlauf, und schon purzelte der Stein den grasigen Weg hinab. Sogar Janina beteiligte sich, erneut zu Kräften gelangt, an der mythologischen Disziplin des Steinschleuderns, mit der einst Siegfried in „der Nibelunge Not" mit oder ohne Tarnkappe zu brillieren verstand.

Im Geiste sahen wir uns bereits am Ziel unserer Wünsche und am Ziel bzw. Ausgangspunkt unserer Wanderung. Da holte ich noch ein letztes Mal zu einem mächtigen Wurf aus und hätte damit bestimmt die olympische Norm überboten, wenn man das Steinstoßen als olympische Disziplin der Antike in die Neuzeit übernommen hätte und Mindestleistungen festgesetzt worden wären.

Es war eine Freude, den Stein zu Tal hüpfen zu sehen und zu beobachten, wie er einige Zickzackwendungen vollführte, doch dann entschwand er unseren Blicken – und das für immer. Wir folgten zwar seiner Spur, soweit sie sich wahrnehmen ließ, doch er war in einem Meer großflächiger Lattichblätter und dichter Buschen an Farnwedeln untergetaucht. Alles Suchen war vergeblich und der geologische Abbau der Alpen somit gestoppt.

Ob Rübezahl, der einstige Herrscher des Riesengebirges, nicht doch die Alpen zu seinem neuen Betätigungsfeld auserkoren hat? Vielleicht sogar, weil er sich in deutschsprachigen Regionen besser verständigen konnte? Es heißt, daß er das Schwyzerdütsch leidlich beherrsche, während er in seinem heimischen Reich kaum noch einen Schabernack wagt, weil er weder des Tschechischen noch des Polnischen mächtig ist.

Hoch thront Schloß Heidecksburg

Weimar bescherte uns – wie bei jedem Besuch – wieder viele neue Eindrücke, zumal sich meine Interessen während der vergangenen fünfzig Jahre gewandelt hatten oder bewußt zeitbedingten Zielsetzungen folgten. Unwillkürlich erinnerte ich mich an den „Kellner des Gasthofes Zum Elephanten ...“, der bekanntlich nach Thomas Manns Vorstellung „an einem fast noch sommerlichen Tage ziemlich tief im September des Jahres 1816 ein bewegendes, freudig verwirrendes Erlebnis“ hatte.
Es war zwar tief im April des Jahres 2001, wir kamen auch nicht mit der „ordinären Post von Gotha“, sondern mit unserem Pkw von Jena, aber das Faktotum, das uns vor dem Hotelportal mit dem Gepäck behilflich war, hätte mit seiner berufsmäßigen Ausstaffierung sowie mit Haltung und Bewegung sofort vor die Kamera treten dürfen, wenn in der Reihe „Verfilmung von Weltliteratur“ die erste Szene am Originalschauplatz hätte gedreht werden sollen.
In Weimar nahm ich zwar immer wieder Thomas Manns Roman zur Hand, um darin zu blättern und „Lotte in Weimar“ auferstehen zu lassen. Doch nicht weniger nachdenklich stimmte mich die Widmung auf dem Deckblatt des Buches: Laß unseren Blick sich auftun und unsere Augen groß sein für die Einheit der Welt – groß, heiter und wissend. Als Dank für die Weimarer Tage, die auch unter diesem Motto standen. – Es folgen die Unterschriften der damaligen Exkursionsteilnehmer: Elfriede Kopfermann, die den Text eingetragen hatte, Jörg Wangerin, Karl-Fr. Kölzow und sieben weitere, von denen ich jedoch keine konkrete Vorstellung mehr habe. Was mag aus ihnen geworden sein, ihnen allen, die ich damals – wohl 1953 – als Mentor für Deutsch bei ihrem Fernstudium in einer mecklenburgischen Kreisstadt betreut habe und für Weimar zu begeistern vermochte?
Verständlich, daß sich jene wirre Zeit vielfältig mit meinen

jetzigen unmittelbaren Eindrücken vermischte. Nach all diesen bewegenden Stunden und Tagen von Weimar galt es die Heimreise anzutreten. Diesmal wollten wir den ersten Teil der Wegstrecke „quer durchs Land“ fahren. Dürftige Straßenbeschilderung, Baustellen, Umleitungen, Schotterstraßen mit Einnebelung – solche Mißlichkeiten hatten wir zwar nicht eingeplant, und wir hätten auf die abenteuerlichen Aspekte der Tour gern verzichtet; doch wir wußten, daß wir uns dem Saaletal nähern, und das würde uns für den aufkeimenden Grimm entschädigen. Und so kam es auch.
Rudolstadt kündigte sich an, doch noch ehe ich „an der Saale hellem Strande“ meine Blicke schweifen lassen konnte, gewahrte ich sie, hoch über dem Stadtpanorama thronend: die Heidecksburg. Ein Stichwort, das mich voll bewegender Augenblicke Hunderte von Kilometern nach Osten entrückte und mich in meine verlorene Heimat im Altvatergebirge versetzte.
Ich erinnerte mich an den turbulenten Herbst des Jahres 1938, als ich mich im Realgymnasium von Freudenthal angemeldet hatte, um die zweite Hälfte des Pensums auf dem Weg zur Matura, die man jetzt Abitur nannte, in Angriff zu nehmen. Schon wenige Wochen nach meinem Einstand in der Penne war ich fest in die Klassengemeinschaft eingegliedert, und so durfte ich das erste „private Klassenfest“, eine Nikolofeier im Gasthof „Neue Welt“, miterleben. Die kleine Tanzkapelle aus den eigenen Reihen hat sich geradezu übertroffen. Der Klang der flotten Musik erfüllt noch heute meine Ohren, und den Marsch „Hoch-Heidecksburg“ von R. Herzer rissen die beiden Geiger Gerhard und Hartel von den Saiten, als wollten sie sich damit einen Saitensprung einhandeln. Es war eine Wucht! Erst als das Herannahen der Polizei gemeldet wurde und die „schuldigen“ Organisatoren mitsamt ihrem schlechten Gewissen zu den Erdgeschoßfenstern hinaussprangen, erfuhr ich, daß das ganze eine „nichtgenehmigte Veranstaltung“ war.

Ein Jahr später begann der Krieg. Die wohlbehütete Gemeinschaft einer Schulklasse fiel dem Chaos des Krieges und der Nachkriegszeit zum Opfer. Der Marschrhythmus zum Ruhme der Heidecksburg und die Erinnerung an eine einmalige Klassenfeier haben die Zeiten überdauert. Der Anblick der stolzen Heidecksburg hatte in mir eine Faszination ausgelöst, die nur in Verbindung mit Anno dazumal verständlich wird.
Nicht weniger effektvoll vermag mich das Erste deutsche Fernsehen in meine Jugend zurückzuversetzen, wenn die Volksmusiksendung mit Carmen Nebel ausgestrahlt wird. Noch ehe die quirlige Moderatorin in Aktion tritt, ertönt nämlich als Auftaktmelodie, vom Fernsehballett wirkungsvoll in Szene gesetzt, der Marsch „Hoch-Heidecksburg“! Und schon ist es fast greifbar, nein: hörbar, das Klassenfest vor mehr als sechzig Jahren!

Sie neckten nur das Tier zum Scherz

Die Donauwörther Hausfrauen scheinen es überhaupt in sich zu haben, wenn es darum geht, Entgegenkommen zu zeigen, Kontakte zu knüpfen, eben Nordschwabens freundliche Mitte würdig zu vertreten.
Von einer Hausfrau aus dem Stadtteil Nordheim erzählt man sich die folgende Episode.
Es war ein Sommertag wie aus Ottos Versandkatalog. Oder war's bei Quelle? Nein, im Karstadtangebot muß es gewesen sein! Der Nachmittag brütete beschaulich vor sich hin. Plötzlich schlägt der Hofhund an, und er will gar nicht mehr aufhören zu bellen.
„Da muß ich doch mal nachsehen, was los ist", denkt sich Frau Barbara, und sie tritt vor die Haustür.
„Guten Tag, schöne Frau", schallt es ihr von der Gartenpforte entgegen, fast dreistimmig im Chor. Doch die drei Passanten machen keinesfalls den Eindruck, als seien sie Spitzbuben. Sie waren lediglich durch das Bellen des Whiteterriers aufmerksam geworden und neckten den Vierbeiner. Fast hat es den Anschein, als wollten sie die neckischen Spielchen auf die Frau des Hauses ausdehnen, die sich inzwischen an den Gartenzaun begeben hat und sofort bereit war, ein Gespräch zu beginnen. Nein, wegen der drei Mannsbilder, immerhin durch den Zaun von ihnen getrennt und vom Hund bewacht, brauchte sie keine Bedenken zu haben. Offenbar hatte auch der Hund keine Angst, obwohl er sich taktvoll im Hintergrund hielt.
„Gestatten Sie, Madame! Wir sind Touristen aus Norwegen, der Olaf, der Haakon, und ich bin der Einar aus Bergen am Puddefjord. Wir wohnen ganz in der Nähe in einem Hotel, wollten vor dem Abendessen noch ein wenig spazierengehen und da uns Ihr Hund so freundlich angebellt hat, haben wir haltgemacht. Wir hoffen sehr, daß Sie uns nicht auch anbellen!

Oder heißt man hierzulande Fremdlinge auf diese Weise willkommen?“
Frau Barbara begriff sofort; sie hatte für das Hundegebell einiges gutzumachen. Keiner soll sagen dürfen, man werde in Nordschwabens freundlicher Mitte nur angebellt.
Und Frau Barbara bot all ihren Charme auf, und nach etwa einer Viertelstunde fand man sich gemütlich bei Kaffee und Kuchen in der guten Stube.
Was stellte sich heraus? Die drei norwegischen Touristen waren nämlich gar keine normalen Touristen, sondern Fährtensucher auf den Spuren, die sie vor 45 Jahren hinterlassen hatten. Schon bald nach dem Blitzüberfall auf Norwegen – die deutschen Strategen wollten ja damals dem Tommy zuvorkommen – wurden sie von Organen der deutschen Besatzungsmacht als Partisanen aufgegriffen und schließlich nach Deutschland abtransportiert. Man schleppte sie von Lager zu Lager, und schließlich wurden sie als „Politische“ in der Strafanstalt Kaisheim – oder hieß das damals noch Zuchthaus? – einquartiert, und zwar getrennt von den „Kriminellen“. Zur Zeit des ersten schweren Bombenangriffs auf Donauwörth waren sie noch dort inhaftiert. Bald danach verfrachtete man sie noch anderswohin, und dort wurden sie dann von den Amis befreit und gelangten wohlbehalten in ihre Heimat.
Kaisheim hatte für sie zwei Gesichter. Einerseits befand sich dort eine Strafanstalt, in der sie als Häftlinge gefangengehalten wurden. Andererseits versorgte sie damals die Ehefrau eines Aufsehers mit zusätzlicher Verpflegung und vor allem mit Decken, und ihr verdankten sie nicht zuletzt, daß sie alle Strapazen durchstehen konnten.
Und nun wollten sie also hier in der Region ein wenig Ausschau halten, um Erinnerungen aufzufrischen und zu erfahren, wie man in Kaisheim und in dem bombenzerstörten Donauwörth lebt.

„Sie sehen, Madame, wir sind auf der Spurensuche, auf der Suche nach unserer Vergangenheit, von der uns ein Abschnitt vom Beginn der vierziger Jahre in unserem Lebenslauf fehlt."
Sie sprachen recht gut deutsch, die drei Norweger, und nötigenfalls half einer dem anderen aus, wenn um bestimmte Vokabeln gerungen wurde.
Erst kürzlich nahm Barbara mit Familie im norwegischen Bergen Verbindung mit Einar auf, und sie kehrte nach Donauwörth zurück in der Überzeugung, dazumal richtig gehandelt zu haben, als sie dem Bellen ihres Hundes Einhalt geboten hatte. Vermutlich hat sie dazu beigetragen, daß die Wunden von Narvik rascher vernarben.

Grüße aus der Anonymität

Eine Geschichte zum Valentinstag

Zum Valentinstag jemandem einen Gruß zu senden oder gar ein Präsent zukommen zu lassen, dafür findet sich immer eine Adresse. Vor einigen Jahren hat es sich ergeben, daß ich ein Ehepaar mit fünf Kindern, mit dem wir befreundet waren – und heute noch sind –, in einer Nachbargemeinde wohnhaft, zum Empfänger eines Valentinspäckchens erwählt hatte. Der Familienvater als Bundeswehroffizier war mehr für den „Außendienst" zuständig, während die Frau des Hauses als „zentrale Anlaufstelle innerhalb der Familie" wirkte. Das wußte ich, und deshalb sollte das Päckchen an den Namen der Mutti adressiert werden. Mit dem Versand beauftragte ich eine renommierte Regensburger Konfiserie, die ich von früheren Besuchen in der Domstadt kannte – und das Schicksal nahm seinen Lauf. Da ich es nicht ausdrücklich gewünscht hatte, wurde von der Versandfirma der Auftraggeber nicht genannt; das erziele einen größeren Überraschungseffekt, und dies sei so üblich – wie man mir später erläuterte.
Das alles geschah in einer Zeit, als die Zeitungen immer wieder von Kriminalfällen berichteten, in denen Päckchen versandt worden waren, deren Inhalt den nichtsahnenden Empfänger vom Leben zum Tode befördern sollte – und auch befördert hat. In einem Fall handelte es sich um vergiftete Pralinen. – Mein Valentinspräsent traf also pünktlich bei unseren Freunden ein, Mutti öffnete es, und die Freude war groß; doch blitzschnell schlug sie ins Gegenteil um, als sie sich erinnerte … da war doch kürzlich jemand mit vergifteten Pralinen, die in einem Päckchen per Post zugestellt worden waren, ermordet worden …
„Kinder, daß mir keiner das Päckchen anrührt, ehe nicht geklärt wurde, was es damit auf sich hat!" So lautete die katego-

rische Anweisung der Mutti, und der Herr des Hauses signalisierte sein Einverständnis. Man konnte ja wirklich nicht wissen … Und die Pralinen wurden im Schrank eines Nebenzimmers deponiert.

Wer den Anfang gemacht hatte, das ließ sich später trotz hochnotpeinlicher Befragung im Familienrat nicht mehr genau ermitteln. Tatsache ist, daß eines der älteren Kinder die mütterlichen Bedenken beiseite schob und schon am folgenden Tag der in Versuchung führenden Schachtel die ersten Proben entnahm. Auch die anderen Geschwister, eines nach dem anderen, opferten sich für den Rest der Familie und wagten, jedes unabhängig vom anderen, heimlich den Griff in die Pralinenpackung. Sie fühlten sich in der Richtigkeit ihres Handelns bestärkt – wie sie auf Befragen zugaben -, als sie die Nacht, die auf das mutige Probieren der Pralinen folgte, komplikationslos überstanden hatten und morgens pumperlgesund am Frühstückstisch erschienen, Jungen wie Mädchen in dem Bewußtsein, ein „süßes Geheimnis“ bewahren zu müssen. Völlig unschuldig war nur das Nesthäkchen. Das Mädchen leidet nämlich an einer intensiven Allergie und hat sich damit abgefunden, Süßigkeiten zu meiden.

Inzwischen war die Rechnung der Regensburger Konfiserie bei mir eingetroffen, und natürlich wollte ich sie nicht begleichen, ehe ich erfahren hatte, daß alle Postsendungen ihre Adressaten erreicht hatten.

„Ich war mir nicht ganz sicher, doch ich hatte dich schon sehr im Verdacht, daß der süße Valentinsgruß von dir sein könnte“, gestand mir während eines Telefonats die verantwortliche Dame des Hauses, und auf beiden Seiten war man erleichtert, daß die kritische Situation eine ganz harmlose Erklärung gefunden hatte und daß sich die beschenkte Familie nun vorbehaltslos dem Genuß der köstlichen Pralinen hingeben durfte.

Was anschließend geschah, mag sich den Ermittlungen des Chronisten zufolge etwa so abgespielt haben: Nach dem

Abendessen saß die ganze Familie noch um den Tisch versammelt, und nun wollte die Mutti verkünden, was sie in der „giftigen Angelegenheit“ erfahren hatte; dabei sollte zum allgemeinen Ergötzen der Karton mit den Pralinen herumgereicht werden, sozusagen als Nachtisch …

Ab hier schweigt des Sängers Höflichkeit. Was noch zum Anbieten übriggeblieben war, nennt man in der Kaufmannssprache bekanntlich die Tara, und in der Verpackung präsentierten sich netto nur einige unansehnliche Krümel als Reste einstiger Herrlichkeit.

Die Überraschung zum Valentinstag war nachträglich also doch noch gelungen.

Wolffs Revier in Ascona

Der Urlaub in Ascona im vorigen Herbst war längst geplant, und wir hatten es auch nicht eilig damit, unseren Hotelaufenthalt zu buchen. Aus der Erfahrung wußten wir, daß es keine Schwierigkeiten bereitete, in der Nachsaison ein Hotelzimmer zu bestellen. Wir waren daher nicht wenig erstaunt, als wir der Dame in der Rezeption unseren Wunsch telefonisch vortrugen, erfahren zu müssen, auf Anhieb könne man uns nicht zusagen, man wolle sich jedoch bemühen … Ein stattliches Filmteam war für fast vier Wochen unterzubringen, weil an der Piazza von Ascona Teile der ZDF-Produktion „Ferienarzt Tessin" gedreht würden.

In der Tat liefen uns dann bald – man hatte den Aufenthalt in unserem „Traditionszimmer" möglich gemacht – Nadja Tiller und Walter Giller mehrmals über den Weg, allerdings in der Hauptsache „zum Zwecke" der Betreuung ihres Schoßhündchens. Nach getaner Arbeit vor der Kamera wurden sie nicht weiter gesichtet. Da sie in Lugano wohnen, fuhren sie wohl allabendlich nach Hause.

Die Crew vom Hauptdarsteller bis zum dritten stellvertretenden Beleuchter pflegte – offenbar wegen der günstigen Lichtverhältnisse – schon in den frühen Morgenstunden an die Arbeit zu gehen, was zur Folge hatte, daß der Frühstückssaal von gähnender Leere strotzte, wenn wir gegen halb zehn Einlaß begehrten und unsere Vorbereitungen für ein lukullisches Frühstück trafen.

Doch dann ergab es einmal, daß zwar die notorischen Frühaufsteher bereits den Raum verlassen hatten, an einigen Tischen aber doch Gäste zurückgeblieben waren, von denen sich viele kannten, wie sich bei ihrem Kommen und Gehen, an ihren Gesprächen und ihrem Gestikulieren feststellen ließ.

Und da saß er nun an unserem Nachbartisch neben seiner Frau, wie wir nachträglich erfuhren, der Mann, den die halbe

Nation als den Hauptakteur in „Wolffs Revier" identifizieren könnte, Kommissar Wolff, wenn auch ohne seine Filmtochter Verena. Wer weiß schon, daß er Jürgen Heinrich heißt! Man kann nicht viel falsch machen, wenn man ihn als den Kommissar Wolff anspricht, zumal wir uns bald davon überzeugen durften, daß er Spaß versteht – und seine Frau nicht weniger!
Es vergingen nur wenige Minuten, bis zu der Wahrnehmung, daß es hinter der Stirn des Kriminalers zu knistern begann. An der Tat selbst gab es nichts zu deuteln, denn der Vorgang hatte sich gewissermaßen coram publico abgespielt. Ort der Handlung und Zeit des Geschehens: mehrfach durch Zeugen abgesichert. Tatwaffe: mühelos sichergestellt.
Tat und Täterin – dazu waren die Schlußfolgerungen eindeutig. Ich weiß, daß ich gegen meine eigene Frau nicht aussagen muß. Die eigene Frau! Die goldene Hochzeit haben wir seit Jahren hinter uns. Mehr als fünfzig Jahre mit derselben Frau verheiratet. Und dann so etwas!
Mit elegantem Schwung hatte sie das Glas voll Tomatensaft über den üppig gedeckten Frühstückstisch gefegt. Doch der Herr Kommissar nahm's gelassen, denn weder er noch seine Frau hatte auch nur einen einzigen Spritzer abbekommen. Aber noch war die Kette der Aufklärung des Falles nicht lückenlos! Denn es fehlte das Motiv! Sollte etwa ich mit Tomatensaft ausgeschaltet werden? Nein, dazu wich der Schuß zu weit von der Zielrichtung ab. Außerdem wäre jeder Versuch in diesem Sinne riskant gewesen, denn Elke, eine Freundin unseres Hauses und Reisebegleiterin, hätte als objektive Zeugin auftreten können.
Da ließ sich meine Angetraute in Reue vernehmen: „Ich will nichts beschönigen und gestehe, daß ich mir keinen anderen Rat wußte; ich wollte einfach Aufmerksamkeit erregen."
Kommissar Wolff verstand den Spaß und reagierte schlagfertig mit entwaffnendem Charme: „Aber Madam, das haben Sie doch gar nicht nötig!"

Und Frau Heinrich trug zur weiteren Auflockerung der Situation bei und ergänzte: „Mein Mann hatte einen ähnlichen Kriminalfall schon einmal zu lösen. Damals allerdings überschwemmte der Tomatensaft nicht den Frühstückstisch, sondern ergoß sich in meine Handtasche. Die Tat selbst vollbrachte unser erwachsener Sohn, so daß alles in der Familie blieb. Im übrigen lehnten Täter und Opfer den ermittelnden Kommissar wegen Befangenheit ab."
Die Akte mit dem vitaminreichen „Fall Tomatensaft" konnte geschlossen und dem Archivar übergeben werden.

Aus der Welt der Opern

Ich war wohl 14 Jahre alt, als mich die Eltern eines Mitschülers, den ich schulisch ein wenig betreut habe, dazu einluden, die Familie ins Brünner Stadttheater zu begleiten und Richard Wagners „Fliegenden Holländer“ kennenzulernen; denn sie wußten, daß ich ein eifriger Theaterbesucher war. So erlebte ich die erste Wagner-Oper. Doch ich zweifle sehr daran, ob ich den Matrosenchor „Steuermann, laß die Wacht!“ noch von damals im Ohr habe oder von späteren Konzerten, aus Rundfunk bzw. Fernsehen oder von Schallplatten.

Als es mich im Krieg nach Prag verschlug – es muß wohl etwa auf halbem Wege zum „Endsieg“ gewesen sein –, hatte ich Gelegenheit, im Nationaltheater eine weitere Wagner-Oper zu sehen und zu hören, nämlich „Die Walküre“. Und ich blende zurück in den Deutschunterricht im Gymnasium. Auf die Frage nach einer Alliteration konnten wir die erklärende Antwort gar nicht besser belegen als mit dem Zitat „Winterstürme wichen dem Wonnemond“. Und jetzt erlebte ich also die Originalszene mit dem Zwiegesang von Siegmund und Sieglinde: Winterstürme wichen dem Wonnemond ..., jene bewußt gewählte Häufung gleicher Anfangskonsonanten, wie sie sich bereits in der althochdeutschen Dichtung und weit davor als „Stabreim“ findet, bis er vom „Endreim“ verdrängt wurde.

Und dann die aufwühlende Walkürenmusik mit Brünnhildes durchdringendem „Hojotoho! Heiaha!“ Der entfesselte Wagner in seinem Element!

Ein halbes Leben lang begleitete mich der Wunsch, einmal an einer Wagner-Oper in Bayreuth teilzuhaben. Mein Wunsch erfüllte sich. Man muß es nur abwarten können! Es gelang mir, Eintrittskarten für den „Parsifal“ zu erstehen, wir bestellten ein Hotelzimmer, zur Festspielzeit nicht ganz einfach, sogar die Parkplätze am „Grünen Hügel“ reichten aus, und so erfreuten wir uns, meine Frau und ich, an einem seltenen Genuß. Doch das sonderbare Erlebnis gliederte sich in zwei Komponenten. Das eine war die Aufführung selbst; das andere die Gesamtatmosphäre, von den „heil'gen Hallen" und der musikalischen Versenkung in die Mythologie des Parzival (von Wagner verwandelt zu Parsifal) und der König-Artus-Tafelrunde bis zur Pausenpromenade unter freiem Himmel und dem Ambiente des Festlichen. Die Pausen in Bayreuth dauern eine Stunde, und man pflegt sie als den vierten und fünften Akt der Oper zu bezeichnen.

Man verzeihe mir das Abgleiten ins Profane, wenn ich meinen Zweifel ausdrücke ob der Überlegung, was mich mehr beeindruckt hat. Man muß wohl öfter in Bayreuth zu Gast gewesen sein, um die zweite Komponente hintanzusetzen und primär den ganzen Richard Wagner auf sich wirken zu lassen, das Gesamtkunstwerk.

Und damit ist das entscheidende Stichwort gefallen. Richard Wagner strebte es an, das Gesamtkunstwerk, nämlich Musik, Texte, Bühnenbild samt Inszenierung zu einer Schöpfung aus einem Guß zusammenzufügen. Im musikalischen Bereich räumte er dem Leitmotiv, das er selbst „Grundthema" nannte, die Funktion eines entscheidenden konstruktiven Elements im musikalischen Ablauf der Dramatik seiner Musikdramen ein.

Mit viel Geschick verstand es unser Gymnasiallehrer für Musik in Freudenthal, uns für all diese „Weisheiten" zu gewinnen, ja zu begeistern. Das Leitmotiv mit seiner melodischen und rhythmischen Prägnanz erläuterte er uns am Beispiel des Pilgerchores in Wagners „Tannhäuser" mit derartigem Erfolg, daß ich eine kleine Ewigkeit davon träumte, einer Tannhäuser-Aufführung beizuwohnen, um das Leitmotiv vom ersten bis zum letzten Takt auszukosten. Mehr als fünfzig Jahre sollten vergehen, und auch dann bedurfte es einiger Protektion durch einen einflußreichen Freund, daß sich der

Wunsch erfüllen sollte. In der Münchner Staatsoper stand „Tannhäuser" auf dem Programm.
Um es vorwegzunehmen: Wer Wagner mag, dem kann man auch durch eine jener abwegigen Inszenierungen mit neuzeitlichem Anstrich die Freude an der Musik nicht verderben. Tannhäuser war nun mal ein mittelalterlicher Minnesänger, und das „sagenhafte" Geschehen während des Sängerkriegs auf der Wartburg ist nicht weniger mittelalterlich. Ganz zu schweigen von dem unlauteren Eingriff in die Harmonie des Gesamtkunstwerks!
Opernaufführungen können per se zu einem Erlebnis werden, wenn man sich für den Besuch gezielt entschieden hat und wenn etwa die Akteure in Richard Wagners „Tannhäuser" nicht in Motorradkleidung auftreten. Noch konkreter ausgedrückt, will ich damit sagen, daß ich es völlig ablehne, wenn eine Inszenierung auf Biegen und Brechen etwa das mythologische Geschehen einer nebulosen Vergangenheit in die Gegenwart transponiert, vor allem, wenn damit die eigentliche künstlerische Schöpfung in sträflicher Weise verhunzt wird.
Die „Odyssee" wird auch nicht umgeschrieben, um sie modernen Verhältnissen anzupassen, und Leonardo da Vincis „Abendmahl" wird nicht übermalt, vielleicht sogar von Zeit zu Zeit, um es verständlicher zu machen. Ich meine, einem künstlerisch interessierten Zeitgenossen darf man genügend Phantasie zugestehen, daß er Wagner in die Welt Tannhäusers zu folgen vermag. Da wurden schon Prozesse geführt, weil man es gewagt hat, einen Mülleimer in einer pseudokünstlerischen Gestaltung der Objektkunst anders hinzustellen, als vom Urheber gewollt! Aber Opern unserer großen Meister darf man bis zur Unkenntlichkeit entstellen!
Doch kehren wir zurück zum thematischen Einstieg. Eine Opernaufführung an sich kann also zum Genuß werden. Doch wenn sich der Stimmungsgehalt eines Opernhauses hinzu-

gesellt, das von sich aus ein architektonisches Kunstwerk darstellt, so kann ein Opernabend bleibende Spuren des Empfindens hinterlassen. Nicht von ungefähr kommt es, daß ein Tourist berichtet, die Opernaufführung habe ihn nicht unbedingt gelockt, doch er habe das Opernhaus besichtigen wollen, wenn auch nur vor der Veranstaltung und während der Pausen. So erging es mir mehrfach, etwa mit dem Prager Nationaltheater, mit der bayerischen Staatsoper in München und der Semper-Oper in Dresden.

Da bleibt mir ein Opernabend in den siebziger Jahren in Wien ein Leben lang in Erinnerung, als sich Mozarts „Zauberflöte" in der Geborgenheit der Wiener Staatsoper mit dem Stimmungsgehalt eines Silvesterabends mischte, einschließlich festlicher Erwartung und eines delikaten Mitternachtssoupers zum Ausklang.

Werden dann gar noch die Dirigenten und die Sänger bzw. Primadonnen in die Betrachtung einbezogen, begibt man sich in der Tat in eine andere Welt.

Wir wollen Freunde sein …

Einen besonders nachhaltigen Eindruck auf uns Teenys – obwohl wir den Terminus damals noch nicht kannten – hinterließ der Film „Der Springer von Pontresina“, mit Sepp Rist, Regie: Herbert Selpin. Selbst fünfzig Jahre danach war die Begeisterung noch nicht ganz abgeklungen, und ich legte die Strecke auf einer unserer Urlaubsfahrten durch die Schweiz bewußt so, daß ich Pontresina besuchen konnte.
Der Ablauf der Handlung gipfelte in dem Triumph der Verbundenheit von Gleichgesinnten, Kameraden, Freunden. Der sieghafte Schlußchor (Musik von Will Meisel) drückte all das aus, was wir untereinander füreinander zu empfinden glaubten, zumindest für erstrebenswert hielten: „Wir wollen Freunde sein fürs ganze Leben, wie schön das Leben für uns dann wär’. Wir wollen Freunde sein in schönen Stunden, in trüben Stunden aber noch viel mehr.“
Schillers „Lied an die Freude“ und Beethovens „9. Symphonie“ haben zweifellos den höheren künstlerischen Rang. Doch damit wußten wir dazumal nicht allzuviel anzufangen. „Seid umschlungen, Millionen“, das konnte doch nichts anderes bedeuten als das, was in dem Bekenntnis zum Ausdruck kam: „Wir wollen Freunde sein …“, an dem wir uns berauschten. Von fern her drang ein wenig die Leitmelodie aus dem Film „Die drei von der Tankstelle“ durch den Raum: „Ein Freund, ein guter Freund, das ist das Schönste, was es gibt auf der Welt.“ Ganz im Sinne des Ambrosius, eines der vier großen abendländischen Kirchenväter, und seines Postulats: „Bewahrt die Freundschaft! Es gibt nichts Schöneres auf Erden als sie.“
Das Schicksal hat es anders gefügt. Krieg und Nachkriegswirren haben bewirkt, daß die Freunde aus dem Erbe des „Springers von Pontresina“ in alle Himmelsrichtungen auseinanderstoben. Geblieben ist lediglich der Wunsch, doch

noch einmal zu erfahren, was aus ihnen allen geworden ist. Geblieben ist aber auch die Überzeugung, daß das Hohelied der Freundschaft seinen Klang behalten hat.

Die Problematik um die Erkenntnis wahrer Freundschaft hat mich denn auch Jahrzehnte lang begleitet. Gerade und erst recht in der Verquickung mit eigenem Erleben.

Da hatte also ein Freund zur Feier eines runden Geburtstages eingeladen, seine Freunde gewissermaßen gerufen, und „alle, alle kamen". Es wurde begrüßt, geprostet, eine Rede nach der anderen geredet, gegessen und genossen, getrunken und verbrüdert. Noch ehe die Begeisterung überzuschwappen drohte, begannen sich die Reihen zu lichten. Die bewährten Getreuen rückten näher zusammen, und als dieser harte Kern der Geburtstagsgäste unvermittelt den Höhepunkt erreichte, stimmte ich situationsgemäß unser Bekenntnis an. Im Chorgesang erklang es wie eine Hymne: „Wir wollen Freunde sein fürs ganze Leben ..."

Ich war wohl der einzige, der bei all dem gegen „böse Einflüsterungen" anzukämpfen hatte. Denn mir war bekannt geworden, daß der Jubilar in seiner Jugend mit dem Gesetz in Konflikt geraten war, so daß ihm dieser Makel, längst verjährt, hätte schaden können. Immerhin war er als Unternehmer recht erfolgreich und wollte ganz bestimmt nicht von seiner Vergangenheit eingeholt werden.

Es mag wohl sein, daß auch der allmählich einsetzende soziale Aufstieg einen Wandel gefördert hat. Tatsache ist, daß sich freundschaftliche Zusammengehörigkeit nur noch in gelegentlichen Erinnerungen äußerte, was schließlich Stagnation bewirkte. Ist eigentlich Enttäuschung als Widerpart der Freundschaft eine Notwendigkeit?

Ich beginne zu grübeln, das heißt, „um der alten Zeiten willen" voll Wehmut über Wenn und Aber nachzudenken. In meine Gedanken mischen sich die im Hinterkopf gespeicherten Bilder vom „Springer von Pontresina" – und ein Anflug von Melancholie trägt mir, wenn auch gedämpft, eine jener Melodien zu, mit denen wir Stürmer und Dränger die Welt erobern wollten wie dereinst Goethe und Schiller; doch sie hatte sich gründlich geändert, unsere Welt gegenüber der von damals. Aber wir waren uns einig: „Wir wollen Freunde sein fürs ganze Leben …“

Radetzky und sein Marsch

Es gibt in meinem Leben Melodien, Kompositionen, Musikstücke, die mich von klein auf über Jahrzehnte hindurch begleitet haben, die als jederzeit abrufbereit zur Verfügung stehen und meinem Gehör erhalten bleiben dürften bis ans Ende meiner Tage. Dies gilt zum Beispiel für den „Radetzky-Marsch“ von Johann Strauß Vater. Das aber hat sich nicht zuletzt dadurch ergeben, daß ich im Laufe der Zeit oft und oft Gelegenheiten hatte, meine Bekanntschaft aufzufrischen und meine Vorliebe zu festigen.

Dabei fing alles so ganz banal an. Als wir damals in Troppau wohnten, konnte es geschehen, daß ich nachmittag meinen Vater von seiner Dienststelle abholte, sehr zum Erstaunen des am Portal postierten Wachhabenden, der von mir, dem vierjährigen Knirps, wissen wollte, wer mein Vater sei, aber ebenso zur Überraschung meines Vaters selbst. Doch er hatte Verständnis für mein Vorhaben, nahm mich ohne Zögern an der Hand, und wir marschierten los. Der Rückweg erschien mir allerdings meistens länger als der Anmarsch, und ich wurde müde. Da gab es für Vater keine Bedenken. Kurz entschlossen hob er mich auf, nahm mich auf den Arm – mit der Folge, daß er jetzt forscher ausschreiten konnte, ganz im Rhythmus der altösterreichischen Militärmärsche, wie er dem einstigen Korporal des Kaisers geläufig war. Nur allzu gern flötete er dann mit gespitzten Lippen den Radetzky-Marsch vor sich hin und mir ins Ohr.

Der normale Tagesablauf meines Vaters hatte sich so eingespielt, daß er erst am späten Nachmittag sein Mittagessen einnehmen konnte. Wenn er dann anschließend in unserer Wohnküche auf und ab ging und so gewissermaßen seinen Verdauungsspaziergang absolvierte, pfiff er sogar richtig vor sich hin, einen Marsch nach dem anderen, selbstverständlich auch den Radetzky-Marsch. Im Spaß zitierte er manchmal dabei einen Text in tschechischer Sprache, von dem mir bis heute nicht bekannt ist, wer als Urheber in Frage kommt. Vater war außerdem ganz und gar kein großer Sänger vor dem Herrn, aber es trug zur allgemeinen Heiterkeit bei, dem hochdekorierten Feldmarschall derart Despektierliches nachzusagen, wie es in der deutschen Übersetzung etwa lauten könnte: „Radetzky, Radetzky, das war ein großer Herr, die Knochen den Soldaten, das Fleisch, das fraß nur er.“ In der Tat, so der Wortlaut der Übersetzung aus dem Tschechischen.

Erst als ich ein wenig reifer geworden war, um die patriotische Einstellung meines Vaters beurteilen zu können, wurde mir bewußt, daß er ganz bestimmt nichts Abwertendes über Radetzky gesagt hätte. Und ich selbst wurde später nicht nur über die Persönlichkeit des Feldherrn informiert, sondern bin in der Lage, aus einer wissenschaftlichen Biographie nachzuweisen, daß der obige Spottvers nicht ernst gemeint sein konnte. Denn da steht geschrieben: „Von draufgängerischem Naturell, dabei fürsorglich für seine Soldaten und ein Gegner jedes Bürokratismus, wurde er zum Abgott seiner Truppen.“

Radetzky und der Radetzky-Marsch sind in meinen Erinnerungen längst eine Verbindung eingegangen. Der Marsch wurde im Laufe der Jahrzehnte oft genug von einer Militärkapelle, sinngemäß auch durch Polizei oder Gendarmerie vertreten, in den Saal oder Luftraum geschmettert, bei Kur- oder Promenadenkonzerten durch Mitwirken der Streicher um einige Nuancen sanfter vorgetragen – bis hin zu jener sympathischen Tradition, daß bei den Neujahrskonzerten der Wiener Philharmoniker, als Eurovisionssendung in alle Welt ausgestrahlt, auf den Walzer „An der schönen blauen Donau“ der Radetzky-Marsch den Schlußpunkt setzt, Johann Strauß Sohn und Johann Strauß Vater musikalisch vereint in der geradezu selbstverständlichen planmäßigen Zugabe.

Radetzky selbst hatte in meinem Unterricht stets seinen eigenen Auftritt, wenn in der Bürgerlichen Revolution von 1848

Fürst Windischgrätz in Prag und Feldmarschall Radetzky in der Lombardei jeweils mit ihren Truppen für weitere siebzig Jahre den Fortbestand des österreichischen Kaiserreiches erzwangen. Die Popularität Radetzkys habe ich dann durch einen Hinweis auf den Marsch dokumentiert, und wenn es dem Unterrichtsverlauf förderlich sein konnte, fehlte auch die scherzhafte Bemerkung auf den „Fleischfresser“ nicht. Das alles mit der Konsequenz, daß es später bei unterrichtlichen Rekapitulationen selbst dem letzten Hinterbänkler dämmerte, wenn nach Radetzky gefragt wurde: „Ach ja, das war doch der …“

Auch das! Es war aber auch der, den der aus Nördlingen stammende Maler Albrecht Adam in dessen Hauptquartier in Mailand aufsuchte, um den Feldmarschall hoch zu Roß zu konterfeien und der Nachwelt zu überliefern. Keine geringe Ehre! Doch das eigentliche „Bild“ zur Bewahrung der Popularität des alten Haudegens beruht auf musikalischer Grundlage, eben auf dem Radetzky-Marsch.

Die Märsche der Hoch-und-Deutschmeister-Infanterie

Auf eine mehr als dreihundertjährige Tradition kann eines der ruhmreichsten Regimenter, das Hoch-und-Deutschmeister-Regiment, zurückblicken, einst der Stolz des Kaisers in Wien. Der Militärmusiker und Komponist Wilhelm August Jurek, selbst Angehöriger des Infanterieregiments Hoch- und Deutschmeister. Nr. 4 und in dessen Kapelle aktiv, widmete ihm seinen „Deutschmeister-Regimentsmarsch". Bei Konzerten fühlt man geradezu, wie es die Kapellmeister genießen, die Fermate nach eigenem Ermessen zu deuten, wenn dann in voller Lautstärke die Schlußpassage beginnt: Wir sind vom k. und k. Infant'rieregiment Hoch- und Deutschmeister Nr. 4.
Aber auch ein ehemaliger Kapellmeister des Hoch-und-Deutschmeister-Regiments, nämlich Dominik Ertl, komponierte einen „Hoch-und-Deutschmeister-Marsch". Ein Regiment mit zwei Regimentsmärschen, ein seltener Fall, was wiederum die herausragende Bedeutung dieses militärischen Traditionsverbandes unterstreicht.
Zu den Geschichtsthemen, denen ich mich mit speziellem Interesse gewidmet habe, was sich auch publizistisch niederschlug, gehört die Geschichte des Deutschen Ordens, nicht zuletzt deshalb, weil ich von Kindheit an das Städtchen kannte, in dem der Hoch- und Deutschmeister des Deutschen Ordens einige Jahrzehnte seinen Sitz hatte, an dessen Deutschordensschloß ich sogar fast täglich, eine Zeit lang sogar auf meinem Schulweg, vorbeikam. Immer einmal wollte ich einen Blick hinter die prächtige Barockfassade werfen, und später machte die bloße Neugier meiner historisch-publizistischen Aufarbeitung Platz.
Längst waren mir die beiden Regimentsmärsche vertraut, und wann immer ich mich mit der Thematik des Deutschen Ordens zu berschäftigen hatte, begleitete mich die zugehörige

Militärmusik. – Auch auf meinen häufigen Erinnerungsflügen in meine Heimat ist sie ein gar willkommener Weggefährte. Nicht zu glauben, wie das Leben so spielt! Immerhin sind an die fünfhundert Kilometer von West nach Ost zu überbrücken, insgesamt also ein kühner Langstreckenflug. Mit den ersten Takten des Marsches erdröhnen die Motorten zum geistigen Start ins Ostsudetenland. Das Ziel wird schnell erreicht, doch dann folgen die Warteschleifen des Gedenkens, ehe ohne Landung die Koordinaten für den Rückflug angepeilt werden.Vom bayerischen Nordschwaben ging's also ins Ostsudetenland und wieder zurück. Welche Fülle an Gemeinsamkeiten, Durchdringungen, Möglichkeiten der Auslotung von Ursache und Wirkung!
Den unmittelbaren Einstieg in das geschichtliche Geschehen vermittelt ein Sohn des Pfalzgrafen Philipp Wilhelm von Pfalz-Neuburg namens Franz Ludwig. Pfalzgraf Franz Ludwig (1664–1732) bekleidete bereits als Neunzehnjähriger die würde des Bischofs von Breslau und des Oberhauptmanns von Schlesien. Doch damit nicht genug. Insgesamt war er auch Erzkanzler und Kurfürst des Heiligen Römischen Reiches Deutscher Nation, Administrator am Hochmeistertum, Meister in deutschen und welschen Landen, Erzbischof des Heiligen Stuhles in Mainz, Bischof zu Worms, Propst und Herr zu Ellwangen, Pfalzgraf zu Neuburg und am Rhein, Herzog in Bayern, zu Jülich, Cleve und Berg, Fürst zu Worms, Graf von Waldenz, Sponnheim, der Mark und Ravensburg, Herr zu Ravenstein, Freudenthal, Eulenburg und Busau.
Als Bischof von Breslau und Oberhauptmann von Schlesien hielt sich Franz Ludwig mit Vorliebe in Breslau und Neisse auf, seit seiner Ernennung zum Hoch- und Deutschmeister des Deutschen Ordens 1694 auch im Deutschordensschloß zu Freudenthal. Ich sehe es in seiner ganzen Pracht und Herrlichkeit vor mir, dieses Schloß, und keine zweihundert Schritte weiter jene Schule, die ich als Gymnasium bzw. Oberschule in

meine Biographie einbezogen habe, weil ich dort vier Jahre lang um meine Reife gerungen habe, um sie schließlich durch die Reifeprüfung zu erlangen. Wir sprachen nach altösterreichischem Sprachgebrauch gern von der „Matura", hatten uns aber seit 1938 auch an das „Abitur" gewöhnt. Und diese Schule hat kein Geringerer gegründet als jener Franz Ludwig aus Bayern mit den vielen Titeln – was damals bei hochrangigen Aristokraten jedoch nichts Besonderes war. Die vielen Ehren brachten allerdings auch reichlich Arbeit mit sich. So weilte Franz Ludwig 1694 gerade zur Erholung auf Schloß Johannesberg, Besitz des Bischofs von Breslau und beliebter Sommersitz, aber der Kirchenfürst blieb auch dort von Amt und Würden umfangen. Besucher aus nah und fern trugen ihre Anliegen vor, Vertreter des hohen Klerus und des Adels kamen zu Besuch, Diplomaten aus Prag und Wien entledigten sich ihrer Aufträge. So auch Graf Kinsky in einer Mission des Kaisers Leopold I., der in einem Handschreiben um Hilfe bat. Der Monarch mußte im Kampf gegen die Türken frische Truppen aufbieten, mit denen die Position des Prinzen Eugen an den Fronten gestärkt werden sollte. Als Bischof von Breslau hatte Franz Ludwig nur geringe Möglichkeiten, doch als Hoch- und Deutschmeister des Deutschen Ordens konnte er auf die wichtigsten Reserven zurückgreifen, die man als Stratege braucht: kampffähige Männer und Geld. Franz Ludwig konnte dem Grafen Kinsky also zusichern, er werde der Bitte des Kaisers entsprechen und ihm ein einsatzfähiges Regiment zur Verstärkung der Abwehr gegen die Türken zur Verfügung stellen. Den Chronisten wurde also Schloß Johannesberg bei Jauernig im damaligen politischen Bezirk Freiwaldau zur ideellen Geburtsstätte jenes Regiments, für das der Kaiser bereits einen ehrenden Namen in Aussicht genommen hatte, wie Graf Kinsky zu versichern wußte. Es sollte den Namen Regiment „Hoch- und Deutschmeister" erhalten, und die Regimentsfahne würde das Kreuz des Deutschen Ordens als Sym-

bol tragen. Die Geschichte weiß zu berichten, daß auch der Bruder Franz Ludwigs, Kurfürst Johann Wilhelm von Pfalz-Neuburg, Schwager des Kaisers, ein Regiment zusammenstellen wollte, und so kam es zu jener Gemeinschaftsaktion, deren Ursprung ins Schloß Johannesberg führt.
Von all diesen Einzelheiten war mir zwar in meinen Kindheits- und Jugendtagen nichts bekannt, aber der Hoch-und-Deutschmeister-Marsch war mir ein Begriff, denn ich konnte ihn summen, trällern, pfeifen und nötigenfalls auf dem Kamm spielen. Wie hätte ich damals ahnen sollen, daß mich mein Lebensweg Jahrzehnte später in jenes Städtchen führt, in dem das besagte Hoch-und-Deutschmeister-Regiment zusammengestellt, vereidigt und in Marsch gesetzt wurde! So nämlich geschehen in Donauwörth, wo mich die Wogen des Schicksalsstromes ans Ufer spülten. Und da wundere sich einer, daß der Hoch-und-Deutschmeister-Regimentsmarsch für mich nicht nur Musik erklingen, sondern einen halben Lebenslauf mitschwingen läßt, wenn ich ihn höre, als Verbindung von einst und jetzt, als Überbrückung zwischen meiner angestammten Heimat im Altvatergebirge und jener Region, die mir eine neue Heimat gewährte.

Und ewig lockt das verbotene Buch

Eigentlich wußte ich schon von klein auf, daß man beim Umgang mit Büchern vorsichtig sein muß! Immerhin können sie recht gefährlich sein, und dann werden sie verboten. Auch der Umkehrschluß ist erlaubt. Sie werden verboten, also müssen sie wohl eine Gefahr darstellen. Und wer entscheidet das? Manchmal die Eltern, manchmal eine staatliche Instanz, und bei den Büchern, die auf dem sog. Index stehen, dem „Index librorum prohibitorum", erhebt die kirchliche Obrigkeit den warnenden Zeigefinger.
Das erste „verbotene Buch", das ich in die Finger bekam – ich dürfte damals wohl 13 Jahre alt gewesen sein –, hatte ein gewisser Pitigrilli verfaßt, und ich meine mich zu erinnern, daß es den Titel „Der falsche Weg" trug. Einer meiner Mitschüler aus dem Realgymnasium hatte es mir zugespielt, vielleicht in der Absicht, zu meiner Aufklärung beizutragen. Sicherlich ahnte er nicht, daß ich den Grundkurs sexueller Information bereits beim Großknecht auf dem Bauernhof meines Onkels absolviert hatte, als ich dort meine Sommerferien verlebte. Theoretisch waren mir die allerwichtigsten einschlägigen Vokabeln also bereits geläufig. Aber nie hätte ich daran gedacht, diese Fachausdrücke niederzuschreiben. Und jetzt glaubte ich meinen Augen nicht zu trauen, als ich sie sogar gedruckt vor mir sah. Mit pubertärer Gier verschlang ich jene erotischen Schilderungen, die ich heute als lasziv bis obszön einstufen würde. Beim Lesen glühten Stirn und Ohren, von anderen erregenden Konsequenzen ganz zu schweigen! Somit stand fest: Das war ein verbotenes Buch. Davon durften die Eltern nichts erfahren.
Inzwischen weiß ich übrigens, daß sich hinter dem Pseudonym Pitigrilli der italienische Autor Dino Segre verbirgt, dem nachgesagt wird, er habe zum Pornographischen tendiert; aber diese Beurteilung entspricht eben nur den Maßstäben jener

puritanischen Epoche. Zudem vollzog er später eine Kehrtwendung, indem er bei seiner Konversion zum Katholizismus das Moralische verstärkt zu bekennen begann.
Doch das Jahrzehnt der verbotenen Bücher hatte erst richtig begonnen. So entsprach Gottfried Rothackers Roman „Das Dorf an der Grenze“ (1936) keinesfalls den Vorstellungen der tschechoslowakischen Zensur von einem harmonischen Einvernehmen zwischen der „tschechischen Nation“ und der „deutschen Minderheit“.
Kaum drei Jahre später setzte man sich schon dem Verdacht staatsfeindlicher Umtriebe aus und rief die Gestapo auf den Plan, wenn man zu den Kunden einer Buchhandlung zählte, deren Inhaber mit religiösen Schriften gehandelt hatte. Welch ein Glück, daß mein Interesse vornehmlich der hübschen Verkäuferin gegolten hatte. Man tat gut daran, ein Buch wie etwa Rainer Maria Remarques „Im Westen nichts Neues“ (1929) selbst aus der rückwärtigen Reihe des Bücherregals zu entfernen. Schließlich hatte der „nationale Opfergang zur Bücherverbrennung“ ein unmißverständliches Fanal gesetzt.
Das weltanschauliche Gegenstück brachte dann für mich der Aufenthalt in der DDR – bedingt durch die Entlassung aus der Kriegsgefangenschaft. Nicht nur die öffentlichen, auch die ganz und gar privaten Bibliotheken und Buchbestände wurden einer gründlichen Sichtung unterzogen. Bei diesen „Plünderungen“ gingen wertvolle Werke verloren, weil man nicht selten mehr aussonderte, als nötig gewesen wäre, aus Angst, man könnte sich den Zorn der neuen Obrigkeit zuziehen. Verboten waren selbstverständlich alle Bücher der nationalsozialistischen Protegés, von Heinrich Anacker bis Hans Zöberlein, ohne Rücksicht auf den Grad der Verflechtung.
Sieht man von jenen Staatsformen ab, die man allgemein als Diktaturen zu bezeichnen pflegt, so brachte die zweite Hälfte des 20. Jahrhunderts eine nahezu grenzenlose Freizügigkeit mit sich. Auch in der Literatur setzte eine Entwicklung ein, die

in der Bewertung von Publikationen frivolen Inhalts neue Maßstäbe anzuwenden begann.

Aber auch in allen anderen Bereichen hielt die geistige Liberalität ihren Einzug, ganz nach der Konzeption Voltaires, der seinen Kontrahenten Paroli bot mit den Worten: Ich werde Ihre Meinung bis an mein Lebensende bekämpfen, aber ich werde mich mit allen Kräften dafür einsetzen, daß Sie diese Meinung haben und aussprechen dürfen.

Sex am Steuer

Um gleich von vornherein allen möglicherweise auftretenden Mißverständnissen entgegenzuwirken, sei ausdrücklich festgestellt: Ich habe grundsätzlich nichts dagegen einzuwenden, daß zwei, die sich lieben, im Überschwang der Gefühle ihre Umwelt vergessen oder vielleicht sogar ihre Mitmenschen an der Innigkeit ihrer Regungen teilhaben lassen. Sex und Freizügigkeit haben längst alle Bereiche menschlichen Zusammenlebens erfaßt, und wer wollte sich wohl darüber wundern, daß sich auch im motorisierten Straßenverkehr entsprechende Begleiterscheinungen einstellen. Es kommt an dieser Stelle jedoch nicht darauf an, Material zu sammeln für eine „Monographie der sexbetonten Liebe unter besonderer Berücksichtigung spezieller Verkehrsprobleme" – so aufschlußreich es auch sein mag, die fundamentalen Erkenntnisse der Tiefen- und Höhenpsychologie sowie der Psychoanalyse auf das Streben nach Verkehrssicherheit anzuwenden. Es geht vielmehr schlicht und einfach um jene zur Zeit in verstärktem Maße grassierende Ausdrucksform erotischen Empfindens, die vulgär als widerliches Geschmuse und Geknutsche apostrophiert wird. Manche Pärchen überkommt's anscheinend so urplötzlich, daß sie – vermutlich unter dem erotisierenden Einfluß der auf Rot geschalteten Ampel – einander schmachtend entgegensinken und selbst bei Grün noch immer weiterschmachten, ohne zu ahnen, welche Auswirkungen ihr Liebesspiel haben kann und welche Schuld sie damit auf sich laden! Als „Nachfahre" macht man sich zunächst so seine Gedanken über den Grad der Konzentration, mit welcher der vorausfahrende bzw. die Ampelkreuzung immer noch blockierende Jüngling die Fahrt fortsetzen dürfte. „Muß Liebe schön sein" und ähnliche geistreiche Kommentare gehen einem durch den Sinn, ehe man sich der eigentlichen Verkehrsgefährdung bewußt wird, die auf der hypnotisierenden Wirkung besagter

Szene zum Nachteil der anderen Verkehrsteilnehmer beruht. Nur nicht ablenken lassen – denkt man bei sich und schickt sich gerade an, eine gewisse Empörung anzuzeigen, nicht ohne mit einem ersten fragenden Blick auch die eigene Beifahrerin zu einer Geste der Ablehnung herauszufordern – um dann beim zweiten Blick den Ausdruck mitleidigen Bedauerns im Antlitz der Partnerin zu erhaschen und die Gewißheit zu erlangen, daß man von ihr für einen reaktionsarmen Versager gehalten wird und daß man eine einmalige Chance verpaßt hat. Bleibt nur die Genugtuung der bewiesenen Standhaftigkeit, getreu der Devise: Sex am Steuer – im Zweifelsfall nie! (Empfehlung aus der Praxis für die Praxis: Lieber warten bis zum nächsten Parkplatz!)

Wer sucht, darf hoffen

Seit Menschen unseren Erdball bevölkern, sind sie auf der Suche nach irgend etwas, suchen sie irgend etwas, und die Suche der Heiligen Familie nach einer Herberge hat geradezu Weltruf erlangt. Wer aber suchet, der findet, wird behauptet, und das mag im allgemeinen stimmen, wie uns die Lebenserfahrung lehrt. Zweifel hege ich allerdings immer wieder, jedenfalls vorübergehend, in Situationen wie jener, als ich mich zu wiederholten Malen gezwungen sah, aufs neue meine Brille zu suchen. Sie erweist sich zwar etwa beim Lesen oder Schreiben als sehr nützlich, hat jedoch die äußerst unangenehme Eigenschaft, sich selbst unsichtbar zu machen, wie es weiland dem Nibelungenrecken Siegfried mit seiner Tarnkappe selbst in delikaten Szenen gelungen sein soll.

Einst versetzte ich mehrere Stunden lang das Städtchen in Aufruhr, ohne Rücksicht auf die Mittagspause der Behörden und Geschäfte, indem ich alle Anlaufstellen des Vormittags zurückverfolgte und dabei vielfältigen Parkplatznöten und sonstigen Gefahren trotzte.

Die Suche nahm zeitweise dramatische Formen an, doch es hat sich gelohnt. Ja, ich habe meine Brille gefunden, und das mußte ich unbedingt, schon deshalb, weil der Preis für das Brillengestell den üblicherweise genehmigten Betrag bei weitem überstiegen hatte.

Ich verrate sogar, wohin sich meine Tarnkappenbrille begeben hat, um unsichtbar zu werden. Nachdem ich das analog gelagerte Versteck am Jackett ein dutzendmal durchwühlt hatte, entdeckte ich sie in der Brusttasche am Hemd. Auch das hätte ich schließlich noch verschmerzen können, wenn es nicht gerade meine Frau gewesen wäre, die mir, als ich mich am Rande der Verzweiflung ihr gegenüber in den Sessel fallen ließ, den entscheidenden Hinweis gab: „Schau doch mal in der Brusttasche am Hemd nach!

Seither zehre ich von der Überzeugung: Wer sucht, darf hoffen, daß er findet.
Ganz und gar optimistisch stimmt uns schließlich Matthäus, der Apostel und Evangelist, mit seiner Direktive: Suchet, so werdet ihr finden! – Das Hoffen auf Erfolg ist damit bereits einbezogen.

... mahlen aber trefflich fein

Man möge es mir nachsehen, daß ich mich einer Verszeile des „trefflichen“ Friedrich von Logau bediene und diese obendrein ein wenig veredle mit meiner Aussage: mahlen aber trefflich fein – nämlich Gottes Mühlen, von denen wir alle wissen: sie mahlen langsam, von denen aber Logau meint: sie mahlen trefflich klein. Wie so oft stoßen wir bei der Suche nach einem Ursprung auf einen Philosophen des Altertums, der bereits damals die Mühlen der Götter pries, die da Feinmehl mahlen. Dieses „Feinmehl“ hat mich dazu ermutigt, Logaus Mühlen umzuwandeln, und nun mahlen sie also trefflich fein.
So viel zur Einleitung. Was unmittelbar folgt, hat kaum Bezug zur Philosophie, ist vielmehr gekennzeichnet durch Merkmale eines sogenannten Werkstattgesprächs, mit dem ein Schriftsteller ein wenig Einblick gewährt hinter die Kulissen seines Schaffens. Ich arbeitete nämlich seit längerer Zeit an meinen „Impressionen aus dem südlichen Tessin“. Allmählich verdichteten sich auch meine Vorstellungen von der Formulierung des Buchtitels, und inzwischen hatte ich mich entschieden. „Ascona – Ruf und Echo“, so sollte er lauten, und zusammen mit dem Untertitel von den Impressionen wurde er ganz und gar dem von mir geplanten Inhalt gerecht. Zahlreiche Aufenthalte in Ascona hatten meiner Frau und mir unvergeßliche Stunden, ja Tage und Wochen beschert, so daß ich bei der Wiedergabe der Erinnerungen, der Erlebnisse wie der Stimmungen, der Begegnungen und des Flairs, geradezu mühelos aus dem vollen schöpfen konnte. Obwohl ich zusätzlich dem Umland am Tessiner Teil des Lago Maggiore Beachtung schenken wollte, widmete ich doch, dem Buchtitel entsprechend und getreu meinem Vorhaben, dem Touristenzentrum Ascona meine besondere Aufmerksamkeit.
Ich kam mit meiner Arbeit zügig voran, und ehe ich mich versah, konnte ich jene Kapitel, die ich für Ascona eingeplant

hatte, mit Wohlgefallen beenden: die Sehenswürdigkeiten, die Geschichte rund um den Monte Verità, die Ausweitung zu einem internationalen Zentrum von Aussteigern der Gesellschaft und für Emigranten aus ganz Europa, Begegnungen mit Land und Leuten – das alles hatte ich fein säuberlich in Maschinenschrift zu Papier gebracht. Ich war dem Ruf Asconas gefolgt und hatte dem Echo Ausdruck verliehen. Nach den üblichen vermeintlichen Verbesserungen im Ausdruck und einigen geringfügigen Ergänzungen konnte ich mit diesem Teil meines Erzählbandes sehr wohl zufrieden sein. Auf daß er mir bei meiner weiteren Arbeit nicht im Wege sei, legte ich den ganzen Packen an Typoskripten beiseite und wandte mich der Bearbeitung der nächsten Kapitel zu, die ich in Aussicht genommen hatte; man denke etwa an Locarno, an Maggiatal und Centovalli, an die gegenüberliegende Region am See, das sogenannte Gambarogno, und noch vieles mehr.
Die Weiterführung des Textes gedieh vorzüglich, die Typoskriptseiten summierten sich, ein Kapitel reihte sich an das andere, wenn ich auch immer wieder Unterbrechungen hinnehmen mußte, weil ich ganz gern zwischendurch an einem neuen Thema zu knobeln beginne oder an einem parallel auszuführenden Projekt bastle. Das ist nicht zuletzt der Grund dafür, daß normalerweise etliche Stapel an Materialien auf einem Ablagetisch deponiert sind und von Fall zu Fall hervorgeholt werden.
So dauerte es immerhin einige Monate, bis ich den Schlußpunkt setzen und damit beginnen konnte, die einzelnen Abschnitte zusammenzufügen. Ich hatte ja ohnehin alles griffbereit und brauchte nur noch die längst fertiggestellten Seiten über Ascona, den zweifellos wichtigsten Teil, hervorzuholen und einzubauen.
Heute würde es mir recht gut passen, dachte ich eines Tages. Heute will ich alles so weit erledigen, daß ich jederzeit „liefern" kann, wenn es der Terminplanung des Verlages entspricht.

Wohin hatte ich doch gleich den Ascona-Teil gelegt? Hier müßte er liegen! Nein, dann wohl hier? Oder da? Doch nicht! Dann habe ich ihn vielleicht doch weiter ins Abseits befördert, weil er mir ja nicht im Wege sein sollte!
Nach etwa vier Stunden des Suchens machte ich eine Pause. In Ruhe, konzentriert, wollte ich darüber nachdenken, auf Grund welcher Logik ich die Mappe – oder war es vielleicht doch nur ein Stapel an beschriebenem Papier? – an dieser oder jener Stelle eingeordnet haben könnte. Nun muß man sich, um den Ablauf der folgenden vier Stunden zu verstehen, erst einmal vergegenwärtigen, wie es in der Werkstatt eines Autors aussieht, was ihn in seinem Arbeitszimmer umgibt und gegen welche Tücken des Objekts er demnach anzukämpfen hat. Schränke, Regale, Tische verschiedener Größen, Ablagen aller Art, Sperrholzkistchen und Kartons, Karteikästen, Ordner und Mappen noch und noch, Tausende von Büchern, nach einem bestimmten System ausgelagert auch auf mehrere Nebenräume, vor allem aber unzählige Stapel an Akten, Bildern, Landkarten, Belegexemplaren von Büchern, Kalendern und Zeitschriften, das alles ist im Hinterkopf gespeichert und soll bei Bedarf in Anspruch genommen werden.
Nachdem das vierstündige Suchen nach der Verschnaufpause wiederum ergebnislos verlaufen ist, längst auch die Ehefrau in die Aktion eingeschaltet worden war, wurde sicherheitshalber die prallgefüllte Papiertonne geleert und beim Altpapier das Unterste zuoberst gekehrt. Alles umsonst. Zwischendurch waren alle Papierstapel, Mappen und Ordner mindestens ein dutzendmal durchgesehen worden, und der physische Zusammenbruch aufgrund der körperlichen Anstrengungen stand unmittelbar bevor, so daß der psychische jederzeit hätte folgen können. Da beschloß man, sich zunächst mit dem offenbar Unabänderlichen abzufinden, abzuwarten, ob ein ausgeruhter Geist nicht doch den erlösenden Einfall bringen könnte.
Vierzehn weitere Tage lang wurde die Suchaktion fortgesetzt,

oftmals ganz spontan aufgrund einer Blitzidee da oder dort irgendwelches Material hin und her geräumt, bis ich definitiv die wohl traurigste Bilanz meiner schriftstellerischen Tätigkeit ziehen mußte: Der Ascona-Text war der irdischen Vergänglichkeit zum Opfer gefallen; denn er kann nur aus Versehen von dem Altpapierstapel aus dem Arbeitszimmer in die Papiertonne geraten und mit einem der früheren Transporte weggeschafft worden sein. Nach diesem letzten Stand der Erkenntnis hatte ich keine andere Wahl als zu resignieren.

Etwa ein Jahr zog übers Land, und ich arbeitete an neuen Vorhaben, ohne bisher die „Impressionen aus dem südlichen Tessin" veröffentlicht zu haben. Nur ganz ausnahmsweise meinte ich das Aufglühen eines Funkens Hoffnung wahrgenommen zu haben; denn zur völligen Kapitulation fehlte das Corpus delicti bzw. der Nachweis seines Verbleibs.

Unbeeindruckt von solcherart Tragik raste die Zeit dahin, und es wurde Advent. Wie seit Jahren brachte die Post ein Schreiben der Kulturstiftung der deutschen Vertriebenen ins Haus, und wieder wurde um Mitarbeit an dem Jahresband zur Erfassung „ostdeutscher Gedenktage" gebeten, diesmal für das Jahr 2000. Bei Durchsicht der beigefügten Liste mußte ich feststellen, daß unter den genannten Persönlichkeiten von mir aus niemand für eine biographische Bearbeitung in Frage kam. Auch an weiteren Vorschlägen fiel mir aus meinem „Spezialgebiet" niemand mit einem mehr oder weniger runden Geburts- oder Todestag ein. Nach einigen Tagen des Nachdenkens entschied ich mich also dafür, der zuständigen Redaktion in Bonn eine Absage zukommen zu lassen, und ich bat für meine Fehlanzeige um Verständnis.

Ganz zufrieden war ich mit meiner Entscheidung nicht, schon deshalb nicht, weil sich unter den vorgeschlagenen Persönlichkeiten nicht ein einziger Repräsentant des Ostsudetenlandes befand, für das ich mich einigermaßen zuständig fühle. Immer wieder nach etlichen Tagen durchzuckte mich der Gedanke, ob ich es mir nicht zu leicht gemacht hatte mit meinem negativen Bescheid nach Bonn. Hätte ich nicht doch gründlicher vorgehen müssen? Habe ich wirklich sorgfältig genug meine Notizen gesichtet? Eigentlich wäre ich es meiner Heimat und den prominenten Landsleuten schuldig, alle Unterlagen auszuwerten, zumal der Termin für die Antwort nach Bonn keineswegs verstrichen war. Von Tag zu Tag wurde ich unsicherer; es bohrte im Hinterkopf, und es rumorte in meinen Gedanken, in denen sich Zweifel einzuspreizen begannen.

Schon in den ersten Tagen des neues Jahres wurden meine Bedenken zur fixen Idee, die mir signalisierte, daß ich in einer bestimmten, äußerst voluminösen Mappe blättern sollte, um zu kontrollieren, ob man nicht doch im Jahr 2000 eines verdienstvollen Nordmährers oder Sudetenschlesiers deutschen Volkstums gedenken und in dem besagten Periodikum auf deren soundsovielten Geburtstag oder ihr Sterbejahr durch eine biographisch-bibliographische Würdigung hinweisen sollte.

Die obengenannte Mappe enthielt zunächst jene Karteiblätter, nach denen ich mein kleines Lexikon zum „Schrifttum des Ostsudetenlandes" verfaßt habe, das 1964 erschienen ist. In den folgenden Jahrzehnten habe ich diese Sammlung weitergeführt, die Karteiblätter ergänzt, aktualisiert und die Zahl der Lemmata um das Doppelte anwachsen lassen – zunächst aus Akribie, aber es könnte sich ja irgendwann eine zweite Auflage daraus ergeben.

Das nächste Wochenende wollte ich also opfern und Hunderte von Karteiblättern im Hinblick auf markante Geburts- oder Sterbedaten unter die Lupe nehmen. Selbstverständlich bei A beginnend, fing ich mit meinem ziemlich mechanisch ablaufenden Wendemanöver an, das heißt, ich wendete Seite für Seite um, nicht ohne mich zwischendurch den darauf vermerkten Namen und Jahreszahlen zuzuwenden.

Etwa „auf halbem Wege" – ich war wohl bei K angekommen

und hatte gerade wieder einmal umgeblättert –, da stutzte ich, denn das nächste Blatt paßte ganz und gar nicht zu den Karteiblättern, die ich in dieser Mappe für den Fall der Fälle aufbewahren wollte, aber das nächste Blatt auch nicht, und das übernächste …

Man mag es glauben oder nicht … Ich entnahm der Mappe einen ganzen Stapel an Papier, Seite für Seite maschinenschriftlich aufbereitet, bis ich schließlich meinen Augen nicht zu trauen wagte: Es war der seit Jahr und Tag vermißte Ascona-Teil für meine „Tessiner Impressionen“, den ich einst so verzweifelt vergeblich gesucht hatte.

Es kann wohl nicht anders gewesen sein, als daß ich „nur ganz schnell“ den Packen mit dem druckfertigen Ascona-Text auf der halb aufgeschlagenen Mappe deponiert und später irgendwann gedankenverloren der Ordnung halber die Mappe wieder zugeklappt habe.

Woher kam sie bloß, diese innere Unruhe, die mich veranlaßt hatte, doch noch etwas gründlicher nach Jubilaren für das Jahrbuch der „Ostdeutschen Gedenktage 2000“ zu suchen? Wegen des Typoskripts habe ich nun Gewißheit. Es war also nicht mit dem Altpapier auf dem Weg aller Vergänglichkeit entsorgt worden, wie vermutet. Im Ungewissen bleibt für mich aber, welcher Fügung ich mein geradezu spürbar gesteuertes Vorgehen zu verdanken habe.

Was will das schon heißen, daß Gottes Mühlen nur langsam mahlen! Ganz bestimmt mahlen sie pausenlos, ununterbrochen, und eben auch trefflich fein!

Übrigens, daß der Band für das Jahr 2000 der „Ostdeutschen Gedenktage“ doch noch zwei Landsleute aus meiner Heimat würdigt, den Komponisten E. S. Engelsberg und den Bildhauer Engelbert Kaps, ist ausschließlich der Eingebung zu verdanken, man möge suchen, so werde man finden, und das alles vor dem Hintergrund der trefflich mahlenden göttlichen Mühlen.

Für die Literaturfreunde noch ein kurzer Nachtrag. Es war der Donauwörther Sebastian Franck, der in seinem Band „Sprichwörter“ (1541) vermerkt: Sero molunt deorum molae, Gottes Mühl’ stehet oft ganz still. Des weiteren: Die Götter mahlen oder scheren einen langsam, aber wohl. – Der Götter Mühlen machen langsam Mehl, aber wohl. – Eine Fundgrube an Lebensweisheit, so eine Sprichwörtersammlung.

Stets den Durchblick behalten

Max Frisch, der Schweizer Dramatiker und Erzähler, in Ehren, und er hat mir ja auch den nicht unwesentlichen Vorzug voraus: Er ist längst berühmt! Doch ich erkühne mich, ihm zu widersprechen, wenn er behauptet: Man kann alles erzählen, nur nicht sein wirkliches Leben.

Meines Erachtens kann er nur meinen: ... sein *wirkliches* Leben.

Warum eigentlich nicht? Es mag Ausnahmen und Einschränkungen geben in manchen Bereichen. Doch sonst? Gerade das *wirkliche* Leben liefert tagtäglich Motivationen und Motive in Hülle und Fülle. Man muß sie nur wahrnehmen und ergreifen!

Diese Gedankenblitze durchzuckten mich bei einer sonderbaren Gelegenheit, als ich spontan begriff: Sieh doch, das ist Wirklichkeit, das ist Leben! – Man höre!

Der liebe Jochen, ein Zeitgenosse aus längst vergangenen Tagen, hatte sein 60. Lebensjahr vollendet und lud nach T... ein, ein wenig „über Land“, wo man in dem Restaurant eines ehemaligen Klosters zünftig feiern wollte. Doch was soll's mit dem T Punkt Punkt Punkt! Warum sich in Geheimniskrämerei ergehen! Nach Thierhaupten lud er ein, seine Familie und Verwandten, seine Freunde und Bekannten. Offizielle und Aktive, will sagen: Prominenz und Fußvolk, groß und klein, jung und alt. Und der Einladung waren so viele Gäste gefolgt, daß mancher Vereinsvorsitzende hätte vor Neid erblassen müssen in der Rückbesinnung auf die Teilnehmerzahl bei der letzten Jahreshauptversammlung.

Es scheint eben doch so zu sein, daß man den Leuten etwas bieten muß, dann kommen sie auch!

Der historisch anmutende Saal mit seinen wuchtigen Kreuzrippenanordnungen und den respektablen Granitsäulen – ein ehemaliger Kuhstall – konnte die herbeigeströmten Scharen gerade noch fassen. Allerdings mußte man sich nach einer vorgegebenen Ordnung seinen Tisch suchen und dort dann einen frei gewählten Platz einnehmen. Die Tische ragten jeweils mit ihrer Längsseite in den Saal hinein, standen also mit ihrer schmalen Stirnseite so, daß nur *ein* Gast, mit Wand und getäfelter Holzverkleidung im Rücken, dort Platz fand. Ich holte die Zustimmung meiner mir angetrauten Begleiterin ein, die im rechten Winkel neben mir sitzen sollte, und wir harrten der Gratulanten, die noch kommen sollten und auch erschienen. Während sich der Saal allmählich füllte, galten meine Überlegungen der Orientierung. Ich saß also an der Längswand, genau gegenüber dem Haupteingang vom Klosterhof her. Fast kamen mir Bedenken, ob ich die richtige Wahl getroffen hatte, ob wir nicht gar dem Luftzug ausgesetzt sein könnten. Andererseits sollte mir frische Luft von draußen nur willkommen sein. Und einen Überblick hatte ich wie kein anderer, nach links zu meinen Freunden aus dem Lionsclub und zu den Musikanten, nach rechts zur Festtafel des Jubilars, um die sich die anderen Tische gruppierten, und eben geradeaus zur weit geöffneten Tür, die nicht nur die Lüftung begünstigte, sondern den unmittelbaren Blick in den immerhin zeitweise sonnendurchfluteten Innenhof gewährte. Sofort wurde mir bewußt, daß ich als einziger eine derart vorteilhafte Position einnahm, und ich war mit allem, wie es das Schicksal gefügt hatte, zufrieden.

Ehe ich mich versah, trat Stille ein, und wie von unsichtbarer Hand dirigiert, präsentierte sich zum Auftakt die Gratulationscour. Ein Redner nach dem anderen übernahm das Handmikrofon, das Auditorium bewahrte einigermaßen Ruhe, Applaus folgte auf Applaus, und trotz aller Aufmerksamkeit geschah es doch immer wieder, daß ein verspätetes Ehepaar in die Tür trat und dort bis zur nächsten Pause verweilte, um nicht während der Ansprache zu stören. Ab und zu verließ ein Kind den Saal, später folgte die Mutti, um nach dem Rechten zu sehen, und so ergab sich allmählich – trotz aller taktvoll geübten Aufmerksamkeit – jenes rücksichtsvolle Hin und Her, wie es sich bei größeren Festlichkeiten nicht vermeiden läßt.

Da ich bei normaler Sitzhaltung unmittelbar auf den Eingang blickte, in dieser Weise als einziger im Saale, wurde ich unwillkürlich aufmerksam, wenn eine Gestalt im Türrahmen auftauchte. Einmal war es ein würdiger Siebziger, dann ein lässig auftretender Jüngling, und plötzlich erschien eine liebliche Fee. An sich hätte ihre duftige und luftige Hülle allein genügt, meine Blicke zu fesseln, doch die Versuchung steigerte sich noch. Die Sonneneinstrahlung hatte sie nämlich so schmeichelnd erfaßt, daß sich ihr Leib, in einen Hauch von Tüll gehüllt, als Röntgenbild darstellte, ein Phänomen, das mir verständlicherweise bei den männlichen Vorgängern im Türrahmen nicht aufgefallen war. Wenn Engel einen Körper haben sollten – er könnte so beschaffen sein wie jene Silhouette unter dem Tüll. Schon hatte mich meine Wohlerzogenheit fest im Griff, doch es wollte mir einfach nicht einfallen, was Freund Knigge für derartige Fälle zu empfehlen wußte. Vielleicht: nicht oder nicht allzu lange hinschauen! Andererseits – wenn ich der Holden am Strand von Maspalomas begegnete, dürfte ich sogar ihren modischen Bikini bewundern, möglicherweise selbst den dazu passenden Inhalt.

Bald empfand ich Dankbarkeit gegenüber den Meteorologen, die einen Sonnentag angekündigt und sogar Wort gehalten hatten. Das wiederum hatte zur Folge, daß sich nicht nur die Mädchen, sondern auch viele in Jahrzehnten gereifte Damen recht zart eingehüllt hatten. Und ich armer Tropf sollte das alles verkraften! Wenn gerade wieder ein Geschöpf der Versuchung im Türrahmen Haltung eingenommen hatte, blickte ich scheu zu Boden, doch mit dem sich weitenden Augenaufschlag wurden die Beine im Gegenlicht immer länger. So behielt ich den Durchblick, solang sich diese Szenenfolge meiner Wahrnehmung darbot. Hatte doch schon einer meiner Professoren von uns verlangt: Immer den Durchblick behalten!

Wer kann meine Not ermessen und bringt Verständnis dafür auf, daß die Glückwünsche und sonstigen wohlmeinenden Worte an die Adresse des Jubilars nur lückenhaft von mir aufgenommen wurden? Den Durchblick habe ich so und so behalten, und damit kann ich gut leben, denn ich habe mir fest vorgenommen, niemandem von dieser Art Intimerlebnis zu erzählen – höchstens schriftlich darüber zu berichten.

O tempora, o mores!

Wörtlich müßte der Pennäler seinem Lateinlehrer diese Sentenz aus den Werken Ciceros übersetzen mit den Worten: O diese Zeiten, o diese Sitten! Doch „zur Sache“ braucht man selbst für eine ganz kurze Deutung mindestens einen ausführlicheren Essay.

Das 20. Jahrhundert wird wohl in die Geschichte der Menschheit eingehen als ein Zeitraum ungeheuerlicher Ereignisse und revolutionärer wie revolutionierender Veränderungen, ja atemberaubender Neuerungen in dichtestgedrängter Aufeinanderfolge. Da mit dem 20. Jahrhundert aber gleichzeitig das zweite Jahrtausend beendet wurde, drängt sich der Eindruck auf, als hätte man, vielleicht sogar ein wenig überstürzt, noch möglichst vieles an Neuerungen in den letzten Jahrzehnten des scheidenden Millenniums unterbringen wollen.

Dies auch nur beispielhaft dokumentieren zu wollen brächte jeden Autor in Versuchung, eine dem Umfang nach rekordverdächtige Kompilation aufzubereiten. Daher begnüge man sich und beschränke sich auf ein Spezialthema, zum Beispiel: Die Ausweitung der Freizügigkeit im erotisch-sexuellen Bereich.

Da setzte nämlich in den sechziger Jahren der Kieler Schriftsteller Oswalt Kolle eine Bewegung sensationellen Ausmaßes in Marsch mit dem Ziel, die menschliche Geschlechtlichkeit, also den Sex mit all seinen Begleiterscheinungen, auf die Natürlichkeit seines Ursprungs zurückzuführen, und er hatte andauernden Erfolg. Zugleich schickte sich im benachbarten Flensburg Beate Uhse, Kolles Partnerin im Geiste, mit nicht geringerem Erfolg an, den Männern und Frauen in Deutschland und Umgebung den praktischen Zugang zu sexueller Aufgeschlossenheit zu ermöglichen, indem sie ein Versandhaus aufbaute, das in Lektüre, bildlicher Darstellung und „sachlicher“ Praxis fast alles anzubieten imstande ist, was der Befriedigung erotischer Geilheit dienen kann.

Bis vor wenigen Jahren mußte man sich im gesellschaftlichen Umgang möglichst gewählt ausdrücken, und sollte etwa der Champagner zu vorgerückter Stunde der Schlüpfrigkeit des Gesprächs Vorschub geleistet haben und einer der Kavaliere entgleist sein, erwartete man zumindest, daß er sich en passant entschuldigt und sie als Gesprächspartnerinnen erröteten oder sich gar kokett entrüsteten. Erstens spricht man über solche Ungeheuerlichkeiten nicht, und wenn schon, dann mit ausgewähltem Vokabular.

Es mag wohl sein, daß noch ein paar Jährchen werden vergehen müssen, ehe sich die dereinst von Tabus geprägte Generation umstellt, doch die Jungen gehen zügig voran, und vor allem die Literatur wirkt bahnbrechend.

Noch vermerken allerdings kluge Bücher, man müsse einen Unterschied machen im Gebrauch besagter gefährlicher Termini – je nach gesellschaftlicher bzw. sprachlicher Gegebenheit und je nach Niveau der sprechenden und auch Schreibenden.

Da veröffentlichte z. B. die österreichische Autorin Elfriede Jelinek (geb. 1946), literarisch äußerst aktiv und „hoch dekoriert“, 1983 den Roman „Die Klavierspielerin“. Er wurde mit vernichtender Kritik bedacht, aber ebenso überschwenglich gerühmt. Immer wieder geht es in ihren Publikationen um die Gewalt an Frauen – auch im regulären Sexleben, und darüber kann man in vielfältiger Weise polemisieren. Grundlage *meiner* Analyse ist hingegen ihre völlig tabufreie sprachliche Großzügigkeit und die Einbeziehung des adäquaten Vokabulars. Darstellungen sexueller Begegnungen hat es bekanntlich (fast) zu allen Zeiten gegeben. Aber erst in neuerer Zeit, etwa das 20. Jahrhundert hindurch, nennen die Literaten, vor allem die Bühnenautoren und die Erzähler, das Kind beim Namen. Eben all das, was die Schriftsteller früherer Epochen meinten umschweigen oder verschweigen zu müssen. Dabei darf man die „Klavierspielerin“ als eine Art Vorspiel werten, ehe Elfriede Jelinek mit dem Roman „Lust" (1989) einen Höhepunkt erlebt.

Mit „Lust" versucht sie, Gleiches mit Gleichem zu vergelten, als Frau es den Männern heimzuzahlen, die das Weib als bloßes Objekt sexueller Gier gebrauchen. Und mit Lust werden auch Ironie, Zynismus und Sarkasmus eingeflochten. Man muß der Verfasserin Kühnheit der Phantasie bescheinigen, wenn man bedenkt, was sie an Geilheit sonst noch aufbietet. „Auf einsamer Höhe über der gegenwärtigen Literatur anzusiedeln ..., schrieb ein namhafter Rezensent; die Arbeit am Text wurde vom Deutschen Literaturfonds e. V. gefördert, und die Einhunderttausender-Auflage ist längst überschritten.

Auf die Bühnenstücke von Elfriede Jelinek, ebenfalls sehr umstritten, möchte ich in diesem Zusammenhang nicht eingehen, da ihre Wirkung doch stark durch die Art der Inszenierung bestimmt wird.

Wohlgemerkt, wir bewegen uns ausschließlich in den hochlöblichen Regionen seriösen Literaturschaffens. Allerdings hat das alles so seine Vorgeschichte. Schon zu Beginn des 20. Jahrhunderts rief etwa der österreichische Dramatiker Arthur Schnitzler mit seinem zynischen Angebot des Trieblebens, zum Beispiel in seinem skandalumwitterten „Reigen", die Moralapostel der Jahrhundertwende auf den Plan. Vor Gericht wurde darüber gestritten, ob die Bereiche unter der Gürtellinie pornographisch zu werten sind oder sich die Geschlechter zu erhabenem Kunstschaffen vereinigen.

So mußte auch der irische Dichter James Joyce Höhen und Tiefen durchschreiten und radikale Ablehnung über sich ergehen lassen, ehe er olympische Weihen empfangen durfte. Sein Roman „Ulysses" war zunächst in England und in den USA wegen „Behandlung sexueller Dinge in der Alltagssprache der unteren Klassen" von der Zensur verboten. Jetzt gehört er zur Weltliteratur – trotz all jener Passagen, deretwegen einst die „höheren Töchter" eines Mädchenpensionats seligen Angedenkens pflichtgemäß erröteten. In einer kürzlich veröffentlichten Liste der „100 wichtigsten Werke der Weltliteratur“ (Epik) steht „Ulysses“ gar an erster Stelle. – So ändern sich die Zeiten, vor allem jedoch die Menschen und ihre Auffassungen.

Noch einige Jahrzehnte später hatte D.H. Lawrence beachtliche Schwierigkeiten, seinen Roman „Lady Chatterley“ aus den Tiefen der Pornographie in die Sphären literarischer Kunst emporzuheben. Nun ja, Lawrence hat mehrere Gerichtsverfahren (mit erheblicher Publikumswirkung) durchgestanden, bis ihm definitiv bescheinigt wurde, daß kein Abgleiten ins Pornographische vorliegt, wenn der Autor seine Ausdrucksweise dem geschilderten Milieu und der Situation anpaßt.

Um erneut in die Gegenwart, zum Jahrtausendwechsel zurückzukehren, kann man nicht umhin, immer wieder festzustellen: Was bis vor wenigen Jahren noch undenkbar gewesen wäre, worüber man sich zumindest offiziell und in den besseren Kreisen hätte empören müssen, wurde allmählich zur Normalität. Wenn da ein junges Pärchen fast eindeutig Stellung bezieht, wollen sie bekanntlich nichts anderes zum Ausdruck bringen, als daß es besser sei, Liebe zu machen statt Krieg. Stimmt auch wieder!

Ähnlich vorgeführt werden die Szenen in den Filmen, und auch da empfiehlt sich ein Blick zurück – ohne Zorn. Eine der ersten aufsehenerregenden, wenn auch ganz kurzen Nacktszenen bescherte den Kinobesuchern der tschechische Film „Ekstase“ von 1933, in dem sich Hedy Lamarr, die einst „schönste Frau der Welt“, aller Hüllen entledigte und „ohne alles“ präsentierte.

Geht hin und tuet desgleichen, mag Hildegard Knef gedacht und einen ihrer Nachkriegsfilme dazu genutzt haben, mit ihrer Nacktheit zu kokettieren.

Als 13- oder 14jährige Gymnasiasten schlichen wir am Kontrolleur vorbei, um den nicht jugendfreien Film „Klub der Jungfrauen" sehen zu können, in dem sich eine Diva in einer Badewanne rekelte, so daß man ihren Brustansatz mehr erahnen als sehen konnte. Mit hochroten Ohren huschten wir Sünder dann ins Freie, um nicht erkannt zu werden. Wie waren wir doch verkommen!

Fünfzig Jahre später ist sich selbst ein Filmheros wie Curd Jürgens nicht zu schade, seine Filmkonversation mit einst vulgärem Vokabular anzureichern.

Die inzwischen absolut fragwürdig gewordene Grenze zwischen Kunst und Pornographie verschob sich zugunsten tabufreier Ehrlichkeit. Filme, in denen nicht die „geilen Aktionen" deutlich gezeigt werden, gelten allmählich als antiquiert und können bestenfalls zu Studienzwecken als Dokumentation zur Geschichte der Filmkunst dienen.

Offenbar hängt der Gebrauch sogenannter obszöner Wörter vom Grad der Anonymität ab. Gedruckte Texte schaffen einen gewissen Abstand zum Leser in seiner Einsamkeit.

Im Gespräch, etwa beim Witze-Erzählen, meint man oftmals, sich – wiederum wegen des unmittelbaren Kontakts – ein wenig genierlich gebärden zu müssen. Man spricht leiser, hinter vorgehaltener Hand, oder entschuldigt sich als Mann vor den anwesenden Frauen. Nur in höchst vertrautem Kreise und zu vorgerückter Stunde bei entsprechender Stimmung entledigt man sich der sprachlichen Hüllen.

Doch man erinnere sich an Altmeister Goethe, der seinen Faust sagen läßt: Ich kann das Wort so hoch unmöglich schätzen ...

Die meisten Wörter haben a priori ihre Bedeutung aus der Gegebenheit, aus der sie entstanden sind. Der Bedeutungswandel brachte es mit sich, daß manche Wörter eine zusätzliche Bedeutung erlangt haben, dem Sinn nach also zwei- oder gar mehrdeutig angewendet werden können.

O tempora, o mores!

Inhalt